U0114054

圖一：烏德雷金鎖片

圖二：摘自高文故事早期原稿

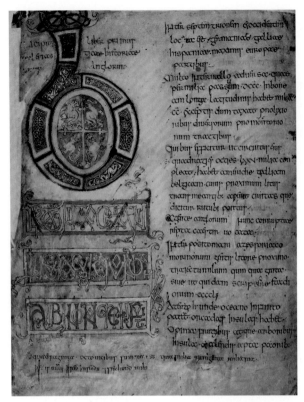

圖三：比德的歷史書的起始頁
© The British Library Board, Cotton Tiberius C. II

圖四：當時錢幣上的克努特大帝半身像
MoneyMuseum Zurich 提供

圖五：今日溫徹斯特仍有阿佛烈大帝的蹤影

Joe Low 提供

圖六：貝葉掛毯（Bayeux Tapestry）當中描繪哈斯汀之戰（Battle of Hastings）的部分

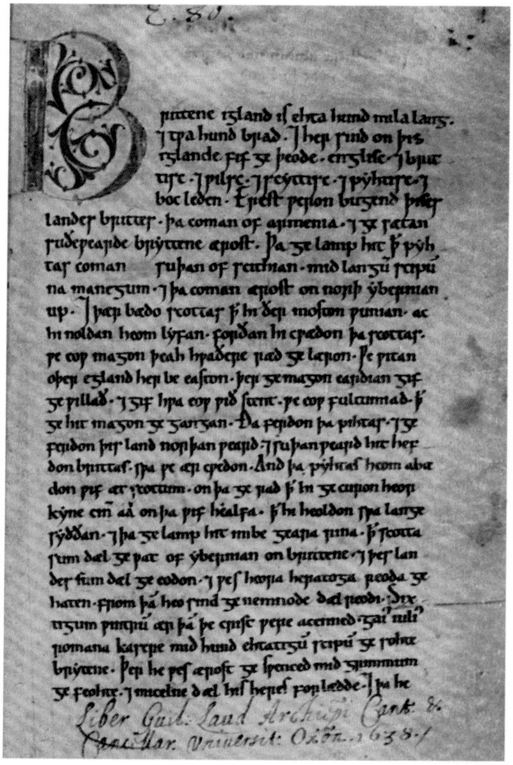

圖七：彼得伯勒編年史的第一頁

圖八：瑞丁修道院夏日卡農裡的〈夏天就要來到〉

© The British Library Board, Harley 978, f.11v

圖九：西敏寺的會議廳，十四世紀時國會在此召開。

© Dean and Chapter of Westminster

圖十：十八、十九世紀之交的基爾肯尼城堡（Kilkenny Castle）

圖十一：奧德門：喬叟擔任海關審計官時住在這上面。

City of London/Heritage-Images

圖十二：一幅十四世紀圖畫當中的大法官法院

Inner Temple Library Misc. Ms.188（Court of Chancery）reproduced by permission of the Masters

of the Bench of the Inner Temple; image © Ian Jones

圖十三：今日的潘布魯克城堡

¶ The Gospell off
¶ Sancte Jhon.
¶ The fyrst Chapter.

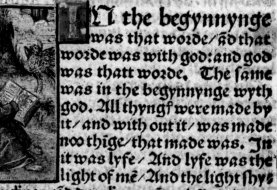

IN the begynnynge was that worde/ãd that worde was with god: and god was thatt worde. The same was in the begynnynge wyth god. All thyngf were made by tt/ and with out it/ was made noo thige/ that made was. In it was lyfe/ And lyfe was the light of mē/ And the light shyneth i darcknes/ãd darcknes cōprehēded it not.

¶ There was a mã sent from god/ whose name was Jhon. The same cā as a witnes/ to beare witnes of the light/ that all men through hi myght beleve. He was nott that light: but to beare witnes of the light. That was a true light/ which lighteneth all men that come ito the worlde. He was in the worlde/ãd the worlde by hi was made: and the worlde knewe hym not.

He cā ito his awne/ãd his receaved hi not. vnsto as meny as receaved hi/ gave he power to be the sōnes of god: i that they beleved õ his name: which were borne not of bloude nor of the will of the flesshe/ nor yet of the will of men: but of god.

¶ And that worde was made flesshe/ and dwelt amonge vs/ and we sawe the glory off yt/ as the glory off the only begotten sonne off the father/

圖十四：廷代爾版聖經當中約翰福音的第一頁。

圖十五：位於波普勒（Poplar）的聖馬提亞教堂（St Matthias Church）
中的東印度公司徽章，上面有三艘滿帆的船。

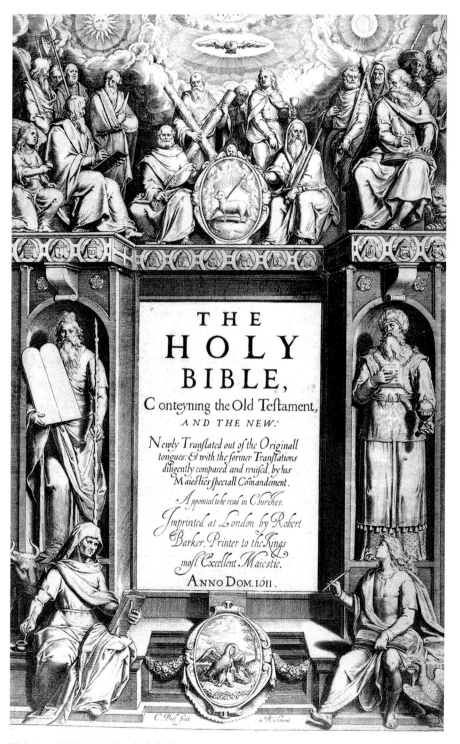

圖十六：欽定版聖經第一版書名頁

圖十七：依據遠征隊隊長約翰・史密斯（John Smith）描述所繪製的維吉尼亞州（Virginia）地圖

圖十八：當代一幅克里斯多福・馬丁・葛蘭姆斯（Christopher M. Grimes）油畫作品所描繪的一六〇九年七月二十八日百慕達船難。

圖十九：亞伯拉罕・梵・布利柏曲（Abraham van Blyenberch）的班・強生（Ben Jonson）畫像

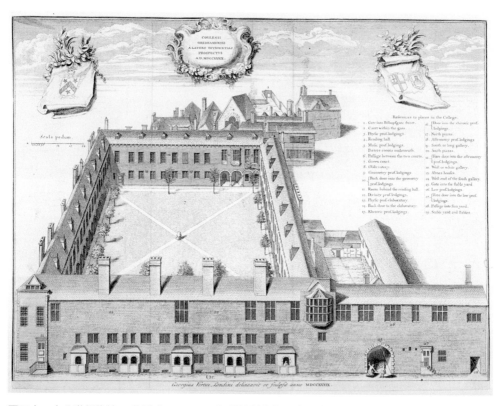

圖二十：十八世紀約翰・弗圖（John Vertue）所繪製的格雷沙姆學院版畫

Courtesy of Gresham College

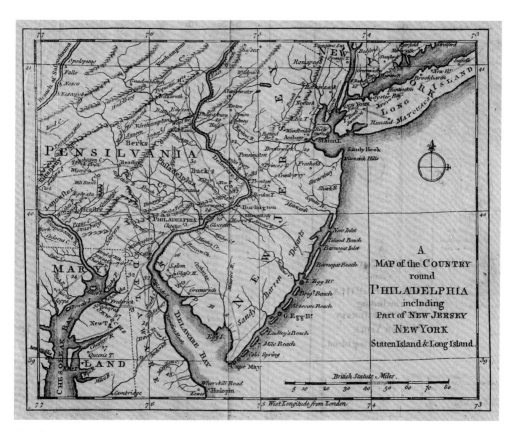

圖二十一：建城大約一百年後的費城周邊地圖

www.mapsofpa.com

The Boston News-Letter.

Published by Authority.

From **Monday** April 17. to **Monday** April 24. 1704.

London Flying-Post from *Decemb.* 2d. to 4th. 1703.

LEtters from *Scotland* bring us the Copy of a Sheet lately Printed there, Intituled, *A reasonable Alarm for Scotland. In a Letter from a Gentleman in the City, to his Friend in the Country, concerning the present Danger of the Kingdom and of the Protestant Religion.*

This Letter takes Notice, That Papists swarm in that Nation, that they traffick more avowedly than formerly, & that of late many Scores of Priests and Jesuites are come thither from *France*, and gone to the North, to the Highlands & other places of the Country. That the Ministers of the Highlands and North gave in large Lists of them to the Committee of the General Assembly, to be laid before the Privy-Council.

It likewise observes, that a great Number of other ill-affected persons are come over from *France*, under pretence of accepting her Majesty's Gracious Indemnity; but, in reality, to increase Divisions in the Nation, and to entertain a Correspondence with *France*: That their ill Intentions are evident from their talking big, their owning the Interest of the pretended King *James* VIII. their secret Cabals, and their buying up of Arms and Ammunition, wherever they can find them.

To this he adds the late Writings and Actings of some disaffected persons, many of whom are for the Pretender, that several of them have declar'd they had rather embrace Popery than conform to the present Government; that they refuse to pray for the Queen, but use the ambiguous word Sovereign, and some of them pray in express Words for the King and Royal Family; and the charitable and generous Prince who has shew'd them so much Kindness. He likewise takes notice of Letters not long ago found in Cypher, and directed to a Person lately come thither from St. *Germains.*

He says that the greatest Jacobites, who will not qualifie themselves by taking the Oaths to Her Majesty, do now with the Papists and their Companions from St. *Germains* set up for the Liberty of the Subject, contrary to their own Principles, but meerly to keep up a Division in the Nation. He adds, that they aggravate those things which the People complain of, as to *England's* refusing to allow them a freedom of Trade, &c. and do all they can to foment Divisions betwixt the Nations, and to obstruct a Redress of those things complain'd of.

The Jacobites, he says, do all they can to perswade the Nation that their pretended King is a Protestant in his Heart, tho' he dares not declare it while under the Power of *France*; that he is acquainted with the Mistakes of his Father's Government, will govern us more according to Law, and endear himself to his Subjects.

They magnifie the Strength of their own Party, and the Weakness and Divisions of the other, in order to facilitate and hasten their Undertaking; they argue themselves out of their Fears, and into the highest assurance of accomplishing their purpose.

From all this he infers, That they have hopes of Assistance from *France*, otherwise they would never be so impudent; and he gives Reasons for his Apprehensions that the *French* King may send Troops thither this Winter, 1. Because the *English* & *Dutch* will not then be at Sea to oppose them. 2. He can then best spare them, the Season of Action beyond Sea being over. 3. The Expectation given him of a considerable number to joyn them, may incourage him to the undertaking with fewer Men if he can but send over a sufficient number of Officers with Arms and Ammunition.

He endeavours in the rest of his Letters to answer the foolish Pretences of the Pretender's being a Protestant, and that he will govern us according to Law. He says, that being bred up in the Religion and Politicks of *France*, he is by Education a stated Enemy to our Liberty and Religion. That the Obligations which he and his Family owe to the *French* King, must necessarily make him to be wholly at his Devotion, and to follow his Example; that if he sit upon the Throne, the three Nations; must be oblig'd to pay the Debt which he owes the *French* King for the Education of himself, and for Entertaining his supposed Father and his Family. And since the King must restore him by his Troops, if ever he be restored, he will see to secure his own Debt before those Troops leave *Britain*. The Pretender being a good Proficient in the *French* and *Romish* Schools, he will never think himself sufficiently aveng'd, but by the utter Ruine of his Protestant Subjects, both as Hereticks and Traitors. The late Queen, his pretended Mother, who in cold Blood when she was *Queen of Britain*, advised to turn the West of *Scotland* into a hunting Field will be then for doing so by the greatest part of the Nation; and, no doubt, as it is Pains to have her pretended Son educated to her own Mind. Therefore, he says, it were a great Madness in the Nation to take a Prince bred up in the horrid School of Ingratitude, Persecution and Cruelty, and filled with Rage and Envy. The *Jacobites*, he says, both in *Scotland* and at St. *Germains*, are impatient under their present Straits, and knowing their Circumstances cannot be much worse than they are, at present, are the more inclinable to the Undertaking. He adds, That the *French* King knows there cannot be a more effectual way for himself to arrive at the Universal Monarchy, and to ruine the Protestant Interest, than by setting up the Pretender upon the Throne of Great *Britain*; he will in all probability attempt it; and tho' he should be perswaded that the Design would miscarry in the close, yet he cannot but reap some Advantage by imbroiling the three Nations.

From all this the Author concludes, it to be the Interest of the Nation, to provide for self defence; and says, that as many have already taken the Alarm, and are furnishing themselves with Arms and Ammunition, he hopes the Government will not only allow it, but encourage it, since the Nation ought all to appear as one Man in the Defence

of

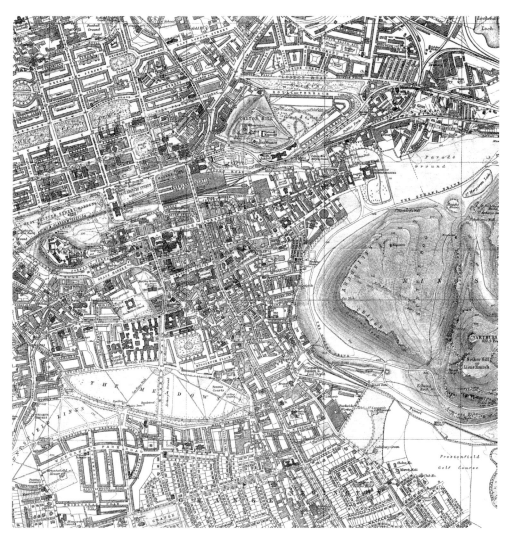

圖二十三：大約西元一九三〇年的修士門區域地圖

圖二十四：裘園原來的地景規劃

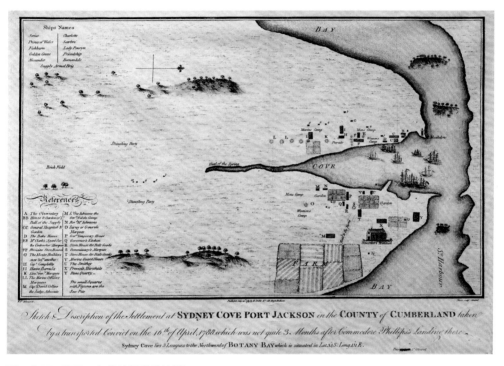

圖二十五：殖民一年後的雪梨港地圖

圖二十六：今日的聖瑪莉里波教堂

Steve Cadman

No. 1. JULY, 1820. Vol. I.

THE

Aftican Intelligencer.

CONTENTS.

WASHINGTON :

Published by J. Ashmun, Pennsylvania Avenue.

DAVIS & FORCE PRINT.

1820.

圖二十七：美國有色自由人殖民協會（Society for the Colonization of Free People of Color of America）發行的《非洲情報誌》（*The African Intelligencer*），該協會協助門羅維亞建城。Library of Congress

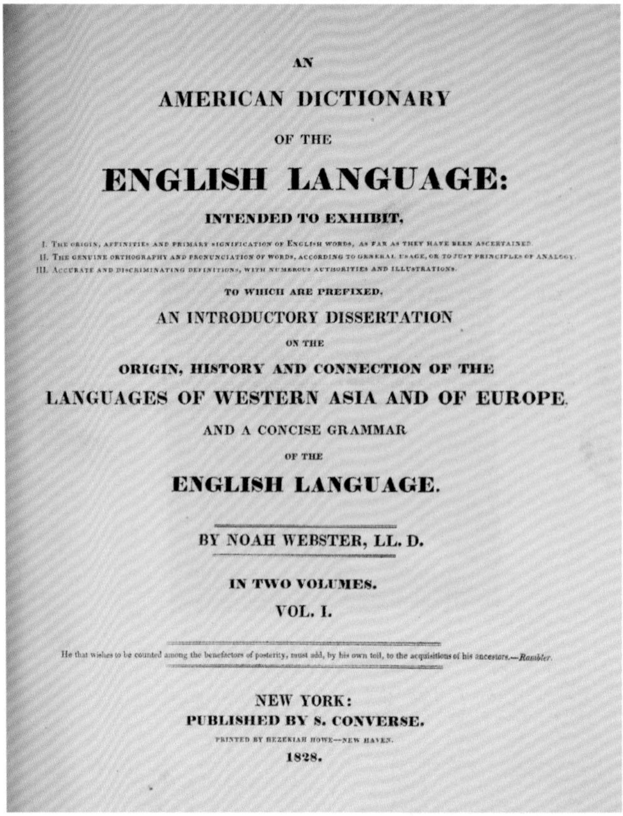

AN

AMERICAN DICTIONARY

OF THE

ENGLISH LANGUAGE:

INTENDED TO EXHIBIT,

I. THE ORIGIN, AFFINITIES AND PRIMARY SIGNIFICATION OF ENGLISH WORDS, AS FAR AS THEY HAVE BEEN ASCERTAINED.
II. THE GENUINE ORTHOGRAPHY AND PRONUNCIATION OF WORDS, ACCORDING TO GENERAL USAGE, OR TO JUST PRINCIPLES OF ANALOGY.
III. ACCURATE AND DISCRIMINATING DEFINITIONS, WITH NUMEROUS AUTHORITIES AND ILLUSTRATIONS.

TO WHICH ARE PREFIXED,

AN INTRODUCTORY DISSERTATION

ON THE

ORIGIN, HISTORY AND CONNECTION OF THE

LANGUAGES OF WESTERN ASIA AND OF EUROPE,

AND A CONCISE GRAMMAR

OF THE

ENGLISH LANGUAGE.

BY NOAH WEBSTER, LL. D.

IN TWO VOLUMES.
VOL. I.

He that wishes to be counted among the benefactors of posterity, must add, by his own toil, to the acquisitions of his ancestors.—*Rambler*.

NEW YORK:
PUBLISHED BY S. CONVERSE.
PRINTED BY HEZEKIAH HOWE—NEW HAVEN.
1828.

圖二十八：韋伯斯特的《美式英語字典》書名頁
Heritage Book Shop

圖二十九：史上第一枚郵票——黑便士
www.stampauctions.co.uk

圖三十：鮑勃‧布洛奇（Bob Brockie）在漫畫中諷刺地描繪懷唐伊條約之簽訂

圖三十一：在巴爾的摩和華盛頓之間傳遞訊息的摩斯電碼發報器

Division of Work & Industry, National Museum of American History, Smithsonian Institution

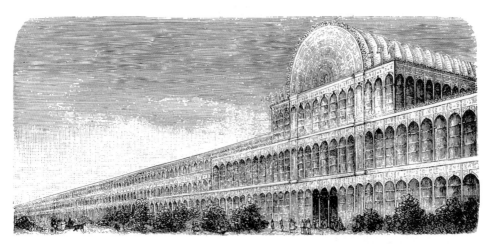

圖三十二：約瑟夫・帕克斯頓（Joseph Paxton）設計的海德公園世博大樓，人稱「水晶宮」（Crystal Palace）的這座建築被拆遷到南倫敦，後來很遺憾地毀於祝融之災。

圖三十三：擁有世上最長英語站名的火車站

圖三十四：亞歷山大・格拉漢姆・貝爾的實驗室

圖三十五：馬可尼在康瓦爾郡波苴村的無線電話公司基地台，第一則橫跨大西洋的無線電訊息是從這裡發送的。Getty Images

圖三十六：西元一九〇一年的一幅畫作中，從聖墓堂（St Sepulchre's Church）的花園看到的新門監獄。© Museum of London

圖三十七：牛津大學出版社文獻照片，《牛津英文字典》編輯詹姆斯・A・H・穆雷（James A.H. Murray）攝於藏書室。

圖三十八：披頭四還是採石工樂團（The Quarrymen）的時代，在利物浦首次登台演出的洞穴俱樂部（The Cavern Club）內部。

Ronsaunders47

圖三十九：西元一九六八年，
美國婦女解放組織在大西洋城
抗議美國小姐選美大賽。

Associated Press

圖四十：十七世紀畫作中，由
約翰・黑爾斯（John Hayls）
所繪的塞繆爾・皮普斯——
部落客祖師爺！

圖四十一：西元一九四八年，溫德拉什帝國號將四百九十二名牙買加人載到倫敦港，預告了倫敦多元文化英語的來臨。Getty Images

圖四十二：象徵正式進入喬迪國度（Geordie Land）的「北方天使」（Angel of the North）雕像。
Shutterstock

A History of the English Language in 100 Places

世界第 1 語言的
英語, 全球製造, 20 億人共同擁有
100 個祕密起源

Bill Lucas & Christopher Mulvey

比爾‧路卡斯 & 克里斯多福‧莫威—著　祁怡瑋—譯

目次

在「低階」與「高階」之間風起雲湧：
英語啟示錄

江文瑜（台灣大學語言學研究所教授）

在二十一世紀的今天，當多數人吐出英語的母音與子音，以英語的韻律節奏和另外一個來自異國的人交談時，在這同時，世界某個角落的某個弱勢語言，正在一步一步地離開我們的地球，以幾乎快速到我們無法察覺的速度，悄然消失於茫茫的宇宙之間。這不是虛擬的神話或故事，而是真實的世界所發生的現在式。

語言學家大衛・克里斯托（David Crystal）在其《語言的死亡》一書中指出，許多瀕危語言正從這個世界滅絕，以每個月兩種語言消失的速度，也就是一個世紀間，全世界將有二千四百種語言會與我們告別！這令人咋舌的語言侵蝕，對了解語言是人間最高寶藏的人而言，是多麼敲痛那顆會感受悲傷的心，而這驚人的語言滅絕背後的重要原因，和英語的超級強大與變成地球村語言的現象密不可分。

我們很難想像，相較於今日英語無遠弗屆的威力，曾經在久遠的過去，英語也是被壓抑的低層語言。這本《世界第1語言的100個祕密起源：英語，全球製造，20億人共同擁有》帶領我們從大約西元四七五年第一個與英語相關的書寫被發現的地點——烏德雷公地——開始時光旅行於一千五百年以來的英語變遷歷史。那是一片美麗的圓形墜飾，以古日耳曼語的字母寫成，訴說著英語早在有英格蘭之前已經開始，然而那時的英語無疑屬於社會語言學家眼中的「低階語言」，而且以此地位存活了漫長的歲月。

根據社會語言學家的定義，雙言社會（diglossia）中的「低階語言」呈現幾個重要特徵，例如在人們眼中地位較低、沒有文字的地

位、沒經歷過語言標準化的過程、不使用於公領域與正式場合、不是學校裡的教學語言、不使用於主要媒體等。「高階語言」正好呈現了鏡像的對比：在人們眼中具有較高地位、擁有書寫文字的地位、經歷標準化過程、使用於公領域與正式場合、成為學校的教學語言、使用於主要媒體等。本書幾乎就是兩位作者帶領讀者共同品讀英語如何從五世紀的地域性「低階語言」邁向二十一世紀的全球超級「高階語言」的壯闊變遷史。全書的前三分之一正是英語身陷「低階語言」的困境掙扎的拼圖耙梳，例如英國被法國統治的三百年間，從西元一〇六六年至接下來的三百年，法語成了高階人士的語言，而法庭用的是拉丁文與法文。在漫長的歷史中，拉丁文是官方的正式書寫語言，涵蓋法律、學校等層面，一直要到大約西元一四一七年法院才因為需要出現英文，而英語也逐步被接受為法庭上可以使用的語言。另一值得注意的是宗教的書面語言，一直要到西元一五二一年，威廉·廷代爾受封為牧師，開始翻譯英文聖經前，拉丁文一直是聖經的語言。廷代爾的翻譯工作履被教會高層阻止，在他印刷英文版的新約聖經後，西元一五三五年至一五三六年，他被捕入獄後被處以絞刑與火刑。

今天當我們捧讀英文聖經時，絕無法想像當年的人們為了能將聖經翻成英文，所受的苦難與所付出的奮鬥。所幸人們付出的每個努力都在宇宙的循環下，留下淚水的刻痕後的轉化，書中的三分之一後，英語開始掙脫「低階語言」，往「高階語言」邁進，隨著英國人航向美洲、開始殖民他國、又經歷工業革命等巨大變革，英語開始在商業貿易、教育、科學科技、法律等各方面取得地位，英語更向全球擴散。同時，英語又歷經標準化的過程，不同字典與文法書的編纂規範英文的使用，英語猶如航行於空中的老鷹，開始往顛峰攀爬的壯舉。時至二十一世紀，隨著網際網路的發達，電子郵件的快速傳遞，簡訊與推特等特殊寫法的出現，英文的傳播力更是如汪洋般的壯闊，真正呼應了英文以「衝浪」比喻在網路搜尋的行動，英文真正地完成了處於世界中語言最高峰的「高階語言」的壯舉。

在「低」與「高」之間，本書也訴說著一個可以將語言比喻為人的真理，那就是當我們處於「低位」時，往往也可能是處於最謙卑與彈性的時刻，所以我們從書中看見當英語處於「低階語言」時，像海綿般大量吸收了拉丁文、法語、丹麥語、其他各種語言的字彙，讓整個語言產生質變與量變的鉅型蛻變。而且每一個語音或語法上的變化，都足以推動整個語言產生連鎖式的變化，例如「母音大推移」在中古英語時期的一百五十年間完成。而英語反而在經歷了一次又一次的文法與拼字標準化的「高階化」過程後，今天所謂的標準美式英語或英式英語雖然仍大量吸收外來語，但其語音與語法的變化速度已經比較不可能產生過去處於低階語言時的海綿式鉅變。

從「低階語言」到「高階語言」的過程經歷了種種語言革命的磨難與奮鬥，但其實本書的調性語氣毋寧是如同作者所言「是一趟歡樂的時空之旅」，書中除了陳述以地名串起的語言歷史之外，也引用了許多生動活潑的語言例子，涵蓋詩歌、流行音樂歌詞、俚語、諺語、監獄術語、藍調歌詞、小報英語、填字遊戲、廣告語言、饒舌語言等，為本書增添了許多文學藝術與娛樂的效果，非常具有可讀性。而英語的一頁歷史也會投下一些讓人反思的沉吟：某個語言的霸權不會永遠存在，就像人類的命運一樣，總會有高低，今日的英語或許有天會走入昨日法語的命運，從高峰處退下，讓位給另個語言，只是或許這個結果在可見的幾百年內不會發生，但卻可能在千年後發生。結論是，總會發生，這是語言的宿命，如同人類，沒有永遠的高，也沒有永遠的低，在高低之間，我們學會更深邃與深沉的智慧，臣服於宇宙更大的力量。從這個角度觀之，讀者可從書裡的字裡行間，推論出以上的珍貴道理。

這樣的一本書於是呈現了語言的重要本質——語言與權力永遠是孿生兄弟。語言絕非只是單純被用來做溝通，從更高層次的功能看，每種語言都代表了其背後的思維與認知、情感與身分認同、文化與價值判斷、權力的高低等錯綜複雜的交互作用。用這樣的心情來看台灣

的語言，我們會有什麼樣的想像？我們可以為台灣的語言建構什麼樣的歷史，台灣多元的文化激盪下，華語、台語、客語、原住民語、日語、英語的相互交融中，我們可以書寫出何種台灣的語言史？過去的低階語言如台語是否已經掙脫了低階的命運？台灣的原住民語言曾被譽為是「台灣帶給世界的禮物」，因為台灣被認為是世界南島語言的起點，我們會如何串起以台灣為首的南島語言的世界航海語言史？

　　以上關於台灣語言的想像是我在閱讀這本《世界第1語言的100個祕密起源：英語，全球製造，20億人共同擁有》時腦中不斷浮出的問題。我也想像，「全球製造，20億人共同擁有」幾個字其實沒有出現在原文的英文 A History of the English Language in 100 Places 書名中，二十億人真的共同擁有了英語了嗎？回到最前面關於「語言死亡」的論點，巧合的是，《語言的死亡》一書的作者克里斯托替本書寫了序言，我想以這個巧合，為這篇推薦序的尾端做個比較有建設性的結論。我想提提黑澤明的一部電影，英文片名是 High and Low（高與低），日語片名為《天國與地獄》。片中一位在學的窮醫學生綁架了一個生意人的小孩，並要求龐大的贖金，然而卻誤綁成生意人的司機的小孩，因而整部片子有了戲劇性的轉折⋯⋯片尾飾演生意人的三船敏郎去獄中看這位醫學生，透過鐵窗問他為何要綁架？以下是我記憶中的醫學生的回答：「我住在低處，每天看著住在山坡高處的你，我心中有了嫉妒⋯⋯」

　　「平等」或許是黑澤明想要傳達的重要訊息之一，因此閱讀完本書的英文變遷歷史後，我們可以回到克里斯托在《語言的死亡》提出的「綠色語言學」概念，該書強調語言的多樣性和各個語言可以互相豐富彼此的語言主張。當我們對語言與權力的本質有了更清楚的了解後，我們可以心生警惕，在面對英語的強大威力時，以實際行動來肯定其他各種弱勢語言的尊嚴，並擁護語言多樣與平等的主張。對我而言，在讀完本書後，心中的 OS 不斷持續迴盪著英語波瀾壯闊的變遷歷史給我的種種寶貴啟示⋯⋯

小小地方，成就全球英語社群

大衛・克里斯托

（《英語憑什麼！英語如何主宰我們的世界》、《語言的死亡》作者）

　　語言即是人，而人生活在各地。所以如果我們想要挖掘某一種語言，便需邂逅造就了它的人與地。這是本書的大前提，本書內容則由英語專案（the English Project）的兩位成員編纂而成。

　　就英語而言，這是格外貼切的一種觀點，因為它比其他語言都和更多的地方有關聯，沒有一種語言的全球普及程度能和它相提並論。而其中一個對這種普及程度建立一點概念的絕佳辦法，就是去探索某些能發現英語蹤跡的地方。

　　要全面研究這些地方是不可能的，全世界有超過二十億來自不同國家、不同地區的人口說英語。但當我們從歷史的脈絡來看，某些地方確實較為突出。或許因為它們是英語成形的地方，或許因為它們是為現存的英語達成某個特殊重要性的地方。

　　歷來有兩大主力持續在形塑英語這種語言，而在全球英語的研究上，其中一個重大主題就是解釋這兩大主力。一方面，所謂「標準英語」的概念相當受到重視，那是一種確保使用這種語言的人彼此都能互相理解的英語品種，無論這些人是來自世界哪個角落。另一方面，展現說話者本土色彩的英語品種也相當受到重視，無論是以國內或國際的觀點觀之。透過「地方」將「互相理解」和「本土色彩」這兩大主力結合在一起，是一個能產生豐碩結果的作法。

本書囊括的地方，有些是因為生活在那裡的人對標準英語的發展影響甚鉅，造成影響的有時甚至只是某一個人。有些則因為它們所具備的政治和社會因素促進了英語在不列顛群島和全世界的普及。還有些是因為它們代表了該地的民眾發展出語言上的獨特性，這種獨特性已成為我們簡便地稱之為「英語」的語言大雜燴的一部分。

　　這是一個勾勒語言地貌的練習，而我深有所感的一點是它高度個人化的特性。與某個地方相關的每一件事都要談到是不可能的——倫敦或紐約一定發生過一百件可謂和英語沿革有關的事。而針對某一特定的主題，可能還有其他一百個地方足以列入候選名單。在為某種語言撰述它的地理演變史時，篩選是不可避免的。每個人為《世界第1語言的100個祕密起源》所做的篩選都會不一樣。它的迷人之處就在於所做的選擇，以及做出這些選擇的理由。

　　看到英語專案誕生出這樣一本選集並不令人意外，因為它本來就是一個和地方概念密不可分的專案。它的長程目標是要為英語提供一個永久的空間，英語的歷史、結構和用途在這個空間中能以富有吸引力的方式呈現在眼前，而我們有信心它能讓人聯想到逛美術館、科學博物館和古蹟景點所帶來的視覺享受。進行這個專案的地點則選在溫徹斯特，該地在英語歷史上舉足輕重的地位在本書中也得到應有的認可。

　　獲選囊括進來的地方鮮明地描繪出英語專案的輪廓。我輕易就能想像許多篇章以它們正在發展成形的樣貌，為這樣一處展覽館提供展示內容。書面語要做到這一點很容易，因為舉凡碑文、手稿和書籍都立即就能提供具體的視覺饗宴。口語則比較是個問題。它是如此飄忽無蹤，很難把它化為參觀者可以實際行走其間而又覺得有趣的空間。其中一個解決之道是把重心擺在地方上。無論是史特拉福或新加坡，紐奧良或新德里，一邊看著這些地方的人，一邊聽著他們的互動，或許就能賦予口語清晰可見的實貌。

　　對於本書囊括的地方，我深有所感的另一點是它們的規模呈現出

的多樣性。我們讀到像布萊切利園和漢普頓宮這麼小的地方，也讀到像開普敦和舊金山那麼大的地方。比較大的地點往往普遍受到英語教科書的認可。熱愛英語的人士都熟知波士頓或雪梨，因為它們是歷史上英語踏上一塊新領土的知名著陸點。較小的地方除非非常有名，否則就有默默被埋沒的傾向，一切只因這樣的地方太多了。

然而，每一個小小的區域對於織就英語這塊豐富的織錦都有它的貢獻。亨利・西金斯（Henry Higgins）這個人物在《賣花女》中以他的語言能力出名，他能精準辨識出幾哩或甚至幾條街之間口音的不同。他並不孤單。每個人對於隨著城鎮、村莊和市郊而變化的方言差異都有所感。我們都重視自己的本土語言色彩，也都能體認到自己是龐大的全球英語社群的一員。兩種面向皆並存於本書中。

謝辭

我們要感謝英語專案的艾瑪‧多凡娜（Emma Dovener）、克雷格‧藍斯戴爾（Craig Lansdell）、凱薩琳‧皮納（Catherine Pinner）以及溫徹斯特大學（University of Winchester）所有學生對於圖像的嚴謹研究。我們也由衷感激英語專案的支持，以及所有支持英語專案的人，尤其是艾芙琳‧索爾比（Evelyn Thurlby）和尼克‧洛吉（Nick Lodge）。最後特別感謝伊絲‧米列特（Issy Millet），她還是在校學生時為我們做的初步研究讓我們踏上寫成本書之路。

一、前言

　　《世界第1語言的100個祕密起源》是一趟歡樂的時空之旅，讀者可以在不列顛群島乃至於全世界自由穿梭，登陸一百個截然不同的地方，降落在一百個精采絕倫的主題上，這些地方和主題讓英語曲折離奇的故事躍然紙上。

　　任何地方的篩選都必然是很個人的。儘管如此，本書的篩選過程確實秉持著某些準則。有些地方代表著歷史上的第一次，有些地方和重要人物密切相關，有些地方發生的事件塑造了英語的未來。每個地方都帶領讀者踏上不容錯過的旅程，走進英語這個語種豐富的過去。

　　一開始只是一座小島上盎格魯人、撒克遜人和朱特人所操的語言，如今已經成為一項全球資產，由世界各地二十億的英語人口共同擁有、共同塑造。英語吸收了不下三百五十種語言的詞彙，而吸收了英語詞彙的語言甚至還更多。《世界第1語言的100個祕密起源》是一部地球村的語言史。

　　今天，莎士比亞的語言[1]發生了有趣的現象。魯西迪（Salman Rushdie）在《想像的家園》（*Imaginary Homelands*）中說：「在我看來，目前的情況似乎是曾經被這個語言所殖民的人正迅速地改造它、

1　此指英語。

馴化它，他們使用它的方式也變得越來越放鬆。在英語這個語種極大的彈性與尺度助長之下，他們在它的領土上開拓出大片自己的版圖。」文字在全世界飛來飛去的數量和速度比為地球村服務的噴射機還多、還快。

《世界第1語言的100個祕密起源》訴說著英語如何開展的故事；訴說這個故事的是一個名叫「英語專案」的慈善教育團體。他們的使命是「探索並解釋英語這種語言，以利教育並娛樂英語人士」（見〈結語〉）。在年度行事曆上，英語專案已經有了一個新的節日──十月十三英語日。翻到12〈西敏〉，你就會知道在英語的故事當中十月十三日為什麼很重要。

二〇一〇年英語日的主題是「地方的語言」。它引起了廣大的興趣，也展現了語言與地方之間的關聯是何等緊密。和英國地形測量局（Ordnance Survey）製圖師合作的「地方花名錄」（Location Lingo），企圖蒐羅眾所周知的地名不為人知的綽號。這個活動占據了廣大的媒體版面，得到三千個新創地名的收穫。地方花名錄的計畫也說明了地方與地名在人們生活中的分量，並促成本書的研究與寫作。

在接下來兩頁，你可以看到我們從不列顛群島以外的世界各地挑選了哪些地方。倫敦各地點的地圖出現在第五十八至五十九頁，不列顛群島上其他地點的地圖則可在第八十一頁找到。

《世界第1語言的100個祕密起源》本來應該是一千個地方的英語語言史，但如此一來本書就會比出版社所能允許的規模大出十倍。儘管如此，讀者還是會有自己的百大地點口袋名單，而我們很樂於知道可能有哪些遺珠。

如果有哪個你認為應該囊括進來的地方和主題，歡迎透過www.englishproject.org.提交給英語專案（見〈結語〉）。

順利的話，它可能會登上英語專案網站的「第一百零一個地方」
（101+ Places）。

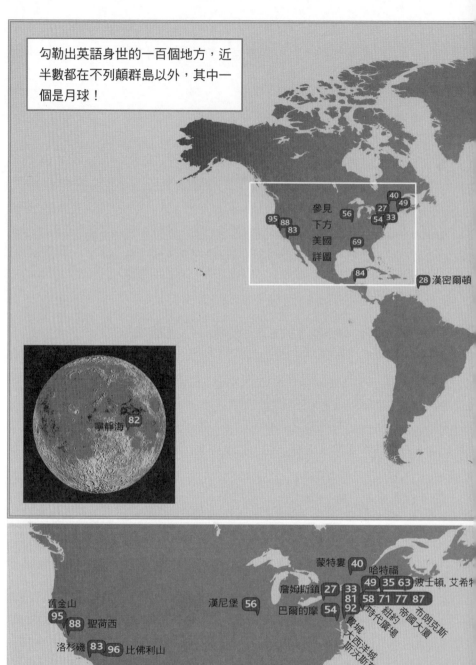

勾勒出英語身世的一百個地方,近半數都在不列顛群島以外,其中一個是月球!

95 **88** **83**

參見
下方
美國
詳圖

56 **27** **54** **33** **40** **49**

69

84

28 漢密爾頓

寧靜海 **82**

蒙特婁 **40** 哈特福

詹姆斯鎮 **27** **33** **49** **35** **63** 波士頓, 艾希特

漢尼堡 **56**

巴爾的摩 **54** **81** **58** **71** **77** **87**

92 紐約 帝國大廈 布朗克斯

費城 時代廣場

大西洋城

斯沃斯莫爾

舊金山
95 **88** 聖荷西

洛杉磯 **83** **96** 比佛利山

69 紐奧良

84 貝爾墨邦

23 阿爾漢格爾斯克

91

18 19

20 46 90 100 60

34

參見
下方
歐洲
詳圖

99 北京

86 伊斯蘭瑪巴德

42 加爾各答

50 清奈

17 門羅維亞

89 新加坡

97 吉佳利

64 開普敦

懷唐伊

44 雪梨

52

66

吉斯伯恩

91 赫爾辛基

都柏林 65

布魯日

18 19 科隆

巴黎 20 46 古普伯雷 100 維也納 60 別爾基切夫

90 日內瓦

34 尼姆

Maps by Helen Joubert Design

二、英語的起源

烏德雷公地（Undley Common）──約西元四七五年

坎特伯里（Canterbury）──西元六〇二年

漢莫威治（Hammerwich）──約西元七百年

蒙克威爾茅斯（Monkwearmouth）──西元七三一年

約克（York）──西元八六六年

溫徹斯特（Winchester）──西元八七一年

瑟恩（Cerne）──約西元一千年

哈斯汀（Hastings）──西元一〇六六年

鄧弗姆林（Dunfermline）──西元一〇六八年

1 烏德雷公地——最早的書寫英語（約西元四七五年）

　　在第五世紀後半葉的某時，在位於現今的薩福克（Suffolk）當中的某處，某人掉了一塊美麗的圓形墜飾。該墜飾是一片很薄的金鎖片（圖一），似乎是某位戰士送給另一位戰士的禮物。這禮物之貴重顯示送禮者必定有錢有勢。

　　這種金鎖片在英文的正式名稱叫做「Bracteate」，源於拉丁文的bracea一字，意思就是一片或一層黃金。而由於這件特定的古物是在烏德雷公地的一片野地裡發現的，於是一般就專稱它為「烏德雷金鎖片」（Undley bracteate）。今天你可以在大英博物館看到它。它是一件令人震撼的收藏品，但可別對它的尺寸失望。它很迷你，直徑不過兩公分。儘管如此，它還是滿載語言的奧祕。

　　鑄造者以羅馬錢幣為模型做出這塊墜飾，並在外圍刻了一圈文字。儘管英語的起源沒有一個確切的日期，這塊墜飾上刻的文字卻有助於判定書寫英語之始。這些是一部分英語留下最初紀錄的文字，以盧恩文（runes）這種古日耳曼語的字母寫成，而這些盧恩文最有可能的翻譯是 Gægogæ Mægæ Medu。Gægogæ 似乎是一種咒語或打仗時呼喊的口號。Mægæ Medu 的意思可能是 Mead for a Kinsman（給親屬的蜂蜜酒），而 Mead for a Kinsman 的意思又可能是 A Reward for a Kinsman（給親屬的報償）。這些文字古老到無法確知真正的涵義，但可以確定是英語無誤。

　　這塊墜飾是怎麼跑到烏德雷去的呢？上面的雕刻和設計提供了一點解答，因為它們顯示出它是在歐洲大陸鑄造的，亦即現今為丹麥、德國和荷蘭的某塊土地。本來住在那塊土地上的人後來開始橫越北海，跑去占領羅馬人於西元四一〇年拋棄的小島，這塊墜飾就隨著他們飄洋過海了。從這塊墜飾看得出來，這些日耳曼人擁有書寫和鑄造

的技巧，他們的文化很先進。而英語這種語言也伴隨這塊墜飾一起到來，刻在上面的盧恩文告訴我們，英語早在有英格蘭之前就開始了。

　　事實上，先於英格蘭的英語是一種叫做西日耳曼語（West Germanic）的語言，現代荷蘭語、現代德語和現代英語都由此而來。西日耳曼語的姊妹語支是北日耳曼語（North Germanic）和東日耳曼語（East Germanic），東日耳曼語已經徹底失傳了，北日耳曼語則演變成丹麥語（Danish）、瑞典語（Swedish）、挪威語（Norwegian）和冰島語（Icelandic）。這整個日耳曼語族的源頭是原始日耳曼語（Proto-Germanic），據估是三千年前來到斯堪地那維亞半島的民族所操的語言。原始日耳曼語則承自原始印歐語（Proto-Into-European），據估是六千年前生活在歐洲和印度之間某處的人們所使用的語言。

從盧恩文到書寫英語

　　儘管烏德雷金鎖片上面的文字顯然是某種英語——一般以古英語（Old English）來指涉——但他們是以盧恩字母寫成，而非我們現今使用的羅馬字母。「盧恩」本來的意思是「祕密」或「隱藏」，或許意味著早期書寫者將口語化為書寫符號時所感受到的奧妙。在今日要能體會這種奧妙的感覺，我們或許可以想一想像是無線電信號第一次傳送出去這麼不同凡響的成就（見67〈波莒〉）——藉由無線電信號，在某地所說的話可以原封不動地透過空氣傳送到好幾英里以外的地方。有趣的是，作家和影視創作者依舊用盧恩文來代表神祕或奧妙之事，托爾金風靡全球的《魔戒三部曲》足以為證。

　　儘管托爾金是一位重量級學者，並且精通各種形式的古日耳曼文字符號，但他在他的三部曲中對盧恩文的使用還是惹毛了其他學者，一部分是因為他強調盧恩文的神祕，一部分是因為他為他那些中土矮人自創了一套盧恩文符號。然而，托爾金寫的畢竟是小說，不是教科

書，像佩吉[1]這樣的學者大概就能認清這一點。

盧恩文應該是由簡陋工具的使用者刻出來的，用金屬刻在金屬上，或者用骨頭或金屬刻在木頭上。其結果是每個字母皆由直線組成，以方便造字。但盧恩文顯然和我們所熟知的英文字母有關，R這個字母就是一個明顯的例子。關於盧恩文字母的起源有相當多的爭論。一般普遍的理論是日耳曼語採用了拉丁字母，儘管某些學者說盧恩文是從希臘字母改寫來的。兩種理論都可能成立，但最新的想法是盧恩文改寫自一種北義大利字母。這種北義大利字母和羅馬字母發源的時間相同，但地點是在羅馬以北的王國。

字母系統的發明就只有那麼一次。它是腓尼基人留給世界的大禮。所有字母皆由腓尼基字母而來，往往是經由奇怪的路線。字母在途中演變，變法往往是旋轉或顛倒本來的樣貌。字母會起什麼變化要看寫法是朝上或往下、由左到右或由右到左（或者先從左到右、再從右到左），也要看是用鑿子、刷子或筆去寫。為因應不同語言的不同聲音，新的字母就必須發明出來；舊的字母則會凋零。當不列顛尼亞[2]的日耳曼語族最終採用羅馬字母之時，他們自有一些發明要做（見2〈坎特伯里〉）。

1　佩吉（R. I. Page，一九二四—二〇一二），英國歷史學家，專研盎格魯－撒克遜盧恩文。

2　不列顛尼亞（Britannia），不列顛島在羅馬帝國時期的古老名稱。

2 坎特伯里——羅馬字母的採用（西元六○二年）

後羅馬時期的不列顛尼亞，第一個為有組織的王國留下證據的區域，是朱特人建立的肯特王國（the Jutish kingdom of Kent）。這是因為肯特是第一個改信基督教的地區。西元五九七年，受到教宗額我略的派遣，奧古斯丁（Augustine）和其他修道士伙伴一起來到坎特伯里，不只帶來基督教信仰，也帶來羅馬字母的書寫形式。西元六○二年，肯特國王埃塞爾伯特請這些修道士以那種字母寫下王國的律法。

這些叫做dooms[3]的律法是在一百五十年前從歐洲大陸被帶到肯特，它們是現存首批日耳曼語的法律文件，也是英美普通法與法律傳統的起點。在英語語言史上，它們更是別具重要性。

首先，它們顯示出羅馬字母初來乍到的五年之內，就取代了盧恩文字字母（見1〈烏德雷公地〉）。其次，它們為肯特語（Kentish）這種後來完全消失的英語支系提供了存在的證據。第三，由於這些dooms所用的書寫符號迅速往西和往北散布，它們也成為普遍習慣以英語寫下文字紀錄之始。

這些從第七世紀留存下來的紀錄充分顯示古英語有四種不同的支系：諾森比亞語（Northumbrian）、麥西亞語（Mercian）、西撒克遜語（West Saxon）和肯特語。諾森比亞語和麥西亞語是定居在亨伯河（River Humber）南北兩側的盎格魯人所用的語言。西撒克遜語是泰晤士河（the Thames）以南和以西的撒克遜人的語言。肯特語是住在肯特和懷特島（Isle of Wight）的朱特人的語言。

盎格魯人、撒克遜人和朱特人這些民族的名稱，來自於第一位研究他們的史學家——蒙克威爾茅斯的比德（Bede of Monkwearmouth）

3　doom這個字在現代英語中主要是「命運」、「注定」的意思，在盎格魯－撒克遜時期則指「法規」、「律令」。

（見4〈蒙克威爾茅斯〉）。最近的考古證據指出比德的記述反映的不只是語言分布位置，也是（或更是）定居的模式。比德無疑遺漏了弗里斯蘭人（Frisian）和其他一些定居族群，但文字證據確實顯示出有這四種主要的英語類別——自此之後塑造了英語這種語言的四大語類。

　　然而，肯特語的影響卻是這當中最弱的一個。它的故事開始得很早，也結束得很早。第七世紀以後，就沒留下什麼肯特語的紀錄。引人注目的是，晚至西元一三四〇年仍有一份倖存的資料，此時已是中古英語（Middle English）的時代。當時，有一位坎特伯里修道士翻譯了一本法文宗教書，他在開頭寫道：pis boc is dan Michelis of Northgate ywrite an englis of his o ene hand pet hatte Ayenbyte of inwyt——This book is [of] Dom Michael of Northgate, written in English by his own hand. It is called: *Prick of Conscience.*（本書是北門的麥可修士之作，由他親自以英語寫成。書名叫做《良心的譴責》。）這大概就是肯特語最後的餘韻，儘管有些人說在懷特島仍能聽到它的痕跡，還有些人說它保存下來了，就是現今的考克尼方言[4]。第一種說法是有可能的，第二種則不可能。

字母的力量

　　要到西元一五一三年，英文裡才有alphabet（字母）這個字，它是由希臘字母的第一個字母alpha和第二個字母beta所組成，代表全套二十八個字母。事實上，早期傳教士是把拉丁字母的二十三個字母套用到他們所聽見的英語發音上，另外再加上四個新的字母——ash、thorn、eth和wynn，乃至於相當於g的yogh。早期的這一套英文字母有二十七個（如果把相當於g的yogh算進去就有二十八個）。

4　考克尼方言（Cockney），倫敦東區的方言。

借用羅馬字母之後，我們便有了一套標準化的工具，可將言語和發音以統一的書寫方式呈現，就連難以理解的方言和口音，也能透過書寫來理解。

但對英語史而言最重要的或許是：這些落腳於肯特的基督教抄經人決定將羅馬文化分享出來的結果，開啟了讓第七世紀的盧恩文成為現今全球英語的巨變。今日的世界大大仰賴羅馬字母，就連在羅馬字母並非官方書寫符號的國家，這套字母也廣泛受到使用與理解。

3 漢莫威治——麥西亞英語，現代標準英語的老祖宗（約西元七百年）

二〇〇九年，在史丹佛郡（Staffordshire）漢莫威治這個民政教區的一片田野裡，有個男的拿著金屬探測器，發現了一千五百件做工精緻的物品，多半是金和銀所造。這批發現被命名為「史丹佛寶藏」（Staffordshire Hoard），它存在的年代約為西元七百年。根據大英博物館的推估，它的價值則有三百萬英鎊。這批寶藏不只讓世人驚艷，也讓學者熱血沸騰，因為它的出土迫使我們重新評估麥西亞古王國。

麥西亞位於我們現今稱為英格蘭中部的區域內，特倫特河（River Trent）谷地是它的心臟地帶。它的北邊、東邊和南邊被其他盎格魯和撒克遜王國包圍，西邊則是威爾斯諸國，麥西亞於是成為這兩者的界線或邊界，從邊界（march）就得來麥西亞（Mercia）這個名字。

史丹佛寶藏顯示出麥西亞財力雄厚，但儘管留下了那樣無與倫比的一批文物，在所有古英語王國中，麥西亞留下的書寫紀錄卻最少。我們對麥西亞的認識主要來自它的敵國的紀錄，特別是諾森比亞王國和西撒克遜王國，因此有關麥西亞的故事便顯得模糊而扭曲。但這個內陸國有它自己的語言——麥西亞英語。而且後來發展成現代標準英語的是麥西亞英語，不是西撒克遜英語或諾森比亞英語。麥西亞語是你此刻在讀的這種文字[5]的老祖宗。

麥西亞在第八世紀時最為強盛，而且它的學者學識之淵博，讓西撒克遜國王阿佛烈在第九世紀時吸收他們，來為他的宮廷平添光彩。似乎是丹麥軍隊在摧毀麥西亞王國時也摧毀了它的紀錄。阿佛烈在西元八八〇年與丹麥人達成協議時，麥西亞王國便一分為二。

麥西亞英語發展出兩種形式，維多利亞時期的偉大學者華特·威

5　此指現代英語，本書原文以英文寫成。

廉・史基特（Walter William Skeat）是這麼說的：「英格蘭中部的西半部和東半部差別不大，但就某些方面而言，西半部變得比較接近諾森比亞語。」東半部的麥西亞語成為倫敦、牛津和劍橋的地方話，而且基於某種原因成為比較主流的語言。至於西半部，史基特則說：它被東半部給取代掉了。

高文詩人

但那是在它產生了一位偉大詩人之後的事。這位詩人是一首充滿冒險旅程、熱情邂逅、騎士考驗和魔法事件的亞瑟王傳奇詩歌的佚名作者，這首詩不押尾韻，而押首韻。在每一行當中，每一個重音音節都以相同的子音為首。

這首詩的詩名叫做〈高文爵士與綠騎士〉（Sir Gawayn and the Grene Knyght），它的開頭是這樣的：

Sithen the sege and the assaut watz sesed at Troye,
The borgh brittened and brent to brondez and askez,
The tulk that the trammes of tresoun ther wroght
Watz tried for his tricherie, the trewest on erthe.

翻譯成現代英語就是：

When the siege and the assault were ended at Troy,
The city laid waste and burnt into ashes,
The man who had plotted the treacherous scheme
Was tried for the wickedest trickery ever.

（特洛伊圍城攻擊結束，

全城只剩斷垣殘壁與劫後餘燼，

策動謀反計畫者

為史上最邪惡的詭計受到審判。）

　　這首詩當中押首韻的句子是古英語詩歌的文學遺產，無一句押了尾韻。十四世紀晚期，〈高文爵士〉寫成之時，押首韻的詩句正逐漸被押尾韻的詩句取代，後者已經被與高文詩人同一時代的傑佛瑞‧喬叟（Geoffrey Chaucer）所採用。

　　喬叟和那位高文詩人所操的都是麥西亞英語演變而來的語言（「高文故事早期原稿」見圖二），但喬叟比較容易解讀，因為英格蘭中部的東半部比西半部的英語更接近我們今日的書寫形式。來自英格蘭中東部的喬叟為理查二世（Richard II）的宮廷寫詩，從那時起，英國文學就以曾是麥西亞英語的這種語言來創作（見15〈法院街〉）。

4 蒙克威爾茅斯——為英語命名（西元七三一年）

蒙克威爾茅斯位於諾森比亞王國桑德蘭城（Sunderland）的威爾河（River Wear）河口處，它曾是聖彼得修道院（St Peter's Abbey）的所在地。聖彼得修道院和賈羅自治選區（Jarrow）泰恩河（River Tyne）畔的聖保羅修道院（St Paul's Abbey）相映成趣。它們相隔十二英里，如今由一條叫比德路（Bede's way）的小徑相連。比德是第一位談論英語這種語言的人，即使他是以拉丁文來談論，而稱它為lingua Anglorum。

在西元第八世紀，諾森比亞王國當中最富有的就屬這對孿生修道院，院內配有頗具規模的藏書室，也讓它們成為領先歐洲的文化中心。而修道院最偉大的學者就屬比德，史上人稱「尊者比德」（the Venerable Bede）。他可能在西元六七二或六七三年生於蒙克威爾茅斯或賈羅（兩者都宣稱是他的出生地）。他的一生就在這兩間修道院當中度過。

比德最偉大的作品是他的《英格蘭人教會史》（拉丁語：*Historia ecclesiastica gentis anglorum*；英語：*Ecclesiastical History of the English People*）。他在五十九歲完成本書，亦即可能是西元七三一年。他是第一位以「英格蘭人」（gentis anglorum）來稱呼生活在前羅馬帝國不列顛尼亞行省日耳曼人的學者。由於比德本身是盎格魯人（Angle），他才會用 Angle 來組成英格蘭人這個名稱。這也是何以我們今天談論的是英語，而不是撒克遜語或朱特語。

比德筆下的歷史從盎格魯人、撒克遜人和朱特人的故事開始寫起，那麼他後來又為什麼把他們當作一個民族來談，而非三個民族？首先，這些民族說著相互可以理解、現今我們稱之為古英語的語言。其次，他們的皇室習慣彼此通婚。第三，盎格魯人、撒克遜人和朱特人在第八世紀已經成為基督教徒，而比德所關注的是這個改教的故

事。西元五九五年將傳教士從羅馬派到坎特伯里的教宗額我略是比德的精神導師,《英格蘭人教會史》採取的幾乎是羅馬教皇的觀點——一種並不重視當地區域劃分的觀點。(圖三)

必也正名乎?

英語。英語人士。英印裔。親英派。盎格魯－撒克遜人。英國國教高教會派。以上每個字眼在今日都有可能不存在。但它們每一個的源頭都可以追溯到諾森伯蘭(Northumberland)以及學識淵博的比德大膽採用lingua Anglorum這個拉丁文用語的決定。

5 約克——丹麥語對英語的影響（西元八六六年）

西元八六六年，丹麥人占領了羅馬人稱之為埃伯拉克姆（Eboracum）、盎格魯人稱之為伊歐福維克（Eoforwic）的城市，丹麥人稱它為約維克（Jorvik），而我們則叫它約克。這些侵略者是來自斯堪地那維亞半島、操古北歐語（Old Norse）的民族。

在這些丹麥人眼裡，海洋並非隔開西北歐諸島的障礙，而是將它們串連起來的管道。一般普遍稱他們為維京人（Vikings），「維京」在古北歐語裡指的是海上旅人與戰士，但在古英語裡卻變成海盜和掠奪者的意思。但話說回來，維京人做得也不比在他們之前來到的盎格魯人、撒克遜人和朱特人多。

丹麥人在泰晤士河至特威德河（the Tweed）東岸（往往也在內陸）定居下來。時至今日，依據 by、thorp、beck、dale 和 thwatie 等字尾，可以判斷出有上千個來自古北歐語的地名。在英格蘭北部和蘇格蘭的方言中，有成千上萬來自古北歐語的字彙。現代標準英語中大約有九百個字源自古北歐語，另外還有九百個字語言學家無法斷定是來自北歐，或諾森比亞英語和麥西亞英語當中本來就有。大家再司空見慣不過的 egg（雞蛋）、husband（老公）和 leg（腿）這些字，都來自古北歐語。有時候，古北歐語和古英語當中用來指同一個東西的不同單字雙雙保留至今，兩者的意思或有實際上的差異，或有些微差異，或完全沒差，例如 kirk 和 church（皆指教堂）、dike 和 ditch（皆指壕溝）、skirt（裙子）和 shirt（襯衫）、skin（皮膚）和 hide（獸皮）、die（死亡）和 starve（餓死）、ill 和 sick（皆指生病）。

古北歐語和古英語彼此可能是互通的，它們肯定相近到能在一些細微的地方相互影響。古北歐語甚至影響了所有字彙中最重要的 be 動詞。今天，我們說 they are（他們是），而不說 they be。還有，現代英語會說 he walks（他走），而不會說 he walketh，這可能就是受到古

北歐語影響的結果。此外，很肯定的是，古北歐語的they、them、their取代了英語的第三人稱複數代名詞hie、him、hiera。

唯有法語如同丹麥人的語言一般對英語有著如此深刻的影響（見8〈哈斯汀〉）。

英格蘭的丹麥國王

我們多數人是從傳說故事當中知道克努特大帝（King Canute或Cnut）這號人物。在我們的想像中，他坐在他的王座上，浪濤在他腳邊無休無止地拍打著。他的故事往往被用來闡述在位者貪得無厭的野心。當然，他的這件軼事在歷史上是不可考的[6]。但如果真的發生過這件事，克努特比較可能是要向他的臣子強調，身為基督教統治者，他的權力臣服於上帝的力量之下。

克努特是丹麥、挪威以及一部分瑞典的國王（圖四）。但對英語的沿革來說，最重要的在於他是西元一○一六至一○三五年間的英格蘭國王。當時的錢幣上刻有CNUT REX DÆNOR[UM]（丹麥國王克努特大帝）和CNUT REX ANGLORU[M]（英格蘭國王克努特大帝）的字樣。丹麥人占領約克約一百五十年後，錢幣上的ANGLORU[M]一字讓它和比德《英格蘭人教會史》的關聯顯而易見。

克努特以「英格蘭」國王自居，絕不只是徒具虛名而已。它的實質意義體現在創立優良的律法、商業與藝術蓬勃發展、達成宗教上的和諧，以及為英格蘭這個新興國家帶來一段穩定的太平盛世，儘管並不長久。

6　傳說中，克努特大帝命臣子將他的王座搬到海邊，他則坐在王座上命令浪濤停止拍打。當然，浪濤不聽他的使喚。

6 溫徹斯特──西撒克遜英語及國王阿佛烈（西元八七一年）

溫徹斯特是大教堂所在城市，自西元第七世紀中期以來，西撒克遜人就在這裡為他們的國王加冕。這些西撒克遜人在最初的日耳曼入侵當中定居在最西邊的地方，他們的國家後來便被稱為西撒克遜。這個王國的核心地帶包括罕布夏郡（Hampshire）、威爾特郡（Wiltshire）和多塞特郡（Dorset）。溫徹斯特位居它們的中心。

西撒克遜人所操的英語是古英語的四個支系之一。多數古英語的手稿皆以西撒克遜英語寫成，這些文本經過抄錄，甚至往北傳到離溫徹斯特很遠的地方。這是因為西撒克遜國王當中最偉大的阿佛烈大帝（圖五）號令修道士，從拉丁文翻譯了一批作品來引領他的子民。其他修道士抄錄了阿佛烈修道士的譯本，西撒克遜英語就這樣從一份手稿傳到另一份手稿，也從一座修道院傳到另一座修道院，進而成為英語文本的典範。

阿佛烈命人翻譯的其中一本書，是諾森比亞修道院最偉大的一部作品，亦即本書之前提到過的文本──比德的《英格蘭人教會史》。阿佛烈不只自學有成，練就了讀和寫這兩種不凡的王者技能，還在修道士的譯本中加上自己的評注。撒克遜人阿佛烈跟隨盎格魯人比德的腳步，談論gentis Anglorum（英格蘭人的國家）以及lingua Anglorum（英格蘭人的語言）。盎格魯人、撒克遜人和朱特人從此開始自稱英格蘭人，而他們所說的語言逐漸被稱之為英語。

阿佛烈死於西元八九九年，阿佛烈的宮廷英語在他死時達到鼎盛，之後長達一個半世紀屹立不搖，直到西元一〇六六年才被聲勢赫赫的諾曼法語（Norman French）所取代。西撒克遜英語乃至於罕布夏郡的語言自此變成一種鄉下方言。西撒克遜的故事就像湯瑪斯·哈代（Thomas Hardy）筆下的黛絲姑娘──曾為貴族，後為農夫。在影視版本當中，黛絲姑娘總是恰如其分地帶有很重的英格蘭西南部口

音。只不過如果溫徹斯特依舊是英格蘭的首都，黛絲英語現在就會是女王英語了[7]。

偉大的語言學家阿佛烈

以溫徹斯特為精神基地，阿佛烈的影響無遠弗屆。他的文字鏗鏘有力，並且展現出他在語言和教育兩方面的野心。阿佛烈送了一本教宗額我略的《牧靈指南》（*Pastoral Care*）新譯本給伍斯特主教威爾福斯（Bishop Wærferth of Worcester），並說：

> 在我認為，若您亦有同感，我們也應該將某些最為不可或缺的典籍翻譯成眾人皆能理解的語言，並且予以匯整。只要天下太平，在神的幫助之下，我們當能輕易做到。如此一來，現今英格蘭人中生而為自由之身、有辦法致力於此的年輕人，但凡沒有其他要務在身，便能專心研讀，直至練就良好的英文閱讀能力。

今天，這本書和國王寫給主教的信，都可以在牛津的博德利圖書館（Bodleian Library）找到。

阿佛烈感嘆在英格蘭的教育水準一落千丈，他極力苦思下個世代的教師將從何而來。他寫的是一份讓英語伴隨拉丁文成為正式溝通用語的宣言。令人驚異的是，他在這麼早期的時候就如此關注他的母語，而英語也因此擁有全歐洲最悠久且最豐饒的書寫遺產。

7　女王英語（Queen's English），意指標準英語。

7 瑟恩——經典的古英語（約西元一千年）

西元九八七年，一位年輕的修道士離開他接受教育的溫徹斯特，旅行到英格蘭西南部的瑟恩（現今多塞特郡的塞那阿巴斯〔Cerne Abbas〕），那裡有一所新創辦的修道院。這位修道士名叫亞佛里克（Aelfric），他被公認是當時最偉大的英語散文家之一。在瑟恩的期間，他寫作不輟，著作等身，拉丁文和英文的作品都有。西元一〇〇五年，亞佛里克離開瑟恩，到英申（Eynsham）當修道院院長，度過餘生。

亞佛里克的作品包括兩套講道集（關於教會年度事件和布道內容的簡短篇章），以及一本《聖人的生活》（*Lives of the Saints*）。他也寫過三本專門用來教學的課本——第一本以英文寫的拉丁文法書、一本拉丁文字彙書，和一本對談語錄，也就是他的《敘談》（*Colloquy*），關於這本書，後面有更進一步的介紹。

亞佛里克以過去被稱為盎格魯－撒克遜語的語言寫作，但這種語言更恰當的稱呼是古英語。古英語是在西元第五世紀至十二世紀中期的文字作品當中發現的英語形式。現在如果聽到有人說古英語，你或許能聽懂幾個字和詞，但剩下的就聽不懂了。（如果你想聽聽看，有一些網站可以讓你嘗試。）

如果想聽懂古英語是個挑戰，對一個現代學生而言，想讀懂古英語甚至還更難。古英語的文本根據羅馬字母創造出一套字母，多數字母和它們的現代版本長得很像，但其中有五個不是這樣：

æ：叫作 ash，是一個母音，發音像是 bat 裡的 a。

þ：叫作 thorn，是一個有聲子音，有著 thorn 裡的 th 音。

ð：叫作 eth，是一個無聲子音，有著 thin 裡的 th 音。

ƿ：叫作 wynn，是 w 這個字母的前身。

ȝ：叫作 yogh，是一個有聲子音，有著蘇格蘭發音的 loch 裡的 ch 音。

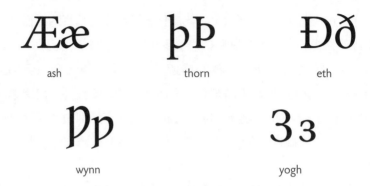

ash   thorn   eth

wynn   yogh

古英語還有其他一些地方和我們現在說、讀、寫的英語不同。其中一個主要的不同在於它是一種字尾有變化的語言──名詞和形容詞的字尾會有所改變，以顯示它們在文法上的作用。此外，古英語的字尾也會顯示出一個字是陽性、陰性或中性，並表現出它們是單數或複數。今天，我們把 book 加上 s，就變成了複數的 books，但我們已經喪失了古英語字尾的完整模式，也不再有文法上的性別區分。

亞佛里克對英語的影響

英語文學裡最初的偉大作品是詩，而在一種語言裡，偉大的詩歌往往先於偉大的散文出現。亞佛里克和其他古英語作者的重要性，在於他們這麼早就創作出動人的散文。這意味著古英語能夠當作一種一般共通的語言，並且能夠占有與拉丁文並存的一席之地。

亞佛里克的其中一部作品特別受到關注，那就是他的《敘談》。敘談指的是作為教育之用的特定談話形式，以這本書而言則是一位老師和多位學生之間的談話。亞佛里克的《敘談》別具重要性，因為儘管它是以拉丁文寫成，在一行行的拉丁文之間卻寫有古英語的譯文。

我們不知道是誰翻譯的，但許多人猜測是在十一世紀初、亞佛里克死後不久補上的。

這本書裡的老師是一位修道士，他和一群職業包羅萬象的學生對談，他們當中有農夫、牧羊人、牧牛人、獵人、漁夫、捕鳥人、商人、皮匠、鹽商、硝皮匠、廚師、麵包師傅和見習修士。

修道士輪流問每一個人的工作狀況。透過他們的回答，亞佛里克生動地呈現出一幅中世紀生活風情畫。敘談接近尾聲時，修道士請律師裁奪這些五花八門的營生哪一種最重要。律師主張在土地上工作的人最重要，因為沒有他們就沒有食物。這引發了熱烈的討論，每位工作者紛紛為自己說話。

亞佛里克的《敘談》提供了一場來自十一世紀的精采對談——在後羅馬時代的歐洲其中一筆最早的紀錄。

8 哈斯汀——法語對英語的影響（西元一〇六六年）

哈斯汀不只是西元一〇六六年英格蘭國土受到入侵的地點，也是英語受到入侵的地點（圖六）。接下來的三百年，法國人以法語統治英格蘭。說法語的士兵和官員以充足的人數和充分的武力大駕光臨，而他們統治的時間也久到足以為英文文法帶來重大改變。

一開始的諾曼法語和後來的古法語（Old French）都和古英語融合在一起，碰撞出令人驚異的結果。文法上的性別被邏輯上的性別所取代，多數名詞的字尾不見了，詞序也改了。整體的改變之巨大，使得一種新形式的英語在西元一三〇〇年嶄露頭角，我們稱之為中古英語（Middle English）。

大文法家亞佛里克的英語是西元一千年時的最佳典範，但中古英語和他的英語大相逕庭，乍看之下他恐怕認不出那是英語。一旦認出來了，他恐怕會嫌棄它。首先，這種新式英語來自新首都倫敦的商用麥西亞語，而非舊首都溫徹斯特的古典西撒克遜語。其次，古英語名詞字尾在文法上所傳達的一些細微訊息都喪失了。第三，日常用語中的法文字之多會讓亞佛里克心灰意冷。

亞佛里克不只會在口頭英語當中發現法文的痕跡。受法語訓練的抄寫員不諳古英語字母，þ（wynn）、ð（eth）和æ（ash）都消失了。同時，古英語的拼寫方式也有了新的樣貌，反映出法語的習慣。亞佛里克會發現cwen變成了queen（皇后），而scip變成了ship（船）。古英語不復存在，看在現代英語人士眼裡，它簡直就像另一種語言。

這種改變並非一夕之間發生，而是經過世世代代來自通婚、外交、貿易、宮廷文學的語言交流，乃至於教堂裡的布道以及由入侵者監督的法律程序。如同文法和字彙，發音也受到了影響，但這很難察覺，而且最重大的改變發生在西元一四〇〇年之後（見22〈諾索特〉關於母音重大改變的討論）。

英語裡的法文外來語

作為一種工作語言，法語在英格蘭逐漸沒落，但這時它早已深深滲透到每天的日常英語當中了。來自法語的影響在我們的字彙當中尤其顯而易見。英語在它穩定發展的過程中，吸收了某些法文字，也拒絕了某些法文字，用來稱呼同一件物品或同一種動作的字眼往往變來變去，保持開放選項。將近長達一千年的時間，我們很習慣吸收法文字彙來用，這種習慣如今也才剛要銷聲匿跡。

自西元一〇六六年以降，法語本身也有很大的改變，結果是我們往往吸收一個字兩次或甚至三次，每次的含意與形式都略有不同。諾曼人（古北歐人）是採用法語當作母語的維京人，首批傳入英語的法文字便是來自諾曼法語，也就是讓自己成為英格蘭君主的諾曼第公爵征服者威廉（Williame FitzRobert de Normandie）所操的語言。我們從他講的法語得來像是carpenter（木匠）、canon（正典）、kennel（狗舍）、catch（抓）、cattle（牛）、gaol（監獄）、garden（花園）這些字。硬音（喉音）的k和g是諾曼語的發音。

到了十三世紀，英語開始借用古法語，也就是現代法語的前身。從那種法語，我們借來了attorney（律師）、bailiff（地方長官）、chase（追逐）、chatel（城堡）、chancellor（大法官）、chalice（酒杯）和jail（監獄）。軟音（顎音）的ch和j顯現出從西元一一五四年起統治英格蘭的安茹王室（Angevin）的發音。我們持續吸收法文字，一直到它演變成中古法語（Middle French）。而我們又從中古法語汲取了像是crime（犯罪）、evidence（證據）、chapel（禮拜堂）、pavilion（亭子）、profane（褻瀆）、scruple（顧忌）這些字。

到了西元一五〇〇年，英語已經從法語拿了一萬個字來用。西元一五〇〇年以後，我們又從法語再多拿了一萬個字。要到二十世紀，這種借用的情形才比較緩和。越早借來的字看起來越像英語，因為這些字會被英語化而融入英語之中。相形之下，許多到了現代才借來的

字，就會原封不動地把它們的法文原貌保留下來，像是au contraire
（相反地）、avant-garde（前衛）、ballet（芭蕾舞）、cache（貯存）、
chaise longue（躺椅）、charlatan（騙子）、chauffeur（司機）、chic（時
髦）、cliché（陳腔濫調）、communiqué（公報）、contretemps（飛來橫
禍）、cordon sanitaire（防線）、couture（女裝）、crèche（托兒所）、
cul-de-sac（死胡同）。

9 鄧弗姆林——蘇格蘭的英語（西元一〇六八年）

　　西元一〇六八年（又或許是一〇六九年），蘇格蘭國王馬爾科姆三世娶西撒克遜公主瑪格麗特為第二任妻子，一位凱爾特國王就這樣和一位撒克遜公主結為連理。馬爾科姆和瑪格麗特以鄧弗姆林作為宮廷的所在地，就在福斯河（River Forth）北邊、愛丁堡大堡壘的對岸。馬爾科姆的父親是鄧肯，這位國王是在皮互凡尼（Pitgaveny）的一場戰役中被馬克白所殺，而不是像莎士比亞戲劇裡編的一般死在印威內斯（Inverness）的一張床上。在成為蘇格蘭人的國王之前，馬克白一開始是考奪（Cawdor）的領主（Thane）。意指「領主」的Thane這個字是古英語的peign在伊莉莎白時期的拼法，它原本的意思是「僕人」，後來才變成一個地位很高的頭銜，僅次於伯爵（earl）。一個有著蘇格蘭名字的人卻以英格蘭頭銜自稱並非偶然，蘇格蘭貴族既是蓋爾人（Gaelic），也有著盎格魯－撒克遜的血統，馬爾科姆和瑪格麗特的故事就顯示出原因何在。

　　娶瑪格麗特為妻之前，馬爾科姆已經娶了奧克尼伯爵強人索爾芬的遺孀英吉柏格。透過第一段婚姻，馬爾科姆和入侵的維京人達成和平。透過第二段婚姻，他和西撒克遜人結盟共同對抗入侵的諾森比亞人。西元一〇五七年，懺悔者愛德華（King Edward the Confessor）將瑪格麗特的父親流亡者愛德華（Edward the Exile）從匈牙利召回，要讓他成為他的繼承人，但不幸的流亡者愛德華比懺悔者愛德華還早死。瑪格麗特和她的兄弟們往北逃。諾曼人在哈斯汀之戰取得勝利後，戰敗的撒克遜貴族開始帶著隨從來到鄧弗姆林之前，瑪格麗特就已經在那裡了。馬爾科姆的敵人是諾森比亞人，不是撒克遜人，而且他一次又一次地入侵諾森比亞。在第五次這麼做的時候，他被幹掉了。馬爾科姆和瑪格麗特生了八個孩子，其中三個成為蘇格蘭人的國王。透過他們，蘇格蘭建立起一條皇室的血脈，而這條血脈持續和英

格蘭的貴族世家通婚。

　　儘管是一位凱爾特國王，馬爾科姆在邂逅瑪格麗特之前就已經是說英語了。事實上，英語是他的母語，因為他父親娶了諾森比亞伯爵希瓦德之女。在馬爾科姆和瑪格麗特之後裔的宮廷裡聽到的英語，不是瑪格麗特的西撒克遜語，而是馬爾科姆的諾森比亞語。

蘇格蘭人的語言

　　到了下個世紀，瑪格麗特最小的兒子大衛一世讓愛丁堡成為一座皇城，並在那裡蓋了一座教堂紀念瑪格麗特，蘇格蘭人的宮廷自此從鄧弗姆林越過福斯河，搬到了愛丁堡。由於諾曼人選擇了「英格蘭」（England）這個名稱，在愛丁堡說的諾森比亞語便沒有被稱之為英語，而是被稱之為蘇格蘭語（Scots）。英格蘭的英語和蘇格蘭的蘇格蘭語都是日耳曼民族從西元四百年起帶到大不列顛島的語言演變而來的。我們沒有一個像「蘇格蘭語」這樣的名詞可以用來專指英格蘭的英語。倘若英格蘭的英語如同美國某些語言學家的建議般被稱之為「英格蘭語」（Anglican），那麼我們就可以說蘇格蘭語和英格蘭語是姊妹語了。

　　蘇格蘭語接下來發展成一種宮廷及知識分子的語言，其所產生的文學則在詹姆斯四世統治期間（西元一四八八年至一五一三年）達到巔峰。他的宮廷作家包括羅伯特・亨利森（Robert Henryson）、威廉・鄧巴（William Dunbar）、華特・甘迺迪（Walter Kennedy）和蓋文・道格拉斯（Gavin Douglas），這些人都是makars──蘇格蘭語的「詩人」。在這些國王手中，蘇格蘭語達到一種經典或標準的形式，就如同在西撒克遜宮廷的西撒克遜語和聖詹姆士（St James）宮廷的西敏英語（Westminster English）一般。

　　如今在愛丁堡聽到的英語，有時被稱之為蘇格蘭標準英語（Scottish Standard English），是在十八世紀簽訂聯合法（Act of Union）

之後發展出來的形式。西元一七〇七年推動聯合法之時,蘇格蘭上流階層開始以倫敦的優勢方言為典範塑造他們的語言。

　　時至今日,蘇格蘭語已經成為一種瀕臨絕種的方言,說蘇格蘭語的人口還剩多少也大有爭議。蘇格蘭語又稱之為低地蘇格蘭語(Lowland Scots)[8],而這也暗示了說蘇格蘭語的人口大致在哪裡,北愛爾蘭的阿爾斯特(Ulster)一樣找得到他們的蹤跡——不論在哪裡,反正鄉下會比城鎮裡多。蘇格蘭語還栩栩如生地存在於Pittin the Mither Tongue on the Wab(把母語放到網路上)網站的線上世界中。

8　「低地」指蘇格蘭中部地勢相對較低的地帶。

三、中古英語

彼得伯勒（Peterborough）──西元一一五五年

瑞丁（Reading）──約西元一二三五年

西敏（Westminster）──西元一三六二年

基爾肯尼（Kilkenny）──西元一三六六年

奧德門（Aldgate）──西元一三七四年

法院街（Chancery Street）──約西元一四一九年

聖保羅大教堂庭院區（St Paul's Churchyard）──西元一四五六年

潘布魯克（Pembroke）──西元一四五七年

10 彼得伯勒——盎格魯－撒克遜編年史及古英語之末（西元一一五五年）

西元一一五五年初，在劍橋郡彼得伯勒的聖彼得修道院（Abbey of St Peter），有一位修道士以英語把西元一一五四年的事件審慎記錄下來。這件事本身沒什麼大不了的，至少從第九世紀晚期開始，英格蘭修道士就會做這種年度紀錄。這種紀錄叫做編年史，有七本保存至今。大致說來，這七本是彼此的抄本，也就是現今稱之為盎格魯－撒克遜編年史（The Anglo-Saxon Chronicle）的複本。這件事大不了的地方在於：西元一一五五年的紀錄是盎格魯－撒克遜編年史撰寫者所做的最後一筆紀錄。

有可能是阿佛烈大帝開始了這種逐年留下紀錄的作法。可以肯定的是，現存最早的編年史來自溫徹斯特，它的開頭寫道：Sixty winters ere Christ was born.（耶穌誕生前六年）。第一筆條目提供了有關凱撒大帝（Julius Caesar）入侵不列顛的紀錄，當中描述不列顛是「一座長八百英里、寬兩百英里的島嶼。在這座島上有五種語言：英語、不列顛－威爾斯語（Brito-Welsh）、蘇格蘭語、皮克特語（Pictish）和書面拉丁語（Book-Latin）」。這部編年史部分是世界史，部分是英語史，部分是修道院史。撰寫者往往會鉅細靡遺地補充他們的修道院院長、皇帝、教宗和國王有些什麼功績。即使是在諾曼征服（the Conquest）之前，英格蘭就已是一塊有著豐富文字資料的土地，各種各樣的紀錄都有，當中有許多是促使徵稅有效執行的行政文書，隨之而來的財富也讓它成為丹麥人、挪威人以及最後的諾曼人侵略的目標。

抄錄並更新編年史的作法從一個修道院傳到另一個修道院，這些紀錄不只提供了精采的史料，也收藏了豐富的語料。它們是將古英語散文保留下來的一大寶庫。在西元一八六一年出版、班傑明・索爾普

（Benjamin Thorpe）編纂的版本當中，它們加起來有兩百三十四頁，所用的語言主要是西撒克遜語，而這也反映出阿佛烈大帝舉足輕重的角色——他讓他的語言成為古英語學術文獻的語言。

一個語言時代的結束

聖彼得修道院的修道士是最後一批以古英語撰寫編年史的人。在他們之後，修道院的紀錄改由諾曼法語或拉丁文寫成，後者又更為普遍。彼得伯勒這裡對於盎格魯－撒克遜編年史的補充內容是從西元一一三一年寫起（圖七），它的語言則標誌了從古英語到中古英語的過渡，以及英語開始式微的現象。彼得伯勒編年史之後的接下來兩百年，幾乎所有正式的文字紀錄皆以拉丁文或法文寫成。

以下是班傑明・索爾普對最後一筆條目內容的翻譯：

西元一一五四年：這年，國王史蒂芬駕崩，葬於他的妻兒所葬之處，就在他們所創立的法弗尚修道院。國王崩逝時，宮廷徬徨無主，但出於對他的敬意，無人膽敢胡作非為。來到英格蘭時，他備受尊崇，並在冬至前的星期日於倫敦受封為王；在那裡他掌管一個偉大的宮廷。同一天，彼得伯勒的修道院院長馬丁也應該要到場，但他卻在一月二日病逝了。修道士在一天之內為他們選出另一位院長——威廉・德・瓦特威利，他是個好人，也是個好的神職人員，備受國王與萬眾愛戴。全體修道士將院長光榮下葬；在修道士們的隨行之下，新任院長很快來到牛津與國王會面；國王授予他院長職位；一行人很快回到彼得伯勒。

11 瑞丁——流行歌曲的英語（約西元一二三五年）

大約西元一二三五年左右，一位在瑞丁修道院（Reading Abbey）繕寫室工作的修道士，寫下了一首自此備受人們喜愛的歌詞（圖八）：

Sumer is icumen in,
Lhude sing! Cuccu
Groweth sed and bloweth med,
And springth the wude nu,
Sing! Cuccu

這是我們所知道的第一首英語流行歌。它是以西南部中古英語（West Country Middle English）寫成，西部中古英語則是源自西撒克遜古英語（見6〈溫徹斯特〉）的一種方言。換成現代英語的話，我們會這麼唱：

Summer is acoming in,
Loud sing, Cuckoo!
Seeds grow, meadows blow,
And springs the wood anew,
Sing Cuckoo!

（夏天就要來到
大聲唱吧，布穀鳥！
種子發芽，風吹草原，
樹林煥然一新，
唱啊！布穀鳥！）

不久之後，〈夏天就要來到〉被配上音樂，分成六個部分，每個人唱一個不同的部分或和聲，重複不同的字或輪[9]。這是一種很繁複的唱法，但〈夏天就要來到〉原先可能是一首簡單的民謠，由修道士寫了下來，之後再把它精緻化。事實上，抄寫者留下了線索，讓我們知道這首歌是怎麼個輪唱法。這首歌後面的拉丁文說明指出「四個朋友可以合唱這首輪唱曲」，接著指出每個人何時開始，以及在一個很長的音符當中應該如何暫停下來讓每位參與者按照正確的順序加入。

中世紀的歐洲滿是各種各樣供特別的日子之用的歌曲，〈夏天就要來到〉就是「迎春曲」的一個例子。這類歌曲是寫來迎接春天，慶祝冬天結束以及展望豐收。第二段歌詞就像第一段一般生動：

Awe bleteth after lomb,
Lhouth after calve cu.
Bulluc sterteþ, bucke verteþ,
Murie sing Cuccu!

在現代英語就變成：

Ewe bleats after lamb,
Lows after calf [the] cow,
Bullock leaps, buck farts
Merrily sing Cuckoo.

（母羊跟在小羊後面咩咩叫，
母牛跟在小牛後面哞哞叫，
牛兒跳來跳去，鹿兒噗噗放屁
布穀鳥開懷歡唱。）

9　輪（round），此指輪唱當中的一輪。

第三行的內容在學者間有爭議存在，有些學者說鹿兒應該是跟牛兒一樣跳來跳去。

歌唱的力量

中世紀英格蘭的聖歌、頌歌、輓歌、小敘事詩、抒情詩、耶誕歌曲、輪唱曲、迴旋曲和小夜曲演變為在十八世紀抬頭的敘事歌謠、船歌、小調、重唱曲、短歌和聲樂，往往因為那是它們最初被寫下的時候。

西元一七八三年，約瑟夫‧瑞特森（Joseph Ritson）出版了三冊的《原汁原味英語歌謠》（*English Songs, With Their Original Airs*），本書一路風行到攝政時期[10]。在這個集子當中，飲酒歌占了好一部分，像是〈心痛不如頭痛〉（Better our heads than hearts should ake）、〈人說女人像大海〉（Some say women are like the seas）以及〈她喝著葡萄酒跟我說她無法同意〉（She tells me with claret she cannot agree）。到了十九世紀晚期，圍著客廳大鋼琴唱的歌曲蔚為流行，像是〈舊鐵貨〉（Any Old Iron）、〈清燉牛肉胡蘿蔔〉（Boiled Beef and Carrots）、〈博靈頓‧柏帝〉（Burlington Bertie）、〈爹地不買狗狗給我〉（Daddy Wouldn't Buy Me a Bow Wow）、〈我愛去海邊〉（I Do Like to Be Beside the Seaside），以及其他很多、很多歌曲。

到了二十世紀，由於大受美國流行樂的影響，英國歌曲歷經了一次轉變。直到一八三〇年代之前，美國歌曲和英國歌曲都沒有顯著差異，十八世紀的一首飲酒歌為英國的〈上帝救救女王〉（God Save the Queen）和美國的〈你與我的國家〉（My Country 'Tis of Thee）提供了相同的曲調。

在一八四〇年代，像是〈馬撒永眠黃泉下〉（Massa's in de Cold

---

10 指西元一八一一至一八二〇年間。

Ground）、〈我在肯塔基的老家〉（My Old Kentucky Home）和〈故鄉的親人〉（Old Folks at Home）等黑人民謠，顯示出非裔美國音樂的影響，這種音樂首先風靡美國，接著再占領英國。隨之而來的是一八八〇年代的黑人靈魂樂以及一九一〇和一九二〇年代的拉格泰姆樂曲，此外也演變成一九二〇年代的爵士樂和藍調。在白人之間流行起來之前，這些音樂形式早在黑人之間流行已久。在一九三〇和一九四〇年代，非裔美國唱片被貼上種族音樂的標籤，之後則被稱為節奏藍調，再來才變成比爾·哈雷（Bill Haley）、貓王艾維斯和披頭四的搖滾樂（見80〈利物浦〉）。

中倫敦
見主要
地圖

41 裘園

94 溫德拉什廣場

26 漢普頓宮

聖潘克拉
85

43 馬里波恩

波特蘭名園街 **74**

河岸街 **53**

乾草市場街 **72**

57 海德公園

西敏橋

西敏 **12**

藍柏斯橋

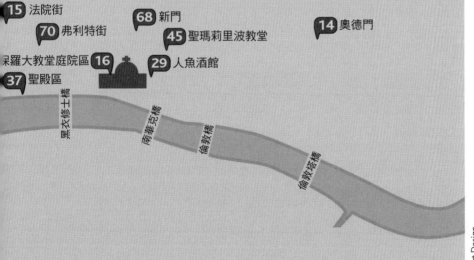

在本書所涵蓋的時期當中，有很長一段時間倫敦都是國家首都，它因而勢必大大影響了英語的塑造。我們的一百個地方裡有二十一個位於現今被視為大倫敦（Greater London）的區域內。

78 伊斯靈頓

31 霍爾本

51 聖馬丁大街

15 法院街

70 弗利特街

68 新門

14 奧德門

45 聖瑪莉里波教堂

保羅大教堂庭院區 16

29 人魚酒館

37 聖殿區

黑衣修士橋

南華克橋

倫敦橋

倫敦塔橋

12 西敏──英語的復興（西元一三六二年）

西元一三六二年十月十三日，英格蘭大法官破天荒頭一遭在國會開口說英語（圖九）。

這起事件發生在西敏市（City of Wesminster），因為它是皇室之城。它就位於倫敦市步行可及的距離內，而倫敦市則是商業之城。在西敏市可以找到皇室宮殿、法院、大臣官邸和國會。盎格魯－撒克遜國王懺悔者愛德華在西敏蓋了一座修道院當他的長眠之地，因而使得西敏成為皇室的焦點。由愛德華帶頭的這件事正合那些操諾曼法語的君主之意。他們從來不曾喜歡或信任過倫敦。

諾曼人以法語統治英格蘭。國會和法院禁止使用英語。英語是一個戰敗民族受到鄙視的語言。直到十四世紀，英語的官方地位都沒有任何改變。西元一三六二年，國會通過英語訴訟法案（Pleading in English Act）──通常簡稱為訴訟法（Statute of Pleading）。該法案基於法語在英格蘭「鮮為人知」而同意國會使用英語。

訴訟法主要是針對其中一個最有力的體制，也就是法治系統。它要求「在任何一座法庭之上，或在他的其他任何地方；在他的任何一位法官面前，或在他的其他任何一位大臣面前[11]；或在國土之中任何其他主掌者的法庭上或地方上，所有訴訟皆應以英語提出、呈現、抗辯、回答、辯論及裁奪，並以拉丁文記錄歸檔。」諷刺的是，這條法案是以法語寫成，但無論如何，清一色操法語的國會議員還是通過了。並且，在西元一三六三年一月，國會的開場演說終於改以英語來進行。

作為一種工作語言，法語或許要從英格蘭淡出了，但它已深植在英語的日常交談當中。就這方面而言，法語可謂一舉大獲全勝。幾乎

11　此處的「他」指國王。

沒有一種人類活動能夠不動用一個法文字來討論。英格蘭人從西元一一○○年起就整批整批地進口法文字，後來他們又持續這麼做長達五百年之久。

許多理由都被用來解釋法文字在英語裡俯拾即是的現象。維多利亞時期普遍的一個觀點是在田野裡古英語的 bull（牛）、sheep（羊）和 pig（豬）是由低下的撒克遜人來照料，但在餐桌上法文的 beef（牛肉）、mutton（羊肉）和 pork（豬肉）是給高高在上的諾曼人享用。高低之分於是被用來解釋 mansion（豪宅）和 house（房子）、stool（板凳）和 chair（椅子）及其他一些同類語。大衛・克里斯托[12]則說，beef（牛肉）、mutton（羊肉）和 pork（豬肉）這些字彙的採用，比較有可能是英語從十四世紀以來就吸收法文烹飪用語的結果。中古英語當中日耳曼語源和法文語源之間的關係是錯綜複雜又難分難解。

英語變成官方語言

西元一三六二年十月十三日這個日期象徵著英語的存續，也是它發展成世界語言的一個里程碑。英語從西元一三○○年起就開始挽回頹勢。到了十四世紀末，像是傑佛瑞・喬叟、約翰・高爾（John Gower）和威廉・朗格蘭（William Langland）等偉大詩人都選擇它作為他們創作用的語言。

十四世紀期間，儘管教會仍大量使用拉丁文，有一個叫做羅拉德派（Lollards）的團體卻開始以英語書寫及傳道，他們吸引的主要是底層階級的民眾——這也是他們的支持基礎所在——並主張不使用英語乃眾多宗教腐敗現象之一例。西元一四○○年，第一本英語的聖經

---

12 大衛・克里斯托（David Crystal），英國語言學家，著有《英語憑什麼！英語如何主宰我們的世界》、《用100字串起英語的歷史：你所不知道的英語文字漫遊地圖》等書。

全譯本出現了。這段時期，拉丁文依舊是學校課程的核心，但英語逐漸取代法文，成為上課時所用的語言。

西元一三六二年，英語僅有兩百萬人口，並且是下層階級的語言。今天，它有二十億人口，並且是全世界的語言。

西元二〇一〇年，英語專案將十月十三日定為年度節日，而發明了第一個英語日（English Language Day）。每年我們都紀念在西元一三六二年的這一天，並藉此機會慶祝英語的輝煌成就（見〈**結語**〉）。

13 基爾肯尼——愛爾蘭的英語（西元一三六六年）

　　西元一三六六年，為了鞏固英語在愛爾蘭的統治，英格蘭國王愛德華三世在基爾肯尼（圖十）召開國會，其中一個結果就是基爾肯尼法案（Statutes of Kilkenny）。在這個法案林林總總的條款當中，有一條規定道：「每一個英格蘭人皆應使用英語，並以英文名字命名，徹底捨棄以愛爾蘭語命名的方式。」若有任何英格蘭人違反這條規定，則應「受到地方長官的逮捕，直到被移交到國王陛下的處所之一，且能夠充分擔保採納並使用英語為止」。正如同四年前在西敏的國會甫通過的訴訟法（見12〈**西敏**〉），基爾肯尼法案也是以法語寫成。四年前的法案賦予英格蘭人在國會說英語的權力，如今英格蘭人則意圖防止英語在愛爾蘭絕跡[13]。

　　西元一三六六年之後，愛爾蘭有越來越多正式文件使用英語，但沒有什麼大家普遍說英語的證據。直到西元一六〇三年蘇格蘭國王詹姆斯坐上英格蘭國王的寶座之前，情況都沒有太大的改變。他鼓勵他的同胞從蘇格蘭移民到阿爾斯特。西元一六一〇年至一六四〇年間，約一萬名說蘇格蘭語的長老派教徒占領了說愛爾蘭語的天主教徒的土地。這些蘇格蘭移居者的語言發展成阿爾斯特蘇格蘭語（Ulster Scots）——一種在今日的北愛爾蘭所說的英語（見9〈**鄧弗姆林**〉的「蘇格蘭人的語言」）。蘇格蘭裔愛爾蘭人在十八世紀初又開始移民，這次則是從費城的港口移入北美。發現最好的土地已經被占據了，他們遂定居在阿帕拉契山脈（Appalachians）的鄉間。今日自稱為北愛蘇裔美國人（Scotch-Irish）的他們稱自己的方言為「山話」（Mountain Talk），山話的正式名稱則是美國南方高地英語（Southern

---

13　基爾肯尼法案乃針對移居至愛爾蘭的英格蘭人而訂立，目的是要避免英格蘭人被愛爾蘭人同化；法案中稱愛爾蘭為敵方（the Irish enemies）。

Highland English）。

盎格魯－愛爾蘭語的發展

　　阿爾斯特以南，有兩種英語在愛爾蘭更進一步地發展出來。西元一六五〇年，西敏國會通過定居法案（Act of Settlement）之後，有越來越多英格蘭地主以愛爾蘭為家。這些國教徒人家和他們的天主教徒佃農各過各的，不相往來。十八世紀的這些英格蘭人自稱為「優越分子」，他們當中的男性往往是在英格蘭接受教育。「優越分子」的語言為現代的愛爾蘭提供了「盎格魯－愛爾蘭語」（Anglo-Irish），盎格魯－愛爾蘭語用的是都柏林（Dublin）的母音、牛津的文法。

　　直到十九世紀中期飢荒撼動愛爾蘭的農業社會之前，英格蘭地主的佃農們一直是說蓋爾語（Gaelic）。飢餓與移居讓愛爾蘭損失了大半人口，也使得社會、家庭與宗教生活重新調整建構，結果是一方面強化了天主教信仰，一方面提高了說英語的人口數。

　　時至今日，愛爾蘭人口中只剩一成會說蓋爾語。不過，存在了很長一段時間的雙語人口創造出一種深受蓋爾語影響的愛爾蘭英語。像是 "Ah, it was no good for me to go to England, if I couldn't talk nothing only Irish, was it?"（啊，去英格蘭對我沒好處，如果我只會說愛爾蘭語，對吧？）、"But only for the Famine, there wouldn't be a half as many Protestants in Ireland, do you see?"（要不是飢荒，愛爾蘭可沒有這麼多新教徒，你瞭嗎？）、"In some building he is working with the couple of weeks"（在某棟他要工作幾週的建築裡）、"There's no loss on him"（他沒有損失）之類的句構，直接反映出這種語言的文法。此外，一如它對威爾斯口音的影響，蓋爾語的重音也要為愛爾蘭口音負責。

14 奧德門——中古英語的發展（西元一三七四年）

傑佛瑞·喬叟活在英語史上一個卓著的年代。他生於西元一三四三年（或差不多那附近），而且他受的很有可能是英語和拉丁文教育，而非法語和拉丁文。這倒是件新鮮事。法語長久以來在文化和語言上的支配地位氣數將盡。

喬叟的父親是一位發達的倫敦酒商，他讓兒子受良好的教育，還付錢讓他到法庭當個小聽差。這位詩人在那裡不只學到貴族那一套，還得到貴族的襄助而穩穩坐上倫敦港海關審計官的職位。一間位在奧德門上方的公寓隨著這份工作而來。奧德門是倫敦城牆最東邊的城門，喬叟的公寓不只是審查關稅的好地方，也是寫詩的好地方（圖十一）。

即使他是將近七百年前的古人，每個主修英文和每個愛詩的人無一不讀喬叟。我們今天讀喬叟的原因有二。首先，他是一位成就輝煌而風格歡樂的詩人。其次，現代標準英語直接承襲自他用來寫作的那種英語。我們稱最早期的英語為「古英語」。大約西元一一五〇年至一五〇〇年的英語，我們則稱之為「中古英語」。喬叟是中古英語的偉大詩人。英詩的起源可以追溯到喬叟之前六百年左右，但到了他手上，英詩突然大放異彩。

西元一三七四年至一三八六年間，喬叟就住在奧德門上方。這是一段創作旺盛的時期，喬叟在這裡寫了《眾鳥之會》（*The Parlement of Foules*）、《賢婦傳說》（*The Legend of Good Women*）和《特羅勒斯與克麗西德》（*Troilus and Criseyde*）。很有可能，他在離開這裡之前開始寫《坎特伯里故事集》（*The Canterbury Tales*）。

喬叟的英語生動、現代而新潮。《坎特伯里故事集》的開頭流露出這種新式英語以及新式英詩的風味：

Whan that Aprill with his shoures soote

The droghte of Marche hath perced to the roote,

And bathed every veyne in swich licour

Of which vertu engendred is the flour...

（四月帶著甘甜的陣雨來到

徹底滲透三月的乾旱，

條條莖脈沐浴在此仙藥之中，

補足元氣開出花朵……）

聽聽喬叟本人有可能怎麼誦讀《坎特伯里故事集》是一個特殊的體驗，它能讓我們真切地感受到中古英語和現代英語有多麼雷同，又有多麼大異其趣。YouTube上可以找到一些開頭這幾句的朗讀影片，它們很值得一聽。你也可以到西敏寺（Westminster Abbey）參觀喬叟的墓地。恰如其分地，喬叟正是詩人角[14]的第一位長眠者。

英語文學之父

喬叟對於英文字彙的影響無所不在。我們永遠無法斷定某個字最初是什麼時候出現在英文口語當中，但《牛津英文字典》（*Oxford English Dictionary*）給了我們一個字最早出現在書面語當中的日期，許多字初次出現時的首例都伴隨著喬叟的大名，包括accident（意外）、agree（同意）、cinnamon（肉桂）、desk（書桌）、examination（檢查）、funeral（喪禮）、laxative（瀉藥）、outrageous（粗暴的）、scissors（剪刀）、vacation（假期）、village（村莊）、vulgar（粗俗的）

---

14 詩人角（Poets' Corner），位於西敏寺南翼，由於眾多詩人、作家、劇作家長眠於此而得名。

和wallet（皮夾）。喬叟幾乎是立刻就成為書面英語的典範——尤其是對後來的詩人而言。伊莉莎白時期的詩人愛德蒙·史賓塞（Edmund Spenser）稱喬叟為「純淨的英語之井」。直到被莎士比亞取代之前，喬叟的語言是最受推崇的語言。

他所選擇的英語形式顯示出從阿佛烈的西撒克遜語到倫敦語的轉變，倫敦語後來成為標準英語的基礎。但他是否引發或促成了此一語言運動，又或者他只是整個轉變過程的一部分，我們沒有定論。毋庸置疑的是，伴隨著劍橋與牛津，倫敦作為權力的中心，已經開始發揮強大的影響力了。

15 法院街——法院英語（約西元一四一九年）

　　西元一四一七至一四二〇年間的某個時候，在法國從事軍事活動的亨利五世捎了一封信給英格蘭的攝政王貝德福德公爵。這封信提及國王收集到有關蘇格蘭恐將發動攻擊的情報，並提出有關如何對待法國囚犯的指示。國王交代的事情需要立刻採取行動。國王的話必須一字不差地傳達給英格蘭的若干貴族知道。於是乎，我們可以想見這封信在處理相關事宜的指揮中心被展讀，而這個指揮中心就是大法官的辦公室，也就是越來越多人簡稱為 Chancery（大法官法院）的地方（圖十二）。我們不知道這封信是否真的傳到了大法官的辦公室，但我們確實知道，不像之前的國王以拉丁文或法語寫信，這封信是以英語寫成，有可能是國王親筆所寫。

　　大法官法院位於從河岸街（The Strand）過去一點的法院街，離聖保羅大教堂很近。Chancery 這個字是在十四世紀時第一次出現在英語當中，用來指稱由大法官所主持的法庭，它是晚期中古英語中 chauncelerie 一字的簡寫形式。不過，對英語的沿革而言，重要的是發生在隸屬於大法官之下眾多辦公室當中的故事。

　　到了十五世紀，包括職員和實習生在內，總共大概有一百二十名負責記錄和抄寫的書記員。這些人就像巨型的人體影印機，他們的工作是確保每一件攸關國王的事情都留下紀錄，而且這些訊息不只在倫敦的人看得懂，在拉德羅（Ludlow）、利奇菲爾德（Lichfield）和萊斯特（Leicester）的人也要看得懂[15]。

　　此外還有二十四位書記官，他們是比較特殊的一種文職官員，工作內容是起草新的令狀（相當於中世紀的公函、備忘錄或簡報）。在法院的這些辦公室以及沿路下去的財政部那裡，對於可靠的報告、公

15　以上皆為英國地名，意指書記所用的英語要在英國各地皆能通行。

函、紀錄和其他各種書寫形式的文件有著貪得無厭的需求，如此才能確保政府的有效運作。我們如今所謂的公務員體系或政府機構文官制度，於焉誕生。

標準英語之始

在大法官要處理的法律和財政事務上，需要有相當的精確度。而在先前的國王統治之下，他的辦公室已經相當善於以法文和拉丁文運作。但就從亨利五世的時代起，大法官法院的書記改用英語從事他們的工作，如此所產生的結果被稱之為「法院英語」（Chancery English）。許多人認為法院英語是影響英語標準化的一股強大力量。

此時主要可能造成混淆的一個範疇在於各種各樣不同的拼字方式，而法院的文書在這方面的標準化上肯定發揮了作用。但在之後很長的一段時間，英語仍然保留了多樣化這個特色。

大衛・克里斯托提出了一些法院英語比較重大的特徵，包括：

－過去式動詞以 ed 結尾，例如 assembled（集合）。
－現在分詞以 yng 結尾，例如 dewllyng（居住，相當於現代英語的 dwelling）。
－th 表示第三人稱單數，例如 doth（做，相當於現代英語的 does）。
－should（應該）是寫成 shulde，而不是 schulde。

在許多情形中，倫敦人所說的英語[16]不可避免地勝出而受到法院英語的採用，不過也有一些有趣的例外，像是第三人稱複數代名詞採用了北方形式的 they、their 和 them，而不是倫敦本地用的 hi、hir 和 hem。

16　即所謂倫敦暨英格蘭中東部方言（London and East Midland dialects）。

16 聖保羅大教堂庭院區——英語和圖書販賣業（西元一四五六年）

西元一四五六年，約翰·薛理（John Shirley）結束了在倫敦市聖保羅大教堂附近買賣手抄本的一生。薛理往往是從拉丁文的文本翻譯過來，成為他自己的譯本。他的《蘇格蘭王之死》（*Dethe of the Kynge of Scotis*）在最後一頁有這樣的注記：

And thus nowe here endethe this moste pitevous Cronicle of th'orribill dethe of the Kyng of Scottes translated oute of Latyne into owre moders Englisshe tong bi youre symple subget Iohan Shirley, in his laste age after his symple vnderstondynge, whiche he recommendethe to your supportacione and correccion as that youre gentilnese vowchethe safe for his excuse &c

（蘇格蘭王慘死的淒涼故事就此告終，由不才在下約翰·薛理於晚年根據淺薄的了解，從拉丁文翻譯成我們的母語英文，歡迎您予以協助與修正，如有錯誤還望您海涵。）

寫有這一則注記的那份手抄本有可能不是出於他本人之手。他無疑將抄寫的工作交給他的抄寫員們，這些人的工作是負責讓薛理的店裡備足手抄本。

《蘇格蘭王之死》的日期大約是西元一四四九年，而薛理的晚期中古英語和早期現代英語相距不遠，要讀懂並不難。儘管拼字的方式在我們看來顯得奇形怪狀，但它卻充分反映出他的口音，也於是 our mother's English tougue（我們的母語英文）在他筆下成了 owre moders Englisshe tong。

薛理就在出版業開始改革圖書販賣業（見18〈布魯日〉）前二十年與世長辭。但儘管最早的出版社是在西敏成立，圖書販賣的中心依舊留在倫敦市。接下來的五百年，眾書商的地址仍是集中在聖保羅大教堂庭院區的阿門角（Amen Corner）和天父街（Paternoster Row）[17]。這個區域在一九四〇年十二月的轟炸中被毀[18]，書商遷出此地，但圖書販賣業在之後甚至還有更大的改變。

書本的變臉進化史

　　薛理死後二十年，書籍的製作方式開始產生變革。自從耶穌死後兩百年內書冊取代經折裝以來，這是最大的一次變革了。「經折裝」是一張長幅的紙捲折疊而成，「書冊」則是一頁頁的紙裝訂成一本書。據說基督徒是率先將紙捲裁成一頁頁、做成我們現在所謂的紙本書的人。他們這麼做則是為了便於讓新舊約聖經的頁面相互對照。希臘文的「書」這個字就為基督徒的新舊合一版聖經提供了名稱——the Bible[19]。

　　接下來，到了十五世紀中期，歐洲首度目睹了從手抄本演進成印刷本的革新運動。這次變動為時兩百年或更久，並使得圖書販賣業蓬勃發展，也造就了如今形形色色、隨處可見的書店。

　　相當於從經折裝到書冊以及從手抄本到印刷本的巨變，二十一世紀早期也目睹了一次重大改革。二十世紀末電子文本的出現，深深改變了我們看待文字的眼光。圖書館改頭換面，在一櫃櫃的書旁邊多了

17　Pater Noster為拉丁文「我們的天父」，亦即主禱文的開頭。中世紀時聖保羅大教堂的神職人員會從天父街開始誦唸主禱文，直到在阿門角結束，這兩個地方因此得名。

18　此指倫敦大轟炸，為納粹德國對倫敦進行連續七十六個晝夜的轟炸行動。

19　希臘文的「書」是biblio。

一台台電腦。「Google圖書搜尋」為許多人家裡提供了一個擁有上百萬本藏書的研究工具。亞馬遜網路書店在線上販售的書就和實體書店能買到的書一樣多。而 to kindle 很快地成為一個表示「閱讀電子書」的動詞。

17 潘布魯克——威爾斯的英語（西元一四五七年）

西元一四五七年，艾德蒙・都鐸之妻瑪格莉特・博福特夫人在潘布魯克城堡（Pembroke Castle，圖十三）誕下一子，取名亨利・都鐸（Henry Tudor）。這個男孩在潘布魯克城堡長到十四歲，接著他先跑去住在布列塔尼半島，之後就都住在法國。二十八歲的時候，在法國人的幫助之下，他帶領軍隊進攻英格蘭，打敗並殺了理查三世。亨利・都鐸成為英格蘭國王亨利七世。

對威爾斯語來說，這或許是重大的一刻。威爾斯的吟遊詩人宣稱亨利・都鐸是 y mab darogan（預言之子），亨利也確實有些向父親的威爾斯血統致敬的小小舉動。他將他的長子命名為亞瑟，並不時揚起卡德瓦拉德（Cadwallader）的紅龍旗[20]。但對亨利來說，重要的是她母親那邊的血統，因為這讓他能主張英格蘭王座歸他所有。

亨利需要顯得像個英格蘭人，這意味著威爾斯語並未因為他是個威爾斯人而得利。事實上，都鐸王朝對於讓自身英格蘭化的需要，以及對於在都鐸家族統治之下中央集權制度的需求，在在顯示出英語凌駕於威爾斯語之上。亨利・都鐸的兒子亨利八世頒布了法案，讓英語成為威爾斯法庭和公共行政所用的語言。

語言帝國主義的故事

亨利八世有關語言的指示，不只讓我們得以一窺這條法案的精髓，也讓我們領略到都鐸英語的風格、拼寫方始與標點符號規則：

---

20 卡德瓦拉德為格溫內斯王國（現今威爾斯西北部）國王，紅龍旗為該王國國旗。

All other officers and ministers of the lawe shall proclayme and kepe the sessions courtes hundreds letes Shireves and all other courtes in the Englisshe Tonge. […] And also that frome hensforth no personne or personnes that use the Welsshe speche or langage shall have or enjoy any maner office or fees within the Realme of Englonde Wales […] onles he or they use and exercise the speche or langage of Englisshe.

（各地所有官員與法制人員在法庭之上皆應使用英語……從今而後任何人如若使用威爾斯語，皆不得在英格蘭威爾斯屬地之上享有宅第或薪給……除非當事人改用英語。）

西元一八四七年出現了威爾斯人口中的「藍皮書叛變」（Treachery of the Blue Books）、倫敦人口中的「皇家委員會威爾斯教育報告書」（The Report of the Royal Commission on Education in Wales）。在委員們眼裡，威爾斯語「多重阻礙了人民在道德上的進步與商業上的繁榮發展」。學校被規定要使用英語，說威爾斯語的學童要挨鞭子。直到西元一九九三年的威爾斯語言法案（Welsh Language Act）通過之前，英格蘭對威爾斯的英語法規和政策都沒有完全廢止。

　　儘管英語長期需要經由法律強迫推行，它在威爾斯卻是存在已久。生活在後來被稱之為英語自治區（English Boroughs）當中的居民，如同生活在潘布魯克城堡內外的居民一般，說的是他們當地的英語。這樣的族群老早從十一世紀起便享有特權，他們的地位在十三世紀末因為愛德華一世建造的城堡而更加鞏固，到了亨利八世頒布語言法令之後更是不可動搖。

　　威爾斯人對英語的強迫推行很是抗拒，晚至一八九〇年代末期都還只有三分之一的人口說英語。儘管如此，威爾斯的英語還是發展出與其他地方明顯不同的口音，它的特色是一種反映出凱爾特語

（Celtic）重音模式套用在日耳曼文字上時所產生的抑揚頓挫。威爾斯的英語人士發展出兩種明顯的英語形式。第一種在威爾斯北部的鄉下地方可以聽到，它是母語是威爾斯語的雙語族群所發展出來的英語。第二種在十九世紀威爾斯南部的工業化城鎮可以聽到，新的英語族群在這些地方崛起，這種族群的雙親或祖輩說威爾斯語，但他們自己則已經或正在喪失說威爾斯語的能力。

今日，威爾斯語享有復興的榮景。西元一九八八年的教育法案（the Education Act）將威爾斯語列為威爾斯各中等學校必學科目。而自從西元一九九六年起，威爾斯語就是小學階段的必學科目。這股復興的潮流部分是教改行動的結果，但它也來自於獨立的威爾斯國民議會握有立法權後所產生的自信心。比起臣服於都鐸統治之下的時期，如今的威爾斯人更能有效掌握國家的命運。

四、現代英語的起源

布魯日（Bruges）——西元一四七四年

科隆（Cologne）——西元一五二五年

巴黎（Paris）——西元一五三〇年

卡爾頓（Carleton）——西元一五三一年

諾索特（Northolt）——西元一五五一年

阿爾漢格爾斯克（Archangel）——西元一五五三年

史特拉福（Stratford）——西元一五六四年

奇切斯特（Chichester）——西元一五八六年

漢普頓宮（Hampton Court）——西元一六〇四年

18 布魯日——英語和印刷機（西元一四七四年）

在西元一四七四年，布魯日是唯一一個勃艮第公爵設有宮廷的城市，它也是第一本英語印刷書誕生的地點。一位倫敦商人在西元一四四〇年代末期定居布魯日，他事業有成，甚至成為勃艮第公爵夫人瑪格莉特（Margaret, Duchess of Burgundy）家中的一員。瑪格莉特是英格蘭國王愛德華四世（Edward IV）和理查三世的姊姊，這位商人則是威廉・卡克斯頓（William Caxton）。如同那個時代很典型的情形，他在歐陸就如同在英格蘭一般自在。那時的英格蘭人就像現在的荷蘭人一樣能說流利的外語。

遊歷德國各州之後，最新的工藝技術印刷機的發明，激發了卡克斯頓。西元一四五四年，約翰尼斯・古騰堡（Johannes Gutenberg）所印刷的第一本書讓歐洲為之驚豔。西元一四七〇年代，卡克斯頓在科隆看到印刷機的運作。接著很可能是在西元一四七四年（也有一說是西元一四七三或一四七五年），他和佛萊明印刷業者[21]合作，做出了第一本英語印刷書——《特洛伊歷史故事集》（*The Recuyell of the Historyes of Troye*）。卡克斯頓自己從法文翻譯這本書。他的英文字recuyell來自法文字recueil，是a collection（一本集子）的意思。十五世紀時，法文字輕易就可以搬過來變成英文字。

卡克斯頓從英格蘭跑到勃艮第經商，現在又跑回英格蘭做印刷。他看到印刷機的潛力，於是在西敏市開店，印刷、出版了一百本書。卡克斯頓對宮廷很是殷勤，在尋求皇家贊助這方面也很有手腕。他服務過愛德華四世和理查三世，理查死後不出幾年，他又為亨利七世工作。卡克斯頓攬下為亨利印刷國會法令的工作。國會法令的印刷本身就是一項創舉，它們是以英語而非法語印製的事實也一樣意義重大。

---

21 比利時兩大族群之一。

卡克斯頓留給後世的遺產

　　卡克斯頓把印刷機從布魯日帶到倫敦，閱讀的世界隨之產生蛻變。羅曼史、祈禱書、論文、民謠和廣告淹沒倫敦。印刷機引進後的一百年內，兩成五的倫敦人都成了讀書人——這可是個非同小可的比例。書籍和印刷品成為一般人的娛樂，而不再是專屬於有錢人或宗教界的收藏。當我們的目光落在今日的暢銷書排行榜上時，我們渾然不知自己正受惠於古騰堡的工藝革命。卡克斯頓並非語言學家，但他面臨到今日任何一位書籍或網站編輯所要面臨的難題：用哪個字最好？遣詞用字應該多正式？要用哪一種拼寫方式？

　　在維吉爾（Virgil）的《伊尼亞德》（*Aeneid*）的一個譯本當中，卡克斯頓在前面的序言吐露了他的疑慮：

And that comyn Englysshe that is spoken in one shyre varyeth from another. In so moche that in my dayes happened that certayn marchauntes were in a shippe in Tamyse [on the Thames] for to have sayled over the see into Zelande. And for lacke of wynde thai taryed atte forlond and wente to lande for to refreshe them. And one of theym named Sheffelde, a mercer, cam into an hows and axed for mete and specyaily he axyd after eggys. And the goode wyf answerde that she coude speke no Frensshe. And the marchaunt was angry, for he also coude speke no Frensshe, but wolde have hadde egges; and she understode hym not. And thenne at laste another sayd that he wolde have eyren; then the good wyf sayd that she understod hym wel. Loo! what sholde a man in thyse dayes now wryte, egges or eyren? Certaynly it is harde to playse every man bycause of dyversite and chaunge of langage.

（各郡所說的通用英語各有不同，於是在我的年代就發生過有商人搭船要從泰晤士河航向西蘭島，因為無風的緣故，他們在岬岸耽擱了，便跑到內陸去補充一下元氣。其中一個名叫薛菲爾德的綢布商人來到一戶人家要食物，他特別指定要吃蛋，好心的太太卻說她不會講法語。商人很生氣，因為他自己也不會說法語啊！但他想吃蛋，而她聽不懂。接著終於有另一個人說他要的是卵，這位好太太竟然聽懂了。哎呀呀，如今我們到底該怎麼寫好？蛋還是卵？因為語言的多樣化與改變，要讓每一個人都滿意實在是太難了。）

倫敦的印刷業者尋求統一的形式，進而帶動了英語的標準化。如此才確保了像你這樣的英語讀者，無論在世界上的哪裡，都能理解這本書（更多討論見25〈奇切斯特〉和36〈利奇菲爾德〉）。

鄧弗姆林 9 修士門
38
93 尼克森街

新堡 98
蒙克威爾茅斯 4

蒂斯河畔斯托克頓 48

約克 5

索爾福德 55
利物浦 80
曼徹斯特 59

罩衫巷 39
都柏林 65

蘭韋爾普普爾 62
古因吉爾
漢莫威治 3
利奇菲爾德 36 彼得伯勒 10
烏德雷公地 1
史特拉福 24
卡爾頓 21 32 三一學院
布萊切利園 76
基爾肯尼 13

基督教堂學院 61
牛津 75
諾索特 22
潘布魯克 17
瑞丁 11
79 倫敦
伊頓
坎特伯里 2

索爾斯伯里 30 6 溫徹斯特
瑟恩 7 哈斯汀 8
25
波莒 67 奇切斯特

73 根西島

Maps by Helen Joubert Design

19 科隆——英語聖經（西元一五二五年）

西元一五二一年，威廉‧廷代爾（WilliamTyndale）受封成為牧師。他開始在劍橋進行戶外激進布道，並嘗試著手翻譯聖經，力圖讓聖經成為如同他日後所說的一般——牧師與農夫皆能輕易讀懂。他受到地方宗教領袖的迫害而前往倫敦。三年後，他逃到主權獨立的漢堡市，以利繼續從事將聖經翻譯成英文的工作。教會高層禁止他做這件事。

廷代爾不是第一位著手翻譯聖經的英格蘭人；約翰‧威克里夫（John Wycliffe）和他在牛津的同儕學者已於西元一四〇〇年完成這項偉大的任務，翻譯了聖傑羅姆（Saint Jerome）的拉丁文聖經。然而，英文聖經的普及處處受到民間和教會當局雙方面的阻礙。擁有一本威克里夫版聖經被當作是異端罪行，擁有者可處以火刑。

自西元一五二二年馬丁‧路德（Martin Luther）將新約聖經翻譯成德文起，製作一本英文版聖經的需求益發迫切。路德關鍵性地選擇不要以天主教教會偏好的聖傑羅姆版拉丁文聖經為本，反倒轉而採用希臘文和希伯來文原版素材。受到路德的啟發，廷代爾為英語世界做了路德為德文世界所做的事情。

抵達漢堡之後，廷代爾在德國幾個不同的城鎮工作，直到西元一五二五年開始印刷他的新約聖經。最初先在科隆，後來再到沃爾姆斯（Worms），接下來的兩年間印了一萬八千本。儘管這當中有許多本都被沒收了，但還是有充足的數量流入英格蘭的狂熱追隨者手裡。廷代爾接下來繼續處理舊約聖經。他受到路德啟發所做的努力不只被英格蘭人視為威脅，也惹毛了羅馬教廷。西元一五三五年，他被捕入獄。西元一五三六年，他被處以絞刑和火刑。

雖然廷代爾沒能完成他的翻譯，但邁爾斯‧科弗代爾（Myles Coverdale）接續他的工作，以與廷代爾略有不同的語言完成舊約聖經

的最後幾書。如廷代爾所願，那是一種能讓聖經盡可能普及的語言。

　　西元一五三八年，科弗代爾出版了聖經的英文全譯本，後來被稱為「大聖經」（the Great Bible），受到亨利八世的採用。當時的亨利八世和羅馬教宗處於敵對，他下令英格蘭的每一座教堂都要有科弗代爾這本聖經。接著還有第三個名字加入廷代爾和科弗代爾的行列，那就是托馬斯・克蘭麥（Thomas Cranmer）。

　　西元一五四九年，克蘭麥用廷代爾和科弗代爾的譯本，為英格蘭教會寫了後來成為公禱書（The Book of Common Prayer）的文本。公禱書提供了一整個教會年度當中每日敬拜和週日禮拜的順序，並附有能以英語朗讀給公眾聆聽的聖經段落。對許多人來說，他們是透過這種方式認識聖經的。克蘭麥能夠巧妙分配廷代爾和科弗代爾的遣詞用字和語言，而讓公禱書顯得像一個天衣無縫的整體。於此同時，大聖經也成為一連串聖經譯本的基礎，直到在西元一六一一年的欽定版聖經（King James Bible）達到巔峰（見26〈漢普頓宮〉）。

廷代爾譯本的不凡力量

　　現代觀念認為所有基督徒都該擁有一本聖經，就技術上而言，這至少要到西元一四五〇年約翰尼斯・古騰堡發明印刷術（見18〈布魯日〉）以後才成為可能。即使如此，在天主教教會的強大阻力之下，印刷術的發明並未立刻促成聖經在英格蘭的普及。不像在歐洲的其他地方，本國語言版本的聖經在英格蘭並未開始量產；這件事得等到十七世紀才會發生。

　　但就算廷代爾的聖經（圖十四）印製量相對較小，他的文字所發揮的影響力卻是無窮無盡，許多詞句到了今日都還受到廣泛使用，例如：

Lead us not into temptation but deliver us from evil.

（不叫我們遇見試探，救我們脫離兇惡。）

fell flat on his face

（跌個狗吃屎；比喻出糗、失敗。）

the powers that be

（掌權者）

signs of the times

（時代的趨勢）

sour grapes

（酸葡萄）

　　廷代爾語言風格的愛好者，包括了喬治・赫伯特（George Herbert）、約翰・彌爾頓（John Milton）、約翰・班揚（John Bunyan）、以撒・華茲（Isaac Watts）、亞歷山大・波普（Alexander Pope）、查理・衛斯理（Charles Wesley）、威廉・布雷克（William Blake）、山謬・柯勒律治（Samuel Coleridge）、波西・雪萊（Percy Shelley）、托馬斯・麥考利（Thomas Macaulay）、艾蜜莉・狄更生（Emily Dickinson）、湯瑪斯・哈代（Thomas Hardy）、D・H・勞倫斯（D.H. Lawrence）和托馬斯・斯特恩斯・艾略特（T.S. Eliot）。談到在密西西比州的童年，尤多拉・韋爾蒂（Eudora Welty）說廷代爾的韻律與節奏「聲聲入耳，永誌恆留」。廷代爾的語言直接、簡練、鏗鏘有力，富有言外之意。這是廷代爾效應。我們可以說，自從維多利亞時期的人開始進行現代翻譯起，這種效應就漸漸喪失了。

20 巴黎——英語標點符號之始（西元一五三〇年）

西元一五三〇年，久弗瓦·托利（Geoffroy Tory）成為法國國王法蘭索瓦一世的官方印刷商。西元一五三二年，他被委任為法蘭西島²²巴黎大學（University of Paris）圖書館長。坐擁這些職銜，他處於一個高興拿法語怎麼樣就怎麼樣的位置上，而他想做的是讓法語適於印刷。十六世紀的法國人對於法文的感覺，就和同一個世紀的英格蘭人對英文的感覺一樣——印刷機迫使所向披靡、一片榮景的拉丁文退位給較為次等的地方語言。

久弗瓦·托利尤其關切喪失了拉丁文拼法的法文字，這在他看來是語言的崩壞。他認為最好的解決辦法是以各種方式來暗示原有的形式。為了達到這個目的，他把撇號、重音符號、逗號和軟音符引進法文之中。軟音符來自西班牙文，逗號取自威尼斯語，在字母上添加記號的重音符號是古希臘文的作法，撇號則可能是托利自己發明的。

事實上，古典拉丁文完全沒有標點符號這種東西。無論是用筆還是用鑿子，人們以一氣呵成的方式寫字，而寫成 THEYWROTEINAN UNBROKENFLOWOFLETTERS 這個樣子。中世紀的書寫系統開始引進字與字的間距，以及句首第一個字母大寫、其餘字母小寫的作法。此時就算有句號和破折號的存在，也是偶一為之，不會固定使用。

撇號的力量

對於拉丁文的崩壞，英文學者和托利有著一樣擔憂，而且他們試圖做出一些改革，例如將中古英語的 dette 改寫為 debt（債務），以提

---

22 法蘭西島（Ile de France），法國的首都圈，以巴黎為中心，俗稱「大巴黎地區」。

醒使用者這個字來自拉丁文的debitum。這條改革之路沒能走得太遠，但托利的撇號讓英文學者大為驚豔。

托利用撇號來表示被省略掉的拉丁字母，英文學者則用撇號來表示被省略掉的英文字母──尤其是在名詞的所有格和複數型當中。在此之前，book's被拼成（以及唸成）bookis，而books則被拼成（以及唸成）bookes。托利的撇號可以用來表示省略掉的字母，到了十八世紀，改革人士則讓撇號的規則變得更為講究。除了所有格以外，他們把名詞複數型當中的撇號給禁掉了，並把撇號移到名詞的字尾，於是乎books'的意思就是「屬於書本的」。托利的撇號是一個拙劣的解決方案，用來解決一個本來不存在的問題，而且從此之後撇號在英語當中就是一團解不開的糾結。儘管英文也接收了逗號（見29〈人魚酒館〉文末），但卻把重音符號和軟音符留給了法文。

莎士比亞筆下的學究霍洛芬（Holofernes）提出撇號應該受到密切注意的忠告，今日的學究也仍樂於提醒我們撇號的使用是何等反覆無常，小小一個撇號的誤用都能挑起激憤的情緒。它也可能受到冷淡的對待。西元二〇〇三年，琳恩·特魯斯（Lynne Truss）因為她的書《教唆熊貓開槍的「，」：一次學會英文標點符號》（*Eats, Shoots & Leaves: The Zero Tolerance Approach to Punctuation*）而成為某種語言學界的名人。這本書的書名當中，逗號的存在與否會使句意產生戲劇化的改變。書名的副標則暗示了它的內容──絕不接受標點符號的誤用[23]。她指正了一些應該用複數所有格，但卻用了單數所有格的例子，像是Adult Learner's Week（成人學習者週）[24]；以及應該用單數所

---

23 本書的英文書名當中無逗號時，「*Eats Shoots & Leaves*」意指熊貓「吃嫩芽和樹葉」；有逗號時，「*Eats, Shoots & Leaves*」意指熊貓「吃完東西，開槍，然後離開」。副標 *The Zero Tolerance Approach to Punctuation* 原文直譯則是「零忍受標點法」。

24 琳恩·特魯斯認為這裡的learner（學習者）應該是複數learners，所有格便應寫成learners'。

有格，但卻用了複數所有格的例子，像是 Bobs' Motors'（鮑勃汽車）[25]；或者更令人發噱地，在某些例子當中撇號完全被省略了，像是 Dicks in tray（盤子裡的老二）[26]；又或者是不必要地多了撇號，像是到處可見的 Cyclist's only（限行單車／僅限單車騎士），這或許是現存最普遍的錯誤用法了。

　　如同霍洛芬一般，特魯斯也是一位學究，儘管是很逗趣的一位。但就關注標點符號的正確使用而言，她並不孤單。彷彿英語是由法律來規範而非約定俗成似的，還有許多人也以貪婪的雙眼去檢視，一旦在別人的文章當中發現他們最愛的語法錯誤，便迫不及待予以糾正。

25　Bob 為人名，所有格若以單數處理便應寫成 Bob's。Bob's Motors 為公司名稱，所有格若以單數處理便應寫成 Bob's Motor's。

26　此處若寫成 Dick's in tray 則成為「迪克的文件盤」之意。

21 卡爾頓——拉丁文對英語的影響（西元一五三一年）

　　拉丁文已影響英文逾一千五百年之久；事實上，最初在第五世紀時來到不列顛尼亞定居的日耳曼人就帶來了大約一百個拉丁字彙，這些字彙是他們從羅馬帝國北方邊境的羅馬士兵那裡學來的，當中包括butter（奶油）、chalk（粉筆）、cheese（乳酪）、dish（盤子）、mile（英里）、pepper（胡椒）、pound（磅）、sack（袋）、street（街）和wine（酒）。

　　基督教的傳入為第七世紀的英語帶來更多字彙。接著，在西元一○六六年至一五○○年間，英文採納了成千上萬個拉丁字彙，許多是透過法語傳來。因此，到了英國文藝復興時期（the English Renaissance）拉丁字彙大量湧入時，英語已經很習慣接收拉丁字彙了。

　　西元一五三一年，劍橋郡（Cambridgeshire）卡爾頓的托馬斯‧埃利奧特（Sir Thomas Elyot）出版了《為官之書》（*The Boke Named the Governour*）。他將本書獻給他的國王亨利八世，並告訴讀者說本書「探究有意謀求官職者可能需要的道德準則」。在當時，這是一本暢銷書。牛津大學和劍橋大學都宣稱埃利奧特是該校學生，但並沒有明確的證據顯示他待過這兩所大學。根據他自己的說法，他從十二歲之後就都是無師自通。

　　《為官之書》為埃利奧特建立起古典思維與價值熱中分子的名聲。約翰‧柯列特（John Colet）和湯瑪斯‧摩爾（Thomas More）也屬於這樣的一群人。他們是對語言有深刻認識的人，而且他們對拉丁文的使用不是以教會拉丁文為據，而是以古典拉丁文為本——尤其是西塞羅的拉丁文，他那繁複、華麗、藻飾的風格是他們的典範。

　　值得注意的是，埃利奧特以英文寫成《為官之書》。儘管在他的年代拉丁文備受琢磨而益發講究，但長期稱霸一方的拉丁文到了此時

卻也氣數將盡。全歐洲學術性書籍的作者都開始用他們自己的語言寫作——義大利文、法文、西班牙文、德文、英文。然而，為了替所有藝術、知識、人文和科學用語找到所需詞彙，學者們整批整批地從拉丁文搬字過來，讓這個語言在他們的本國語當中留下蒼涼的餘燼。

對義大利文、法文和西班牙文來說，這是頗為直截了當的一件事。這些語言都是拉丁文的後代，也都是義大利語族的一分子。對德文和英文來說，情況則不然。這兩種語言屬於日耳曼語族，德文作者往往覺得義大利語族的字彙在德語的文脈當中顯得很突兀，所以他們傾向於把拉丁文字彙改造成德文字彙，方法是將拉丁字彙的元素轉譯過來。拉丁文有一個字是 d bilit re，德國人把它改成 entkräften。然而，英國人卻把它寫成 debilitate（使衰弱），而且他們沒有要讓這個新字更加英語化的意思。英文字從西元一〇六六年起就吸收法文字來用的事實，意味著義大利語族或拉丁文的字彙並不會讓英國人的眼睛和耳朵不舒服。

拉丁移字潮

《牛津英文字典》告訴我們，托馬斯・埃利奧特是率先使用abbreviate（縮寫）、abdicate（退位）、abhor（厭惡）、abide（忍受）、abode（居所）、abolition（廢除）、abortion（墮胎）乃至於其他一千九百五十個字的人。托馬斯先生的新字並非全部來自拉丁文，但絕大部分都是。跟隨人文主義者所開的先例，英文作者們在接下來的三個世紀從拉丁文進口了大約兩萬個字彙。字彙也持續從法文輸入，而由於這些法文字多數又源自拉丁文，所以今日飽讀詩書的人會的英文字彙當中，有大約四萬個是來自義大利語族，只有一萬個左右是源自日耳曼語。

並非每個人都像埃利奧特一般熱中於人文主義者所引起的改變。新引進的拉丁字彙被貶為「牛角墨水瓶」用語。牛角墨水瓶是一種用

牛角做的墨水瓶，廣受學者的愛用。當它被用來批評人時，意思是「賣弄學問」、「掉書袋」或「吹毛求疵」。埃利奧特說他拿拉丁字彙來造字是「為我們的語言做必要的擴充」。事實上，他造的某些新字顯得陳腐過時，當中包括deambulation（散步）、misentreating（虐待）、zelator（狂熱分子），這些字和其他的一些字都沒有保存下來，但也有許多他引進的字如今廣為人知。

拉丁文後來對英文又有更進一步的影響，那是到了十七世紀時，人文主義者把英文文法詳加檢視了一番，決定英文文法應該要更遵守拉丁文文法的規則才行（這個痛苦的故事寫在36〈利奇菲爾德〉）。

22 諾索特——英文字的拼法與母音大推移（西元一五五一年）

西元一五五一年，約翰‧哈特（John Hart）寫了《英語的不合理寫法之開放》（*The Opening of the Unreasonable Writing of Our English Tongue*）。這本書在他生前未曾出版，但它的內容是關於英語的拼寫，而且一般認為這是第一本有系統討論該主題的書。哈特指出，要讓英語的拼寫有規則可循，便須根據語音來拼字，拼法直接來自字的發音。為了讓這個理念成為可能，他提出了六個新的語音符號，用來標記子音。他也發展出一套在母音下方或上方標圓點的系統，用以表示它們是長母音或短母音。

約翰‧哈特為人所知的資料不多。瑞典學者認為他生於米德塞克斯（Middlesex）的諾索特，但英國學者不是那麼確定。可以確知的是，有個當今英語人士也深有所感的現象讓他心裡很不痛快，那就是英語的口語發音和拼寫方式不相符。在近代英語（Early Modern English）出現之前，沒人對這一點表示意見，而且沒意見是非常合理的，因為古英語的口語發音和拼寫方式彼此搭配得很好，中古英語的口語發音和拼寫方式也彼此搭配得滿好的。

搭配得很好是指你可以把《坎特伯里故事集》一如喬叟所拼寫的一般大聲唸出來。搭配得不好是指你不能如同莎士比亞所拼寫的一般把《愛的徒勞》（*Love's Labour's Lost*）大聲唸出來。在喬叟辭世（西元一四〇〇年）到莎士比亞出生（西元一五六四年）之間，英語的發音方式出了件大事，我們稱這件大事為「母音大推移」（Great Vowel Shift）。

喬叟的長母音音質近似於現代義大利語的長母音，它在嘴巴裡的位置被往上、往前移，使得莎士比亞的長母音有了新的音質，而近似於現代英語的長母音。沒人知道母音為什麼發生這種移位。它對英格蘭中部英語（Midland English）有最大的影響，尤其是英格蘭中東部

英語（East Midland English），亦即倫敦方言。

　　這個轉變在一百五十年內完成，以這種規模的現象來說，這是英語史上進行得最快的一次轉變。它有可能是人們從一種方言換到另外一種方言的結果。也有人說黑死病是導火線，因為它在西元一三四八至一三四九年間奪走了三分之一英語人口的性命，接著又導致人口從英格蘭北部遷移到東南部去補足勞力缺口。

英語拼字的重整

　　讓西元一五五一年的約翰・哈特和後代的學童們備受折磨的一大主因，在於英語拼字在十五世紀的最後二十五年受到了一番矯正。那是一個倫敦口音最為流通的時代，但那也是印刷機駕到的時候（見18〈布魯日〉）。威廉・卡克斯頓在西元一四七六年來到西敏工作，很快就印行了一百本書。不幸的是，他和其他印刷同業用的是一套已經過時的拼字系統。

　　約翰・哈特試圖在一五五〇年代改革這件事，但為時已晚。隨著英文不只汲取法文、拉丁文和希臘文字彙，還吸收了越來越多其他外語，情況只變得更糟。就某種程度而言，法國人試圖讓外國字歸化成法文，但英國人從未做過這件事。時至今日，英語拼字處於模糊不定的險境之中。

　　十九世紀早期，諾亞・韋伯斯特（Noah Webster）的著作達成了部分的改革[27]，但他只重整了大約五百字，而且他的拼字只會在美式英語當中看見。有個一般往往認為是出自蕭伯納（George Bernard Shaw）的笑話：如果取 enough（足夠）當中 gh 的音、women（女人）當中 o 的音、dictionary（字典）當中 ti 的音，那麼 ghoti 就要被拼成

27　諾亞・韋伯斯特為《韋氏大字典》（*Webster's Dictionary*）編纂者，長達五個　　世代的美國學童學拼字用的是他編寫的拼字書。

fish（魚）了。蕭伯納本人可能沒有說這個笑話，但他確實留下一大堆關於重整英語拼字的遺言。他的遺言並沒有產生任何結果。

如果當今我們要重整英語拼字，第一個要解決的問題就是：新的拼法該依據誰的口音呢？

23 阿爾漢格爾斯克——貿易英語（西元一五五三年）

　　西元一五五三年，英國的水手取道巴倫支海（Barents Sea）和白海（White Sea），開闢出一條新的貿易航道。他們本來想找出一條從東北方開往中國的路線，結果最後卻開到了阿爾漢格爾斯克（Arkhangelsk），或按照他們的叫法是「莫斯科大公國的阿爾肯玖」（Archangel in Muscovy）[28]。他們見到了沙皇伊凡四世，並帶了他的一封信回到倫敦，他在信中表達了貿易通商的意願。兩百四十位倫敦商人受此鼓舞，合起來組了一個他們叫做莫斯科公司（Muscovy Company）的單位，共享開發這個新的貿易商機所產生的花費與利益。英格蘭女王瑪麗一世頒發了許可證給這家公司，沙皇也賦予他們一些特權，世界上第一家股份有限公司就這麼誕生了。

　　參與這家股份有限公司的商人要共同分擔一家企業的風險，但每個人所獲得的公司股份前景相當看好。許多公司紛紛追隨莫斯科公司的腳步而成立，包括東印度公司（East India Company）、維吉尼亞公司（Virginia Company）和普利茅斯公司（Plymouth Company）（圖十五）。到了十七世紀末，倫敦已有超過一百家公司登記立案，而且蓬勃發展的貿易焦點不只在於這些公司的商品上，也在於這些公司本身的股份上。

　　西元一七○○年，現代貿易世界出現了，auditor（查帳員）、bond（債券）、call（要求償還）、demand（需求）、equity（股票）、fixture（定期貸款）、gross（毛利）、hedge（套頭交易）、index（指數）、junk（舊貨）、liability（負債）、margin（保證金）、market（市場）、net（淨利）、offer（出價）、pit（交易場）、reserve（儲備金）、share（股份）、tick（帳目）、underwriter（認購者）、volume（交易額）

28　俄文 Arkhangelsk 一字的英文是 Archangel。

和yield（利潤）這些字也隨之被賦予了新意。

貿易英語的發展

所有的行業和專業都有自己的字彙或術語，貿易界也不例外。然而，有一套全球通用的慣用語彙叫做「貿易英語」。它不只是一套特殊的語彙，而是一種由過去三百年發展出來的慣例所組成的英語，這些慣例是貿易書信的指導方針。

到了十九世紀，市面上可以找到無數的貿易書信指南，當中的範例囊括了每一種可能發生的狀況，而且裡面充滿各種往往是以拉丁文用語為根據的縮寫形式，像是 inst.、prox. 和 ult.。他們的意思是「這個月」、「下個月」和「上個月」。inst. 是 instante mense 的縮寫，而一封貿易書信的開頭可能寫著："Thank you for yours of the 2 inst."，意思是：「謝謝您本月二號的來信。」客套話和縮寫形式加快事情的腳步，尤其是在一個一切都用手寫的年代。

二十世紀早期，美國的貿易書信已經在朝一個不那麼晦澀難解的風格發展，如以下這則西元一九一一年的書信範例所示：

Mesdames :

Will you kindly furnish us with information respecting Messrs. Brown Brothers, of Columbus, Ohio? These gentlemen have given your name as reference, saying that you would probably recommend that a credit of $50,000 (fifty thousand) be given them. This is a large sum to grant under the circumstances, so we should be greatly indebted to you for your opinion as to their trustworthiness. As the matter is urgent you may 'phone us on 'Change here at our expense.We shall hold ourselves at your disposal at any time for a corresponding service here in the East.

Respectfully yours,

（敬啟者：

　　能否請您慷慨提供我方關於俄亥俄州哥倫布市布朗兄弟諸位先生們的資訊？先生們提供了您的大名作為推薦人，說是您能擔保我方可放心撥給他們一筆五萬美元的金額。由於這筆金額為數可觀，若蒙您提供有關對方信譽之意見，我方將不勝感激。由於事態緊急，您可透過總機接線致電我方，由我方付費。我們在東部隨時靜候您的佳音。

謹上）

今天，市面上有滿坑滿谷教貿易英語的書籍。貿易英語的風格已經沒有那麼正式，但還是有賴一些客套話來盡可能減少商務往來的摩擦。除了標準書信範例，二十一世紀的指南還提供了新型溝通形式的範例，乃至於有關避免不當使用的警告：

上班時不要收發私人電子郵件（不要瀏覽網頁或網路購物）。將公司電腦用於私人用途既不得體也不專業，而且會害你丟了工作。切記：電子郵件沒有隱私。它可能受到監看。它會被儲存起來。它隨時可能被用來對付你。

電子郵件可能是最被廣泛使用的貿易往來媒介，每天都有無以計數的訊息透過它們來傳遞，而它們絕大多數是以英語寫成（見83〈洛杉磯〉）。眾多的電子形式讓英語成為稱霸網路的語言，也讓貿易英語成為全球貿易的語言，而電子郵件只是其中一種罷了。

24 史特拉福——近代英語的發展（西元一五六四年）

威廉·莎士比亞出生在一個如今已經成為英語聖殿的地方，但今日埃文河畔史特拉福[29]所擁抱的英語，並非西元一五六四年在埃文河畔史特拉福所說的英語。史特拉福位於瓦立克郡（Warwickshire），而這裡的地方語言源自麥西亞語。麥西亞語是古英語的其中一個支系，從瓦許河口（The Wash）到威爾斯山區（Welsh Hills），以及從亨伯河到泰晤士河之間的區域，曾經說的是這種語言（見3〈漢莫威治〉）。

在這一大片英格蘭的中部地區當中，東邊諸郡要比西邊各郡更受北歐入侵者的影響。這些郡越過丹麥區（Danelaw），往西直到華特靈古道（Watling Street）為止。以這條古道為界，麥西亞語在兩邊各自發展成兩種中古英語的支系——《坎特伯里故事集》的英格蘭中東部英語，以及〈高文爵士與綠騎士〉的英格蘭中西部英語（West Midland English）。

英格蘭中部英語是莎士比亞小時候說的語言。它有它自己的口音、字彙和文法。這些被維多利亞時期的人稱之為瓦立克郡主義（Warwickshireisms）的特徵，在他的劇作當中可以看到。單字和人名提供了最多的例子，但最重要的一大特徵或許是文法上的——英格蘭中西部人是說 he walks（他走路），而不是說 he walketh。

Walks 和 walketh 在莎士比亞劇作中輪流出現。當他在一五八○年代來到倫敦時，他勢必會發現這兩種形式間的語言戰爭正打得如火如荼。來到倫敦的人們說著各種各樣的英語，但倫敦的英語根本上是英

---

29 由於埃文河（River Avon）流經此地，故稱此地為埃文河畔史特拉福（Stratford-upon-Avon），此為英國地名取名特色，其他如泰恩河畔新堡（Newcastle upon Tyne），也是一樣的道理。

格蘭中東部英語。這和莎士比亞本來所操的語言相近，而且，在倫敦的西區，英格蘭中東部英語正逐漸成為強勢方言。中古英語正在喪失它各種支系平衡發展的特色。於此同時，英語正在變成一種有學問的語言，以便作為每一種知識都可使用的溝通媒介。為了達到這個目的，書面英語將拼字和文法規則化，並擴充了它的字彙。西元一五〇〇年至一七〇〇年間，它從拉丁文吸收了兩萬個字彙。

倫敦向來是個好去處，但當莎士比亞去到那裡時，它或許是個再好不過的去處了。倫敦英語是各種語言壓力和刺激的焦點所在。倫敦人也勢必比其他地方的人接觸到更多不熟悉的聲音。莎士比亞拿那些帶有鄉下、威爾斯、愛爾蘭或蘇格蘭口音的角色來取笑。他那個時代的劇作家們都酷愛這麼做。另一方面，劇作家也嘲弄那些談吐高雅或滿口外語的人。在莎士比亞最早期的劇作之一《愛的徒勞》裡，他既挖揄學者霍洛芬的拉丁文，也調侃小丑考斯塔德（Costard）的鄉土話。

莎士比亞對英語的影響

藉由他的劇作和詩作，莎士比亞讓英格蘭中東部英語成為一種不朽的語言，而他的作品也已成為全世界的資產。如今英語已經成為一種全球語言，埃文河畔史特拉福則成為一個朝聖的地點。一旦到了那裡，語言愛好者或許也可以注意聽聽看瓦立克郡主義的痕跡。

莎士比亞在許多不同的層面都對英語字彙產生影響，無論是透過創造新字、以不同的方式運用既有字彙，或發明到現在都還受到使用的新俚語和新諺語。在《牛津英文字典》裡，有數千個字彙史上首位留有文字證據的使用者是莎士比亞。如同喬叟（見14〈奧德門〉）所造成的影響，其他人也在莎士比亞帶頭之下跟著使用這些字彙，這些字彙於是紛紛進入到一般用語當中。莎士比亞的貢獻包括：auspicious（吉利的）、barefaced（厚顏無恥的）、chimney-top（煙囪頂）、dog-weary（累得跟狗一樣）、enmesh（絆住）、featureless（平凡的）、generous（慷慨的）、honey-tongued（甜言蜜語的）、ill-tempered（壞脾氣的）、jaded（疲倦不堪的）、kitchen-wench（廚娘）、lacklustre（無光澤的）、marketable（可銷售的）、neverending（沒有止境的）、olympian（威嚴的）、priceless（無價的）、quarrelsome（愛吵架的）、retirement（退職）、sanctimonious（偽善的）、tardiness（遲緩）、uneducated（無知的）、varied（多變的）、well-read（博學的）、yelping（吠叫）和zany（荒唐可笑的）。

他的俚語和諺語也依然廣獲共鳴。以下是其中一些例子：

The course of true love never did run smooth (*Midsummer Night's Dream*)
好事多磨（《仲夏夜之夢》）

Truth will out、All that glitters is not gold (*Merchant of Venice*)
真相大白、金玉其外也許敗絮其中（《威尼斯商人》）

Short shrift (*Richard III*)
小小懺悔一下（《理查三世》）

Method in my madness、More in sorrow than in anger (*Hamlet*)
瘋狂之道、哀傷多於憤怒（《哈姆雷特》）

Set your teeth on edge、Send him packing (*Henry IV Part I*)
害你不舒服、請他走路（《亨利四世》第一部）

Wild goose chase、A rose by any other name (*Romeo and Juliet*)
白費力氣、名稱無損實質（《羅密歐與茱麗葉》）

Too much of a good thing (*As You Like It*)

過猶不及（《皆大歡喜》）

All's well that ends well (*All's Well That Ends Well*)

善終為善（《終成眷屬》）

　　威廉・莎士比亞的英語讓這種語言得以享有與荷馬、維吉爾和但丁的語言平等的地位[30]。

---

30 荷馬為古希臘詩人，用的是古希臘文；維吉爾為古羅馬詩人，用的是拉丁文；但丁用的是義大利文。

25 奇切斯特——英文文法（西元一五八六年）

西元一五八六年，奇切斯特有一位學校老師出版了《威廉·布洛卡爾文法手冊：或說是他濃縮的英文文法重點》（*William Bullokarz pamphlet for grammar : Or rather too be saied hiz abbreuiation of hiz grammar for English, extracted out-of hiz grammar at-larg*），俗稱威廉·布洛卡爾（William Bullokar）的《文法手冊》（*Pamphlet for Grammar*）。它是第一本英文文法書，書名反映了屢戰屢敗的英文拼字重整計畫又一次的失敗（見22〈諾索特〉）。

《文法手冊》是威廉·布洛卡爾寫來教他小孩讀寫英文的課本。在十六世紀，一般往往認為只要學會讀寫拉丁文，便連帶具備了英文讀寫的技能。

儘管布洛卡爾踏出了革命性的一步，他的英文文法卻是以拉丁文文法為準。他根據的是威廉·黎里（William Lily）所編纂、亨利八世下令英格蘭所有文法學校統一使用的《皇家文法》（*Royal Grammar*）。《皇家文法》開了一個讓老師們認為英文應該追隨拉丁文的先例，並且，在接下來兩個世紀的時間裡，新的規則為英文文法創造了出來。孩子們被教導句子不應以介系詞作為結尾，不應使用雙重否定（double negatives）和雙重比較（double comparatives），不定詞（infinitives）必須連用、不可分開。

偏向外語文法的結果，是書面英語和口語英語的理路相互違背。英文作家們必須時時繃緊神經。當文法家想從偉大作家的作品中找出優良文法範例時，場面並不好看——這些靠不住的偉大作家沒有一個乖乖按照新訂立的正確文法來寫作。莎士比亞、彌爾頓、德萊頓（Dryden）、艾迪生（Addison）、波普（Pope）[31] 都被發現在他們作品

31　彌爾頓為十七世紀英國詩人，著有《失樂園》（*Paradise Lost*）；德萊頓為西

中的某些地方違反了某些文法規則。文法家很樂於指出這些錯誤。威廉‧科拜特（William Cobbett）在他的《英語文法》（*Grammar of the English Language*）中，有一節的標題是〈錯誤文法實例，摘自詹森博士之作〉。

英文文法標準化

科拜特之所以挑山謬‧強森（Samuel Johnson）的毛病，是因為西元一七五五年《強森字典》（*A Dictionary of the English Language*）問世後，一套標準的英文文法可謂隨之成立。詹森為該字典所做的序是這些規則的最佳宣言之一，而該字典本身當然也矯正了約四萬個英文字彙的拼法（見36〈利奇菲爾德〉）。

十八世紀末，所有英文文法書當中影響最大的一本出版了。那是一位名叫林德利‧莫瑞（Lindley Murray）的美國人的大作。第一版出現於西元一七九五年，書名叫做《不同程度學習者都適用的英文文法》（*The English Grammar Adapted to the Different Classes of Learner*）。它伴隨著藤條一起在十九世紀英格蘭的每一所公立學校使用。有太多學童曾經慘遭莫瑞文法書的毒手，使得狄更斯非在書裡提它一提，讓讀者捧腹大笑一番。這本文法書從未絕版過。

「英文文法書」一般是指把英語的正確規則教給讀者的書籍，這樣的書籍是規範性質的書籍。語言學家毋寧更喜歡敘述性質的文法書，也就是描述某種語言如何運作的書籍——而非那些為某種語言立下規矩的書籍。

那麼，文法到底是什麼？語言學家丹尼爾‧艾佛列特（Daniel Everett）提供了一個答案。他指出人類使用單字，就如同動物一般，

元一六六八年的英國桂冠詩人；艾迪生為十七世紀英國詩人、劇作家；波普為十八世紀英國詩人、翻譯家。

但人類也使用句子。人類「將他們的聲音組織成一定的模式，接著再把這些聲音模式組織成單字與句子的文法模式。人類語言這一層層的組織讓我們比其他任何一種物種能夠溝通的東西都多出許多」。透過改變語序和字尾，文法提供了那第二層的模式。

　　文法讓人類能夠超越動物的聲碼，表達複雜的語意。孩童對於他們自然而然學會的語言具有天生的文法理解力。然而，某些教育學家主張孩童應該養成對文法的明確認識。就大多數的英文文法而言，這種認識是不必要的。但對於理解英文在十六和十七世紀從拉丁文吸收過來的文法規則而言，這種認識是有幫助的。

26 漢普頓宮——英語和欽定版聖經（西元一六〇四年）

西元一六〇四年，英格蘭暨蘇格蘭國王詹姆斯在漢普頓宮召開一場會議，下令完成一個英文聖經的新譯本。詹姆斯是一位宗教信仰堅定的國王，而這一點對他要學者們展開的冒險計畫來說恐怕不是個好兆頭。早先的翻譯激起了神學的論戰和宗教的對立，但當這件工作在西元一六一一年大功告成時，詹姆斯國王的欽定版聖經也開始了它成為最受喜愛的英文書籍的過程。

西元一五二二年問世的馬丁‧路德新約聖經德文譯本，促使威廉‧廷代爾和邁爾斯‧科弗代爾展開英譯本的翻譯（見19〈科隆〉）。許多人追隨他們的腳步，西元一五二六至一六一一年間出版了五十五種英文聖經的全譯本或摘譯本。摘譯本翻譯的往往是詩篇（Psalms）或福音（Gospel），但也出現了許多完整譯本，尤其是亨利八世令他的教會使用的一五三八年版「大聖經」、清教徒令喀爾文教會使用的一五六〇年版日內瓦聖經（Geneva Bible）、英國國教派令英格蘭教會使用的一五六八年版主教聖經（Bishops Bible），以及天主教徒令羅馬教會使用的一六一〇年版杜埃聖經（Douay Bible）。

這些聖經主要的差異在於它們的注釋。依詹姆斯之見，這些神學上的注解往往「偏頗、失真、煽動情緒、加油添醋，大逆不道而思想危險」。國王想要一本在英格蘭的教會中清教徒和國教徒都可共用的聖經。西元一六一一年，他的零注釋聖經問世了。它的翻譯之扎實，使得接下來的兩百五十年內少有學者認為它需要做什麼重大改變。英國人有了自己的聖經。

欽定版聖經的影響

欽定版聖經（圖十六）穩步進入英語人士的意識和語言，他們大

多是每個禮拜日在教堂聆聽朗讀。它對書面語的影響可能大過口語，不過它對口語的影響也是威力無窮，我們的日常俗語充斥著來自聖經的典故。大衛・克里斯托在《英語的故事》（*The Stories of English*）裡列出了來自欽定版聖經馬太福音的說法：

> man shall not live by bread alone（人活著不是單靠食物）；the salt of the earth（世上的鹽）；the light of the world（世上的光）；an eye for an eye and a tooth for a tooth（以牙還牙，以眼還眼）；our daily bread（每日的食糧）；treasures in heaven（天上的財寶）；no man can serve two masters（一個人不能事奉兩個主）；pearls before swine（對牛彈琴）；[a wolf] in sheep's clothing（披著羊皮〔的狼〕）；weeping and gnashing of teeth（哀哭切齒）；new wine [in] old bottles（舊瓶〔裝〕新酒）；lost sheep（迷途的羊）；the blind leading the blind（盲人導盲）；the signs of the times（這時候的神蹟）。

英語人士從欽定版聖經擷取了比這張清單還多出一千種的說法。時至今日，無論是讀過或沒讀過這個聖經版本的人都會使用這些語彙。這些語彙涵蓋各種各樣的日常處境，只待我們在日常交談中撿現成的珠璣妙語來用。以上少數幾個來自馬太福音的說法，就能讓我們一窺詹姆斯國王的語言特色；我們感受到這些文字的背後充滿弦外之音。這些說法也呈現出該語言出色的遣詞用字。

欽定版聖經約有八十萬字，但根據字數計算的結果，它所用的字根不超過八千個。樸素、淺白的語言累積成強大的力量。

五、世界英語的起源

詹姆斯鎮（Jamestown）——西元一六〇七年

漢密爾頓（Hamilton）——西元一六〇九年

人魚酒館（The Mermaid Tavern）——西元一六二三年

索爾斯伯里（Salisbury）——西元一六三一年

霍爾本（Holborn）——西元一六六〇年

三一學院（Trinity College）——西元一六七〇年

費城（Philadelphia）——西元一六八二年

尼姆（Nîmes）——西元一六九五年

波士頓（Boston）——西元一七〇四年

27 詹姆斯鎮——英語在美國（西元一六○七年）

西元一六○七年，歷經一趟困難的大西洋航程以及種種的千辛萬苦，有一百零五個人在美洲建立了第一個英國人的永久居住地。以他們的國王詹姆斯一世為名，他們沿著一條他們稱之為詹姆斯河（the James）的河流航行，定居在一個他們稱之為詹姆斯鎮的地方。（圖十七）

如果一個國家初來乍到的定居者人數夠多，他們就能奠定代代相傳的語言模式，詹姆斯鎮的殖民情況就是如此。詹姆斯河流入切薩皮克灣，到了西元一七○○年已有超過二十五萬男女移入這個區域。這當中多數人是從英格蘭西南部地區經由布里斯托而來，這些人所操的語言為美國南方英語（Southern English）提供了起點。美國南方英語是一種今日從德拉瓦州往南到喬治亞州、再往西到德克薩斯州沿海各州所講的方言。

美國南方英語不是單一的一種語言，而且截至西元一七○○年就已在維吉尼亞州發展出三種形式。一開始，詹姆斯鎮的死亡率高於出生率。直到發現種植菸草的方式之前，這裡的人口都只靠來自英格蘭的新到者支撐。只需一艘船的菸草運抵倫敦，就夠一個人一輩子不愁吃穿。種植菸草最理想的土地是介於海岸與山麓之間的低地，移居者稱之為沿海低窪地區（Tidewater）。第二理想的是較高的土地，也就是阿帕拉契山脈的山麓地帶，他們稱之為皮德蒙特高原（Piedmont）。

在沿海低窪地區，第一批菸草田開墾出來了，第一筆財富也創造出來了。儘管這些移民主要來自英格蘭西南部，卻有相當多的倫敦人得到了在沿海低窪地區的土地，結果是產生了一種混合倫敦英語和英格蘭西南部英語元素的口音。倫敦英語是一種深受上流階層影響的英語，沿海低窪地區的英語於是變成權貴的象徵。沿海低窪口音是老南方[32]電影裡有錢的農場主和太太們那種慢條斯理的貴族腔，這讓南方

人慢悠悠的說話方式成為美國口音當中令人仰慕的一個特色。相形之下，這種說話方式在英國卻被認為是鄉下方言的特色，就像是英格蘭西南部的方言。某種特定的說話方式迷人與否端看社會觀感而定，不是來自語言本身的客觀事實。

維吉尼亞州原本的英格蘭西南部英語還發展出第三種英語。沿海低窪地區和皮德蒙特高原的英語（現在稱之為美國南方沿海英語和美國南方英語）都和這第三種英語不同。學這第三種英語的人是受到奴役在菸草田工作的非洲人。他們的方言被稱為非洲裔美國人英語（African American English），是美國南方英語的變體，但它在它存在的三百年間演變得極為不同，這個故事寫在69〈紐奧良〉一章。

美洲英語的多樣性

從北極到格蘭德河（Rio Grande），從大西洋到太平洋，北美英語（North American English）有數種不同的方言，不過遠比不列顛群島上的要少。不同的方言隨著時間的演進各自獨立發展。英語來到美洲才剛超過四百年，一開始是鐵路——後來是汽車——讓英語人士持續地互相混雜。儘管如此，北美英語還是顯現出各地鮮明的差異，而絕大多數的語言學者都將這些方言的源頭追溯到十七世紀移民的不同起點上。

英格蘭西南部人、倫敦人和非洲人是北美英語的三大奠基族群。如果要完整勾勒北美英語的樣貌，我們還需要把取道費城和波士頓進入美國的英語族群算進來。有趣的是，多數語言學者認為大量不說英語的移民僅對字彙有貢獻而已，一般不認為他們對北美洲的口音或文法有任何重大的影響。

這所有的一切，源頭都可以追溯到一小撮的詹姆斯鎮拓荒者身

32　指美國內戰前的南方。

上。而今日北美洲三億三千五百萬的英語人口，已經成為全世界最大的一個以英語為母語的群體了。

28 漢密爾頓——英語在西印度群島（西元一六〇九年）

冒險犯難的商人在維吉尼亞州建立詹姆斯鎮兩年後，另一批倫敦人意圖加入他們的行列，卻在西班牙人稱之為百慕達（Bermuda）的小島發生船難（圖十八）。時間是西元一六〇九年。這些航行者重建他們的船隻，最後在西元一六一〇年抵達詹姆斯鎮。他們的歷險記變得廣為人知，威廉・莎士比亞甚至在《暴風雨》當中影射了這起事件。《暴風雨》正是一齣關於一場暴風雨、一場船難和一座小島的劇作。在此期間，英國人也決定占領百慕達。到了西元一六二九年，百慕達約有兩千人的同時，新英格蘭卻只有不到五百人左右。西元一七九三年，百慕達有了一個叫做漢密爾頓的首都。

百慕達在地理上並不屬於西印度群島，但在語言上卻是它們的一部分。英國人從百慕達開始占領一個又一個島嶼，英語也隨之散布到巴哈馬群島（Bahamas）、牙買加（Jamaica）、開曼群島（Caymans）、安地卡島（Antigua）、蒙特塞拉特島（Montserrat）、維京群島（Virgin Islands）、巴貝多（Barbados）、聖克里斯多福島（St Kitts）、特克斯群島（the Turks）、凱科斯群島（Caicos Islands）、多米尼克（Dominica）、格瑞那達（Grenada）、聖露西亞（St Lucia）、聖文森島（St Vincent）和千里達及托巴哥（Trinidad and Tobago）。從千里達可以遠眺南美洲內陸，英國人甚至在那裡也有一個叫做圭亞那（Guiana）的殖民地，現在叫做蓋亞那（Guyana）。時至今日，在所有這些國家，英式英語已成強勢方言。同時，英語已不是後殖民時期的西印度群島唯一的語言，在加勒比海諸島（the Caribbean islands）可以聽到西班牙語、法語、荷蘭語和丹麥語。

一場戰爭的意外結果

英語在西印度群島的故事，或許也是英語在北美洲的故事的一部分。最初百慕達確實是包含在維吉尼亞州的殖民地之內。西元一七七五年時，巴貝多的橋鎮（Bridgetown）和波士頓的不列顛人（此時的英格蘭人轉而這樣稱呼自己）所說的語言差異不大。兩者的切割發生在一七七六年時，西印度群島的不列顛人選擇站在大不列顛那一邊，而未支持新宣示成立的美利堅合眾國。

在這次事件當中，英語在西印度群島的故事正如同英語在西非的故事。英語在牙買加、巴貝多和千里達等大島上的發展，恰與英語在迦納（Ghana）和奈及利亞（Nigeria）等國的發展相平行。正規、土語化和混合式的英語齊頭並進，許多人三種都精通。西印度群島和西非的差別，在於西印度群島的原住民語言伴隨著說這些語言的原住民一起消失了。原來的加勒比人（Carib）和阿拉瓦克人（Arawak）滅絕了，取而代之的是黑人奴隸。數以百萬計的黑人奴隸經過西印度群島往美洲挺進，但他們許多人的旅途就到致命的加勒比海蔗糖田為止。他們的後代占了島上今日絕大部分的人口。

西印度人通常立刻就能分辨某個人是來自哪座島。較大的島嶼發展出混合式英語——從簡單的語言交流當中產生的複雜、自然的語言。島民對外來的賓客會說輕易就能聽懂的西印度英語，但若是島民以牙買加賴比許語（Jamaican Labrish）、巴貝多班加語（Barbadian Bajan）或千里達土語（Trinidadian Patois）彼此交談，外來者恐怕就跟不上了。

牙買加詩人露薏絲·班奈特（Louise Bennett）給了我們一窺賴比許語的機會：

An wen we try fe warn you Lize,

Yuh always chat we out,

Yuh chat an chat till govament

Come income-tax yuh mout!

Start a-talk yuh neighbor busines

Form a labrish committee!

[And when we tried to warn you, Liz,

You always talk us down,

You talk and talk until the government

Will income-tax your mouth!

Start a talk-about-your-neighbours business,

Form a gossip committee!]

（而當我們試著警告妳，麗茲，

妳總是比我們還大聲，

妳說啊說啊，直到政府

都要跟妳收說話稅！

打開鄰居家務事的話匣子，

組一個三姑六婆委員會！）

29 人魚酒館——英文標點符號的講究（西元一六二三年）

沒在寫作時，班·強生（圖十九）可能就在鬧市街[33]的人魚酒館。多數時間，他都在那裡喝酒、聊天、聽人高談闊論。儘管強生以他的劇作和詩作聞名於世，卻鮮少有人記得他對英文標點符號的貢獻。西元一六二三年，強生的藏書室失火，燒燬一份他已經嘔心瀝血了一段時間的書稿。那是他的《英文文法》（*English Grammar*）的初稿。西元一六四〇年，強生辭世三年之後，這本沒什麼人知道的書出版了。

強生的文法書不是第一本英文文法書，跑第一的殊榮落在大約三十七年前的威廉·布洛卡爾頭上。但布洛卡爾的作品明顯以拉丁文為依歸（見25〈奇切斯特〉），強生的版本則真正讓英文掙脫拉丁文而獨立。這本書的全名《英文文法，班·強生基於對現今所說、所用的英語之觀察，為所有生手而寫》（*The English Grammar, made by Ben Jonson, for the benefit of all strangers, out of the observation of the English language, now spoken and in use*），也顯示出一個重要的新發展，那就是口語和書面語受到一樣的關注。

強生有著不同一般的手寫簽名方式——班：強生。透過以雙點號（或以他自己的說法是「雙圓點」）或我們所說的冒號將名字分開，強生有意識地將自己和他人做出區別。儘管重要的神職人物有時在正式文件上會採取拉丁化的簽名方式，而在名字當中插入冒號，但還沒有其他人像強生這般使用冒號。有一種說法認為強生是刻意用冒號來分開他的姓和名、他的私我和公眾身分，一如冒號可用來在一個句子當中既分開又連接兩個子句。又或許，這只不過顯示了他對標點符號很

---

33 鬧市街（Cheapside），倫敦中部東西向大街名，曾為倫敦主要的農產品買賣集散地。cheap在中古英語中意指市場，cheapside意指市集。

是著迷。

標點符號的發展

　　十五世紀英格蘭的印刷業剛起步之時，威廉·卡克斯頓用了三種標點符號：斜線（/）用來標記一組字彙，冒號表示句法上的停頓，句號表示句子的結尾。西元一五三〇年，如我們在20〈巴黎〉讀到的，傑佛瑞·喬叟影響了撇號的使用。西元一五六六年，少年老成的年輕義大利印刷商小阿爾杜斯·馬努提烏斯（Aldus Manutius the Younger）企圖寫一本標準的標點符號使用手冊。

　　但到了十七世紀之初，印刷商之間標點符號的使用仍舊莫衷一是。在他的《英文文法》中，強生企圖為英文標點符號的使用建立一點秩序。對他來講，這種秩序不只是要讓文本的節奏有個道理——一如有他這般才華的演員和劇作家所會做到的一般，也是要把句法表達更為清楚。

　　　　撇號＝「字首或字尾省略了一個母音。」
　　　　逗號＝「中途喘口氣。在一個句子當中，當這個字處於前面的部
　　　　　　　分和後面部分的中立位置時。」
　　　　分號＝「區分一個未完的句子，在這個句子當中有一個相對較長
　　　　　　　的喘息，而分號後面的句子也是這整個句子的一部分。」
　　　　冒號＝「區分一個本身已經很完整但又和另一句相連的句子，以
　　　　　　　兩個圓點作為標記。」
　　　　句號＝「區分一個各方面都已經很完整的句子。」
　　　　問號＝「如果一個句子帶有疑問。」
　　　　驚嘆號＝「如果要發出讚歎。」

　　強生甚至描述括號是「兩個逗號把一個句子包含在裡面」，亦即

wherein two comma's include a sentence。有趣的是，讀者諸君或許會眼尖地發現，comma's的s前面有一個用在這裡很奇怪的撇號。不同的作者和專家使用撇號的規則各有不同，直到今日撇號的規則都還充滿矛盾。

　　英文標點符號從來不曾定型，規則更是每個世紀都在變。如今，簡訊、推特、部落格和電子郵件的使用者往往徹底省略標點符號。用與不用沒有太大差別，這一點頗為耐人尋味。

30 索爾斯伯里——英語和法律語言（西元一六三一年）

　　在塞繆爾・皮普斯（Samuel Pepys）的日記中，他記下「一名囚犯在索爾斯伯里因為一件小事被判刑的好故事」[34]。西元一六三一年，這位囚犯在等著聽法官宣判時，把握機會朝首席法官李察德森丟了一顆石頭。石頭沒丟準，然而，本來考慮宣判減刑的李察德森，立刻下令砍了這人的手，並且釘在絞刑台上。在那之後，這人被絞死了。

　　皮普斯的紀錄言簡意賅而簡潔有力，但這起事件的法律紀錄卻非如此。十九世紀版的皮普斯日記附注補充如下：

Richardson, ch. Just. de C. Banc al Assises at Salisbury in Summer 1631. fuit assault per prisoner la condemne pur felony que puis son condemnation ject un Brickbat a le dit Justice que narrowly mist, & pur ceo immediately fuit Indictment drawn per Noy envers le Prisoner,& son dexter manus ampute & fix al Gibbet, sur que luy mesme immediatement hange in presence de Court.

這份報告綜合使用了法文法律用語、拉丁文法律用語和英文法律用語。法文是盎格魯－諾曼法語，拉丁文是中世紀拉丁文，英文則是十四世紀新加進來的，有必要予以翻譯：

Richardson, Chief Justice of Common Bench at the Assizes at Salisbury in Summer 1631. There was an assault by a prisoner there

---

34 塞繆爾・皮普斯（一六三三—一七〇三），英國政治家，曾任職海軍部，但最著名的身分是日記作家，他的日記為後世提供了英國復辟時期社會現象和歷史事件的第一手資料。

condemned for felony; who, following his condemnation, threw a brickbat at the said Justice, which narrowly missed. And for this, an indictment was immediately drawn by Noy against the prisoner, and his right hand was cut off and fastened to the gibbet, on which he himself was immediately hanged in the presence of the Court.

（李察德森，西元一六三一年夏，索爾斯伯里民事法庭巡迴審判庭首席法官。有一起重刑犯攻擊事件；該名囚犯遭判刑後朝上述法官丟擲碎磚，險些擊中。因此之故，該名囚犯當庭遭到起訴，他的右手被砍去、固定在絞刑台上。隨後他本人也在法庭面前於該絞刑台行刑。）

十七世紀的法律用語呈現出語言和專業上極端的保守主義形式。這是法語在英格蘭最後的一個避難所，而這種語言怪誕到律師們最終也不得不放棄使用。

英文法律用語留給後世的遺產

儘管如此，律師們還是保留了大量的拉丁文和法文字彙及詞語，作為專業術語之用。無論是突然的轉變或緩慢的演變，字義的改變是正常的發展。律師們卻力抗這樣的語言趨勢，企圖為他們所使用的詞彙賦予法定和限定的含意。聞風不動、固若磐石的拉丁文和法文正合他們的意。

於是乎，法庭上還是會用拉丁文法律用語，例如ad hoc（特別的）、ad hominem（人身攻擊的）、ad infinitum（永久地）、bona fides（善意）、de facto（事實上）、de jure（法律上）、et cetera（等等）、habeas corpus（當事人出庭令）、Magna Carta（大憲章）、magnum opus（代表作）、non sequitur（前後不連貫的陳述）、nota bene（注

意）、per se（本質上）、post mortem（死後）、quantum（額度）、veto（否決）、vice versa（反之亦然）。

法文法律用語則留給我們attorney（律師）、bailiff（地方長官）、culprit（罪犯）、defendant（被告）、escheat（充公）、allodial（完全私有）、estoppel（禁止翻供）、force majeure（不可抗力）、mortgage（抵押）、plaintiff（原告）、profit a prendre（共同用益權）、recovery（收回）、remainder（殘留權）、replevin（發還扣押物）、torts（侵權行為）、voir dire（誠實回答宣誓）。

值得一提的是，英文法律用語就和拉丁文及法文法律用語一樣晦澀。英文法律用語用的是日常交談的普通字彙，但在法庭上和法律文件當中，它們卻有出乎意料的含意。這當中包括了alienation（轉讓）、bar（訴訟中止）、best（最佳）、brief（訟案）、consideration（對價）、count（罪狀）、dock（被告席）、hearing（聽證）、infant（未成年者）、leave（許可）、lodging（訴請）、presentment（陪審團的申告）、satisfaction（履行義務）、stay（延期）、title（所有權）。

律師們為什麼要固守舊有的字義？其中一個理由是舊有的遣詞用字已在法庭上受到過一次又一次的檢驗。律師說話需要精準確實，而且他們必須嚴防語言上的漏洞導致事情出差錯。若是忠於他們在法學院學到的語言，事情就比較不會出錯，而萬一出錯，他們也比較不會受到怪罪。

一場良好的對話就像舞蹈一般，但在法庭上演的卻不是舞蹈，而是角力比賽。我們在法律文件上看到的盡是語言的角力。這是語言的使用者彼此互不信任的結果。法律用語的狡猾適足以反映出人性的狡猾。

31 霍爾本——英語成為科學語言（西元一六六〇年）

西元一六六〇年，隨著英格蘭國王查理二世的復位，一群獲得遴選的有識之士開始定期在倫敦霍爾本區的格雷沙姆學院（Gresham College）聚會（圖二十），「以期增進有關大自然的學問」。西元一六六二年，國王欣然准許這批學者專家以「皇家學會」（Royal Society）自居，聊表他對他們的讚許之意。

皇家學會不主張下苦功研究古代權威，而主張有關自然事物的見解應該受到實驗的檢測，實驗結果則應經由一次次的發表過程來判定確實可以成立。如果學術界能夠複製原實驗者的結果，並認為這些結果具有重要性，那麼它們就可以被納入新的科學知識之中。

實驗成果的發表對這套新的研究方法來說至關重要，而且學會成員相信這些科學新知也需要新的文字表述方式。他們的第一位史學家湯瑪斯・斯普拉特（Thomas Sprat）唯恐科學界受到人類對修辭的熱愛所害。修辭是一門公開演說的古代藝術，斯普拉特要的則是平鋪直敘、不加雕飾的語言。他要的是實事求是的證據，而非情緒激昂的論點。依斯普拉特之見，修辭是：「公然挑戰理性；表明與理性脫鉤，而向理性的奴隸——情緒——靠攏。情緒擾亂心智，讓人的想法變來變去、迷惑不已，而與正確的事實不符。誰能冷眼旁觀這些華而不實的譬喻和藻飾為我們的知識蒙上這許多迷霧與不確定性？」

斯普拉特希望這些科學新知以英文而非拉丁文來發表。但為了與拉丁文相抗衡，英文需要被提升到拉丁文的高度。一千年以來，拉丁文都是西歐學界的語言。儘管如此，拉丁文也正在被新的學界語言所取代。首開先河的是義大利人和法國人。西元一五八三年，秕糠學會（Accademia della Crusca）在佛羅倫斯成立，宗旨是要讓托斯卡納義大利語（Tuscan Italian）成為教育和學術研究的語言。西元一六三五年，法蘭西學術院（Academie française）在巴黎成立，也是要為巴黎

法語（Parisian French）做一樣的事情。儘管倫敦的皇家學會並未正式被賦予重塑英語的角色，它所鼓勵的行文風格卻在十八世紀約瑟夫・艾迪生（Joseph Addison）和理查德・斯蒂爾（Richard Steele）等作家的手裡更臻完美。

一支名叫「科學家」的新品種

但英文若想成為每一種知識都可用的媒介，我們還有一些其他的事情要做。「科學家」一詞在皇家學會成立時並不存在，但我們現在都用這個詞來指稱它的成員。從一六六〇年起，科學家不只需要找到一個字眼來稱呼他們自己，也需要找到成千上萬的語彙來描述無限擴張的自然科學領域中的物體和作用。他們的用語繼而充斥學術刊物、百科全書、教科書和從其他語言翻譯過來的資料。《哲學學報》（*Philosophical Transactions*）這份科學期刊可能是第一份以英文寫成的國際科學刊物。它的第一期於西元一六六五年印行。有趣的是，牛頓發表他的數學論文《原理》（*Principia*）時，是以拉丁文寫成這本書。但他後來關於光的著作《光學》（*Opticks*），卻是以英文寫成。當然，在這個階段，科學寫作之所以選擇拉丁文而非英文，其中一個原因在於對來自其他國家的學者而言，拉丁文是較理想的通用語。

當全歐洲的科學家開始創造新的詞彙時，拉丁文也發揮了舉足輕重的作用。他們很快就需要新的字眼來描述古羅馬人不曾看過或甚至想像過的事物。科學家大膽採用部分的拉丁文單字來創造全新的用字。他們也以同樣的方式運用古希臘文。時至今日，據估有九成的科學用語都是將拉丁文和希臘文回收再造而來，其所產生的結果被稱之為「國際通用科學語彙」（International Scientific Vocabulary）。

值得注意的是，世界上大多數使用這套詞彙的科學家，在他們的報告中所用的語言既不是義大利文，也不是法文，而是英文。皇家學會要求成員發表的科學報告已經成為全世界提出科學成果的方式。今

天，無數的科學期刊完成了學會主張的見解、實驗、發表的流程。

十九世紀科學家麥可・法拉第（Michael Faraday）為清楚直白的科學式行文風格提供了典範。以下段落摘自他的《蠟燭的化學史》（*Chemical History of a Candle*）：

> 然後這些蠟燭還有另外一點將解答一個問題，那就是這種液體是怎麼從杯裡上來到燭芯，並進入燃燒的位置。你知道，這些蠟燭以蜂蠟、硬脂或鯨腦油製成，而在它們燃燒的燭心上的火焰並不會一路延燒，把旁邊所有的蠟或其他物質燒熔，卻會待在它們該有的位置上。底下的液體阻隔了它們，它們無法侵襲到在外緣的杯子。我無法想像出比這種狀態更美的例子了──蠟燭讓它的某個部分有利於其他的部分，以達到它最終的作用。一件可燃的物品，循序漸進地燃燒著，從來不會一口氣就被火焰吞噬掉，這是一幅很美的畫面，尤其當你明白到火焰是多麼活躍的一種東西。一旦直接接觸到，它便有把蠟摧毀的力量。一旦靠得太近，它便能讓蠟變形走樣。

32 三一學院——英語俗諺（西元一六七〇年）

約翰‧雷（John Ray）是一位博學而不同凡響的學者。他的大半生都在劍橋的三一學院度過。在那裡做研究的同時，他也歷任各種不同的職位。他最為後世所知的是在重新思考物種分類上的開創性著作，但除此之外，他也是一位傑出的語言學家。確實，率先使用 petal（花瓣）和 pollen（花粉）這兩個單字的人就是他。

有兩本書封存了他對英語的特殊貢獻。一本是《英文字彙精選集》（*A Collection of English Words*），這本書根據英格蘭的不同地區將方言字彙予以定義、歸類。但我們這裡要把焦點放在另一本書——《英語俗諺精選集》（*A Collection of English Proverbs*）。

諺語令人難忘地道出了某個真理，或企圖描述某個共通的經驗。《英語俗諺精選集》後來的某個版本有篇序言是這樣說的：「諺語崇高的價值是不證自明的。它們不應該被認為是無足輕重而只適合學童的瑣碎知識……它們讓話語言之有物，而且言之有力。」簡潔的諺語具有令人難忘且引人深思的力量。許多英語俗諺已經進入英語人士的集體潛意識，像是 the early bird catches the worm（早起的鳥兒有蟲吃）。

宜古宜今和宜古不宜今的諺語

看一看約翰‧雷所挑選的諺語是很有啟發性的。這當中有一些到現在還在使用。許多道出的真理至今依然顯得相當中肯。少數則是符合當下時空背景，但如今已經過時的，像是咳嗽——大概是瘟疫的預兆——以及追獵野兔和關於野狼的典故。但絕大多數並不需要費心考察就可一目了然，它們以今人仍舊可以理解的簡練形式呈現出智慧的結晶，堪稱是把力量發揮到極致的英語。

A He that is angry is seldom at ease.（怒者寡寧。）

Long absent soon forgotten.（別久情疏。）

B Be not a baker if your head be of butter.（知所不可為。）

The beggar is never out of his way.（貪得者無厭。）

C Who never climbed never fell.（不爬上去就不會摔下來。）

Care will kill a cat.（好奇心殺死一隻貓。）

A dry cough is a trumpeter of death.（乾咳吹響死亡的號角。）

D A good dog deserves a good bone.（勞苦值得功高。）

Dogs wag their tails not so much in love to you as to your bread.（狗搖尾巴，愛的是麵包。）

E The early bird catches the worm.（早起的鳥兒有蟲吃。）

In the end things will mend.（船到橋頭自然直。）

F Who hath a fair wife needs more than two eyes.（美妻就怕跟人跑。）

Faint heart ne'er won fair lady.（膽小怯弱，焉得芳心。）

A fool and his money are soon parted.（傻瓜的錢留不住。）

G Look not a gift horse in the mouth.（餽贈之物切莫挑剔。）

All is not gold that glitters.（閃爍的不一定是金子。）

H What the heart thinketh the tongue speaketh.（心有所懷，言必由之。）

Honey is sweet but the bee stings.（蜜甜蜂螫人。）

I Itch and ease can no man please.（奇癢無人能耐，安逸無人能安。）

K A knotty piece of timber must have smooth wedges.（柔能克剛。）

L He liveth long that liveth well.（活得好就是活得久。）

Love lives in cottages as well as in courts.（愛情不分貧富。）

M He who marrieth for wealth selleth his liberty.（娶了財富，賣了自由。）

You must not let your mousetrap smell of cheese.（無巧不上鉤。）

N It's more painful to nothing than something.（聊勝於無。）

O One shrewd turn asks another.（自作自受。）

P Poverty is the mother of health.（貧窮為健康之母。）

S Everything is good in its season.（萬物逢時皆美好。）

One hour's sleep before midnight's worth two after.（早睡一小時勝過多睡兩小時。）

A smiling boy seldom proves a good servant.（表面工夫不是真功夫。）

T The tide will fetch away what the ebb brings.（潮來潮往，物去人非。）

U No cut to unkindness.（敵意無害。）

V Valour can do little without discretion.（有勇無謀難成大器。）

W Tread on a worm and it will turn.（人急造反，狗急跳牆。）

The greatest wealth is contentment with a little.（知足者富。）

Wolves lose their teeth but not their memory.（本性難移。）

What is a workman without his tools.（巧婦難為無米之炊。）

33 費城——中部美式英語的發展（西元一六八二年）

西元一六八二年，威廉·佩恩（William Penn）在查理二世堅持稱為「賓夕法尼亞」（Pennsylvania）的殖民地上建立了費城。佩恩是貴格會教徒（Quaker），所以他的城市也歡迎貴格會教徒，他們有許多是來自英格蘭中部地區。隨後，各門各派逃避宗教迫害的男男女女，紛紛從歐洲和新英格蘭來到費城安居落戶。

斯庫爾基爾河（Schuylkill River）流經費城，使得該城可以經由特拉華灣（Delaware Bay）來到大西洋。新英格蘭殖民地以清教徒為主，南方殖民地以奴隸為主，想要避開這兩者的移民發現費城及其周邊地區正合他們心意。到了西元一七七六年，費城已經成為世界第二大英語城市，僅次於倫敦。而費城的人口正蓄勢待發，即將在美式英語於密西西比河谷的發展上扮演重要的角色（圖二十一）。

北美洲東部沿海的三個區域被指為英語傳入的地點——麻薩諸塞灣、特拉華灣和切薩皮克灣。這些區域的三個殖民地是首批美語方言的搖籃。麻薩諸塞州、賓夕法尼亞州和維吉尼亞州孕育了帶有鼻音的北部腔、帶有小舌顫音的中部腔和慢條斯理的南部腔。大衛·海克特·費雪（David Hackett Fischer）的《英格蘭的種子》（*Albion's Seed*）提供了有關這個起源故事的豐富紀錄。他也提出了有力的論據來支持他稱之為「始祖效應」（founder effect）的概念——一個區域的首批定居者奠立文化的樣板，後來的定居者隨之加以複製。十七世紀來到麻薩諸塞州、賓夕法尼亞州和維吉尼亞州的定居族群，分別來自英格蘭的東安格利亞（East Anglia）、中部地區和西南部地區。

費雪是歷史學家，不是語言學家。但《英格蘭的種子》推敲出一個始祖效應的論點，這個論點長久以來都是美國方言語族的標準解釋。A·C·包爾（A.C. Baugh）的權威著作《英語史》（*History of the English Language*）對此一主張有最完整的闡述。新近的研究結果挑戰

了費雪和包爾的看法，但無論它們的源頭是什麼，美國東岸可以辨別出三大方言區域——北部、中部和南部。中部方言指的是賓夕法尼亞州、紐澤西州和紐約州南部（southern New York State）所說的語言（紐約市有點例外，紐約州北部則屬於北部方言區）。

中部美語的重要性

中部美語有一個特殊的重要性，在於它是包爾稱之為「普通美語」（General American）的方言的起點，而普通美語是世界上最大的方言語族。美國人在十九世紀西移，北部人堅守五大湖湖濱地帶，南部人則主掌之前的黑奴州，但中部人為從阿帕拉契山脈一路延伸到洛磯山脈的中部美語提供了基礎。「普通美語」不再是一個廣泛流通的字眼，但在密西西比河谷中央地帶的語言具有一致性，反映出十九世紀來自東岸中部各州的人口遷徙。普通美語的口音最受美國電台和電視新聞主播的喜愛。在這種口音當中，caught（「抓到」的過去式）和cot（小屋）聽起來一樣，dance（跳舞）、glance（瞥見）和chance（機會）聽起來像英式公認發音（British Received Pronunciation）的manse（牧師住宅）。它也是電影明星芳達家族成員——亨利・方達（Henry Fonda）、彼得・方達（Peter Fonda）和珍・方達（Jane Fonda）——的口音。

34 尼姆——以地名造新字（西元一六九五年）

　　產於法國城鎮尼姆的一種特別耐穿的棉質布料，應該叫什麼名字呢？答案當然是丹尼姆。原先被稱之為 serge de Nîmes（尼姆的嗶嘰布），但隨著時間過去被簡稱為 denim（丹尼姆／丹寧）。這種布料現在是無所不在的時尚，也是全球無數人口的日常穿著。十七世紀末的某個時候，根據《牛津英文字典》，一六九五年 denim 這個單字進入到英語之中。

　　我們不知道 serge de Nîmes 是怎麼會縮寫成 denim 的，也有人推測 denim 可能是用來描述英格蘭布料的字眼，並據此主張它真正的起源地，就好像今日我們會為 champagne（香檳）這個字所做的辯解一樣。原本的 serge de Nîmes 是蠶絲和羊毛做成的一種斜織布，但我們今日所知的 denim 是一種棉質製品——布料變便宜了，名字也改變了。denim 的另一個別稱是 jean（牛仔布），jean 是一種原先據說是來自熱那亞（Genoa）的斜織綿布。熱那亞在中古時期的名稱是 Jene，所以這種布才會叫做 jean。到了今天，jean 或者 denim 都不是熱那亞或尼姆來的，但舊有的名字沿用下來了。

　　源自地名的單字叫做 toponym（地名字）。而 denim 這個字的創造正是一個好例子，顯示我們想不出一個字眼來稱呼一個新東西時，往往會向與它關係最深的地方尋求靈感。英語充滿這種地名字。

從地名到靈感

　　以下是一些地名字，其中有四個延續了我們剛剛從 denim 開始的材質／布料主題。

　　Badminton（打羽球）——一種在英格蘭西南部發明、以羽毛球來

進行的體育活動。

Bikini（比基尼）──兩件式游泳衣，以一座太平洋小島命名，原子彈在那座小島進行測試；或許因為這種泳衣也有類似的爆炸性效果。

Bungalow（平房）──從Bengal（孟加拉）這個字變形而來，用來指歐洲移民在印度的孟加拉蓋的建築物形式。

Calico（印度棉布）──一種粗糙的棉布，十六世紀時以印度一座叫作Calicut的小鎮命名，這種布料源自這座小鎮。

Dijon（第戎芥末醬）──法國城市Dijon製造的芥末醬。

Hamburger（漢堡）──十九世紀時來自德國城市Hamburg的牛絞肉。

Jeans（牛仔布）──源自bleu de Gênes（來自熱那亞的藍），令人聯想到熱那亞水手的耐穿布料被賦予了這個名稱。

Jersey（針織衫）──Jersey是英吉利海峽群島的其中一座，與這座島有關的毛衣款式和這座島特有的咖啡色乳牛品種，都因此而得名。

Lesbian（女同性戀）──取自希臘島嶼Lesbos。西元前六世紀，詩人莎芙（Sappho）和一群她愛的女人住在Lesbos島。

Limerick（五行打油詩）──一種押兩個韻的五行打油詩，因愛德華‧李爾（Edward Lear）而蔚為風潮。它和愛爾蘭的Limerick郡及其首府Limerick有什麼關係從未獲得滿意的解釋，儘管有許多人主張當地有一群詩人愛在聚會時創作這種打油詩助興。

Magenta（品紅色）──這種獨特的深紅色是在義大利的Magenta之戰開打時被發現的。

Rugby（英式橄欖球）──西元一八六四年首度受到使用，和瓦立克郡的公立學校Rugby有直接的關係，rugby這種運動就源自於此。

還有許多其他的地名字是這裡沒能盡數羅列出來的遺珠，以下只是其中一些：bedlam（精神病院）、bourbon（波旁威士忌）、damask（大馬士革錦緞）、Olympics（奧林匹克運動會）、tuxedo（無燕尾半正式晚禮服）。

　　有時某個地名和某一事件深刻連結在一起，而滲透我們的集體語言意識。廣島市（Hiroshima）和大衛營（Camp David）正是兩個形成鮮明對比的例子──一個和核武戰爭連結在一起，另一個則企圖為世界帶來和平。

35 波士頓——新英格蘭英語的發展（西元一七○四年）

西元一七○四年四月二十四日，波士頓郵政局長約翰・坎貝爾（John Campbell）發行了《波士頓時事通訊》（*Boston News-Letter*，圖二十二）。它是第一份並非剛開始就結束了的北美英語報紙。《波士頓時事通訊》要到西元一七七六年英國軍隊侵略波士頓才停刊。

對於散播引發美國獨立戰爭的思想而言，報紙扮演了舉足輕重的角色，但約翰・坎貝爾在辦報時並沒有革命的企圖。然而，它確實反映了以波士頓為首都的麻薩諸塞聯邦（Commonwealth of Massachusetts）高等識字人口的需求。該報第一期的頭條新聞是以一封信為基礎，而那封信原先刊在一七○三年十二月的倫敦《飛翔郵報》（*Flying Post*）上。《飛翔郵報》的新聞花了四個月飛到波士頓，但它要說的事情還是相當具有報導價值。那封信說的是蘇格蘭被詹姆斯黨（Jacobite）搞得動盪不安。《飛翔郵報》報導道：「一大群受到不良影響的分子從法國過來，假意認同女王陛下的律法，實則平添國家的分裂。」

約翰・坎貝爾生於蘇格蘭，但從他的報紙所使用的英語看不出他的蘇格蘭背景。他在美國發行報紙，但從該報所使用的英語也看不出此一事實。坎貝爾下筆所用的英語，正在歷經成為文人雅士所用的標準形式的過程。受過教育的美國殖民者（他們此時尚未自稱美國人），下起筆來一如受過教育的倫敦人。

在波士頓的街巷間，情況則不同。移民人口從西元一六二○年開始來到麻薩諸塞州，到了一六四○年已有逾兩萬人移入這塊新的殖民地。他們主要來自東安格利亞的諾福克郡（Norfolk）和薩福克郡（Suffolk），以及劍橋郡和艾塞克斯郡（Essex）。在這些區域，主要的語言是從古英語當中的麥西亞語演變而來的英格蘭中東部英語。

洋基傻佬

　　到了西元一七〇〇年，東安格利亞人已經遍布麻薩諸塞州、羅德島州、康乃狄克州和新罕布夏州。沒人確定「洋基」（Yankee）這個字眼從何而來。它或許源自荷蘭語或美洲印第安語，但它開始被使用是在美國獨立戰爭期間，英國人以此戲稱他們的對手。到了十九世紀，新英格蘭人則樂於自稱洋基人，並從 Yankee 一字衍伸出 Yank 這個縮寫形式。洋基人自成一個語言群落，這個群落大得足以讓它的特徵存續下來。新英格蘭英語最廣為人知的就是它的洋基鼻音（Yankee twang），而許多人說洋基鼻音源自東安格利亞的諾福克鼻音（Norfolk whine）。「洋基」這個字眼由於美國獨立戰爭期間英國軍隊唱來嘲弄對手的歌〈洋基傻佬〉（Yankee Doodle）而廣為流傳。在十九世紀，洋基方言大大娛樂了湯瑪斯·錢德勒·哈里波頓（Thomas Chandler Haliburton）的讀者。哈里波頓虛構出和「來自斯立克維里的山謬·斯立克」（Samuel Slick of Slickville）的對話，而這位斯立克先生應是一位典型的洋基人：

　　Mr. Slick said, Did you never mind, squire, how hard it is to get rid of 'a bad shillin', how everlastin'ly it keeps a-comin' back to you? – I said, I had never experienced any difficulty of that kind, never having endeavoured to pass one that I knew was spurious. – No, I suppose not, said he, because you are a careless kind of a man that way, and let your shillin's desart oftener than they had ought to. But what would I have been, had I been so stravagant? and as to passin' bad money, I see no harm in it, if you have given valy for it, and received it above boord handsum, in the regular way of swap, trade, or sale.

　　（斯立克先生說：「大人，你從不在乎要擺脫偽幣有多難，它怎

麼老是回到你手上嗎？」我說：「我從沒遭遇過這種困難。把我知道是偽造的錢幣交到別人手上，從來就不必費力。」他說：「是，我想是的，因為你在這方面是個粗心大意的人，你輕易就讓不該脫手的錢幣離你而去。但我若是這般奢侈會怎麼樣呢？至於讓偽幣繼續流通，我看不出來有什麼壞處，如果你付出了應有的金額，並以一般進行交換、交易或販售的方式，正大光明地收下它來。」）

新英格蘭的語言在十九世紀早期開始西移，而在新英格蘭發展出來的英語如今被美國人稱之為北部英語（Northern English）。北部英語涵蓋的範圍從麻薩諸塞州以西，經過莫哈克溝（Mohawk Gap），沿著五大湖湖濱，來到太平洋西北地區（Pacific Northwest）。與此同時，留在波士頓的新英格蘭語言，則大受一八四五年以後大量來到這座城市的愛爾蘭移民影響。

六、英語標準化的進程

利奇菲爾德（Lichfield）──西元一七〇九年

聖殿區（Temple）──西元一七一二年

修士門（Canongate）──西元一七六〇年

罩衫巷（Smock Alley）──西元一七六二年

蒙特婁（Montreal）──西元一七六三年

裘園（Kew Garden）──西元一七七一年

加爾各答（Kolkata）──西元一七八六年

馬里波恩（Marylebone）──西元一七八八年

雪梨（Sydney）──西元一七八八年

聖瑪莉里波教堂（St Mary-le-Bow）──西元一八〇三年

古普伯雷（Coupvray）──西元一八〇九年

門羅維亞（Monrovia）──西元一八二二年

36 利奇菲爾德——為英語訂下標準（西元一七〇九年）

　　西元一七〇九年九月十八日，在史丹佛郡的利奇菲爾德，強森夫婦麥克和莎拉（Michael and Sarah Johnson）喜獲麟兒。這男孩名叫山謬，他在群書環繞下長大，因為他父親是書商。在利奇菲爾德文法學校和牛津大學潘布魯克學院接受教育之後，他在餘生仍延續孩提時期狼吞虎嚥大量閱讀的習慣。他搬到倫敦，並在英格蘭的評論盛世成為一位權威的文學評論家，但如今他最廣為人知的身分是一部字典的作者。這部字典為四萬個左右的單字訂下現代拼法，並為良好的英文寫作提供了一套規則。

　　史丹佛郡在倫敦的西北方，距離倫敦一百二十五英里，而來自利奇菲爾德的人有著倫敦人認為很重的口音。山謬‧強森來到倫敦居住時，他已經大大改掉那種口音了，但他在晚年指出「當人們很仔細注意，而我自己不注意的時候，他們就會發現我來自特定的某個郡」。他接著又說，一個人一旦已經掌握了九成的倫敦腔，他就不會再費事改變剩下的那一成。強森對他自己的口音所下的注腳，顯示出有一種時髦的腔調抬頭了。那是倫敦西區有錢人的腔調。說話方式的對錯觀念進入英語人士的社會意識中，結果是到了今天都還有許多人認為說英語只有一種恰當的方式。

所謂恰當的英語

　　恰當書寫方式的觀念要比恰當說話方式的觀念更早發展起來。這個過程始於十五世紀晚期，法院的書記將英語書寫的方式標準化。此前的紀錄皆以拉丁文寫成，若非拉丁文，便是法文。西敏的書記需要一套單一的系統，而這套系統便以他們多數人所操的英格蘭中東部英語為本。西元一四七六年，印刷機傳入西敏。如同書記一般，印刷商

對於標準形式也有著專業上的興趣。但法院書記在西敏所寫的東西都留在西敏，印刷商卻將他們的成品賣往全英格蘭。到了十七世紀，西敏英語已經奠定它的地位，成為所有印刷品所用的英語。

　　儘管印刷商是讓印刷英語廣為流傳的使者，他們卻不是它的裁判。學者才是裁判，而且他們相當擔憂印刷商所散布的英語。第一批文法書於十六世紀末開始出現，它們以拉丁文文法為典範。這讓英語在許多方面都相形見絀。在拉丁文當中，一個句子不可能以介系詞作結；雙重否定在拉丁文中就變成肯定的；雙重比較在拉丁文中是不可能的；拉丁文的不定詞不可分開。人們將英語比較低等的感覺內化。即使英語逐漸取代拉丁文，它依舊持續被認為是次等的。懷舊的拉丁文文法規則被強加在英語上，從此之後英語人士就苦惱個沒完。大多數的口語方言中都沒有那些規則，而且只要作家首肯，這些規則常常也被打破。

　　最後是一部字典為英語的新規則拍板定案。這部字典在西元一七五五年翩然駕到，那就是山謬・強森的《英語字典：其中的單字溯及它們的源頭，並以出自最佳作家筆下的實例展示它們不同的含意，前面附有該語言的歷史以及英文文法》（*Dictionary of the English language: in which the words are deduced from their originals, and illustrated in their different significations by examples from the best writers. To which are prefixed, a history of the language, and an English grammar*）。這部字典大獲成功──內容既全面又權威──強森顯然訂下了標準，並成為判別的依據。牛津大學本來沒有頒給他學士學位，這下子卻尊他為法學博士。字典編纂者和文法學家皆視強森為他們的大師。

　　強森字典裡面有一節叫做〈英語的文法〉（A Grammar of the English Tongue），開頭寫道：「文法乃恰當使用文字的藝術，由四個部分所組成──正字、語源、句法、聲韻。」所謂的「句法」，和它現今的意思一樣；「正字」是指單字的拼法；「語源」是指詞性；「聲韻」則指發音。強森的文法強化了它的拉丁文規則。

37 聖殿區——關於英語語言研究院的發想（西元一七一二年）

西元一七一二年五月十二日，在倫敦市的中殿門（Middle-Temple-Gate），強納森·史威夫特（Jonathan Swift）和他的托利黨贊助人出版了《英語糾正、改進、明辨提案》（*A Proposal for Correcting, Improving and Ascertaining the English Tongue*）。他們的目標是要促使國會成立一個英語研究院，以期匡正英語的使用。史威夫特希望當局能「為我們的語言做出必要的修正，從此確立英語的正誤」。

英語的匡正不是單一一次的實驗，英國人也不是第一個試圖為他們的語言訂下標準的民族。西元一五八三年，粃糠學會在佛羅倫斯成立，他們以保持義大利語的純正為使命。西元一六三五年，法蘭西學術院在巴黎成立，宗旨是要以法蘭西島的法語為基礎建立標準法語。西元一七一三年，西班牙皇家學院（Academia Española）在馬德里（Madrid）成立，也是以維護正統西班牙語為使命。

西元一七一二年，強納森·史威夫特呼籲成立以「明辨英語」為任務的英語研究院，這或許可以被視為英國人如今才要奮起直追的一個徵兆。若是如此，英國人並沒有迎頭趕上。國會始終沒有時間考慮這個想法。

十八世紀末，包括副總統約翰·亞當斯（John Adams）在內，一群有影響力的思想家為美國提出了一個類似的計畫。約翰·亞當斯認為「由國會制定一個匡正、改進及校準英語的研究院，當能令舉世為之驚豔，令大不列顛為之眼紅」。而美國國會就像英國國會一樣，並未考慮這個想法。

儘管如此，英語還是如同義大利語、法語和西班牙語一般，有效地進行了匡正的工作。這份工作是由文法學家的著作（見25〈奇切斯特〉）、皇家學會的成員（見31〈霍爾本〉）以及字典編纂者完成的——字典編纂者尤其貢獻良多。強森博士的《英語字典》往往被認為等同

於任何歐陸語言研究院所完成的工作（見36〈利奇菲爾德〉）。

持續演化的英語

英語受到了匡正，但如同義大利語、法語和西班牙語，英語也持續在演變，持續在更改它的文法，持續吸收新的字彙，持續改變發音，也持續感到活潑的口語和保守的書面語之間的緊張關係。

一方面企圖以清楚的規則規範、匡正英語，一方面英語又具有不斷發展、改變的力量，這兩者間的拉鋸戰至今依然持續上演。英語有著始終存在的缺陷，像是未經統一的拼法和慘不忍睹的標點符號，但它的書寫形式已經成為讀者諸君此刻正在閱讀的有效而通用的媒介。許多人想要稱此為「正確的英語」，但這是一個社會觀點的說法，而非語言上的客觀事實。無論如何，若想讓人佩服你的教育程度和語言能力，最好還是精通這種形式的英語。

38 修士門──英式手語（西元一七六〇年）

西元一七六〇年，湯瑪斯・布雷德伍德（Thomas Braidwood）在愛丁堡的修士門（圖二十三）創立了布雷德伍德聾啞學校（Braidwood's Academy for the Deaf and Dumb），這是英國第一所聾啞學校。在愛丁堡辦學有成之後，布雷德伍德搬到倫敦，成為倫敦聾啞庇護學校（London Asylum for the Deaf and Dumb）的校長。西元一八一五年，有個美國人來這裡拜訪布雷德伍德的兒子。這個人名叫湯瑪斯・霍普金斯・高立德（Thomas Hopkins Gallaudet），是美國聾啞教育的先驅，但他和布雷德伍德鬧翻了，於是跑到巴黎去學那邊的學校所用的手語，並把這套手語帶回美國，成了今日的美式手語（American Sign Language）。布雷德伍德的系統則成為英式手語（British Sign language）。這兩者是分開的兩種語言，彼此可以互相理解。從這個故事當中，我們可以學到語言和社會的一課。

英文老師的目標是要教聾啞學童以英文溝通，如果可能的話，最好是教會他們說英語和讀唇語。其中一個結果是造成了所謂的口語教學法（oralism）和手語之間的衝突。就連願意忍受手語的老師，也將手語局限於指拼法（finger-spelling）。指拼法是以二十六個手勢對應二十六個字母來拼出一個單字。這些手勢可以打得很快，但不會比口語上一個字母、一個字母地說話還快。

在此同時，聾啞學童之間卻用盡一切捷徑與象徵方式，學會以更快的辦法進行手語交談。他們超越了指拼法，趕過了他們的老師。老師則被惹毛了，任何人若是用了指拼法以外的手勢就要挨藤條。

儘管會受到處罰，孩子們還是不可思議地發展出一套手語，用這套手語可以溝通得輕鬆、流暢、快速又開心。聾啞人士違抗當局私相授受。要到一九四〇年代，這套手語才浮上檯面，開始成為在英國的學校認可的溝通媒介。手語讓我們學到了社會的一課，那就是教育體

系既能把語言當成溝通的工具，也能把語言當成壓迫的手段。而手語為我們上的語言課也一樣重要。

英語的一種或另一種語言？

西元二〇〇三年，英國政府正式承認英式手語本身就是一種獨立的語言。這意味著英式手語和英語不再是相同的語言。怎麼會這樣呢？一七六〇年湯瑪斯・布雷德伍德在修士門開始教聾啞學童溝通時，他可想像不到世界上即將增加一個新的語言種類，但這件事就是發生了。

就語言上而言，布雷德伍德教給孩子們的是一種「混雜語」（pidgin）。所謂混雜語，是人們為了銜接兩種語言而產生的一種折衷語言，但混雜語自有它的神奇之處。如果孩子們用混雜語彼此溝通，它就會發展成一種擁有完整文法的自然語言，能夠用來表達人類的任何思維，而這種新形成的語言則叫做「混合語」（creole）。混合語或許缺乏字彙，不過任何的語言都可能缺乏字彙。新字總是不斷被創造出來，使用者只要以各種造出新字的方式創造新的單字即可。

在手語發明之前，語言學家沒想過人們可以用雙手創造出一種新的混合語，但英國的聾啞學童歷經兩百年左右的時間，把這種新的語言創造出來了。美國的聾啞學童亦是如此。美式手語本身也是一種獨立的語言，不只和美式英語不同，和英式手語也不同。湯瑪斯・布雷德伍德在愛丁堡的聾啞學校已不復存在，但湯瑪斯・霍普金斯・高立德回美國後創辦的美國聽障庇護學校（American Asylum for the Deaf）保留了下來，成為今日的美國聽障學校（American School for the Deaf）。此外，華盛頓特區的高立德大學（Gallaudet University）也因他而得名。高立德大學的網站稱該校為一個雙語機構，教導「聽障與重聽人士學習美式手語及英語」。

39 罩衫巷——英語說話術（西元一七六二年）

湯瑪斯・薛若丁（Thomas Sheridan）在西元一七一九年生於都柏林。他一開始是以演員身分博得聲望。在位於都柏林罩衫巷的皇家戲院，他演出了莎士比亞劇中的理查三世等角色。身為強納森・史威夫特的教子及劇作家理查・薛若丁（Richard Sheridan）的父親，儘管他的人生有大半都待在倫敦，他卻是愛爾蘭藝文界中一抹殊異的風景。晚年他回到都柏林，重拾在皇家戲院的工作。

但薛若丁對英語的貢獻不在於他毋庸置疑的演技和管理戲院的本領，他是他那個年代的著名講師，他所講授的則是明顯與演戲相關的主題——口才，或者他也稱之為「說話術」。

薛若丁對說話術的定義是「正確而優雅地控制說話的聲音、表情與姿勢」。十八世紀對說話術的注重，正如同強森博士的字典（見36〈利奇菲爾德〉）所代表的對拼字法的注重，以及當代文法家對語言結構的興趣。

如果語言學家主要關注的是恰當的拼字方式，那麼恰當的說話方式則在社會上有著更顯而易見、不可或缺的需求。如果你以某種方式來發音，那就顯示你受過教育。如果你以別種方式來發音，那要嘛顯示你來自鄉下，要嘛顯示你沒受過教育，要嘛以上兩者都有。人們是如此渴望改進自己，說話術的課程因而享有廣大的市場，而公認的說話術訓練大師便是湯瑪斯・薛若丁。他的課程銷售一空，約有一千六百位預約的聽眾，人人付出一基尼（guinea，英國舊幣），這是一個驚人的數目。

如同今日電視上的名人會做的一樣，薛若丁把他的成果結集成書，於一七六二年出版了《說話課：兩篇關於語言的論文，及探討其他相關課題的短文》（*A course of lectures on elocution: together with two dissertations on language; and some other tracts relative to those subjects*）。

這在當時是一本暢銷書。從他更早的另一本著作《英國教育》（*British Education*）當中，便可一窺薛若丁的理念。該書主張「振興說話的藝術與研究我們的語言」或許有助於整治「敗德、無知及壞品味之惡」。

薛若丁相當強調發音的清楚——「根據最為受到認可的發音慣例，賦予每個字母應有的分量，發出每一個音節」。他要聆聽者的耳朵輕易就能聽見每個單字裡有幾個音節。他認為這對拼字有幫助，也能增進人們的理解與注意。如同潦草的字跡會讓讀者難以閱讀，他主張潦草的發音也不利於聽者。

薛若丁的遺贈

要是發音或說話術是這麼直截了當便能判定優劣就好了。強森也因為他和薛若丁共同的朋友詹姆斯・博斯韋爾（James Boswell）而扯進了這場論戰。博斯韋爾記錄了一段他和強森的對話，對話中強森說道：「薛若丁有什麼資格匡正英語的發音？首先他就居於身為一個愛爾蘭人的劣勢。而如果他說他會以最佳典範為準，那何以這些典範彼此之間就存在著不同。」

當然，這確實是挑戰之所在。一如強森提出的警告，闕斯特菲爾德伯爵（Lord Chesterfield）告訴他 great 的發音應該與 state 押韻，威廉・楊爵士（Sir William Yonge）卻說應該要像 seat 的發音，而唯有愛爾蘭人才會把它唸成 grait。

但薛若丁確實喚起了一個之前並未廣受討論的重要課題，那就是人們說話的方式。十九世紀期間，美國人對於說話術興趣大增，越來越多人將「會說話」視為往上爬的途徑。在英格蘭，蕭伯納在《賣花女》當中，著名地探究了說話合宜與否的各種社會意涵。

40 蒙特婁——英語在加拿大（西元一七六三年）

西元一七六三年，巴黎條約簽訂，法國將蒙特婁市和魁北克省拱手讓給大不列顛。新法蘭西（New France）不復存在。法國軍隊撤出加拿大，法國海軍離開五大湖區。這份條約對於在北美洲的英語有著長遠的影響。

魁北克有充足的英國軍隊可以壓制在那裡的七萬五千名法語人士，但整個北美洲卻沒有足夠的英國軍隊可以壓制一百六十萬名英語人士。十三個殖民地揭竿起義，組成了美利堅合眾國。西元一七八三年，第二份巴黎條約承認了這個新國家的勝利，六萬名男男女女選擇離開它。儘管這當中許多人去了英格蘭，但也有五萬人把自己重新安置在新斯科細亞（Nova Scotia）、新布藍茲維（New Brunswick）和魁北克。他們的語言是現在的加式英語（Canadian English）的起點。

這些往北移的男男女女自稱親英派（Loyalist），他們來自之前的各個殖民地，但主要是來自紐約、紐澤西、賓夕法尼亞和德拉瓦等中大西洋殖民地（Mid-Atlantic colonies），或現今的中大西洋各州（Mid-Atlantic states）。由於新英格蘭的反英情緒最為強烈，來自此區的人口相對較少。來自南方的人口也較少，從那裡要去英格蘭就像要去加拿大的任何一省一樣容易。東岸的語言此時已經分成了三種：北部（新英格蘭各州）、中部（中大西洋各州）和南部（見27〈詹姆斯鎮〉、33〈費城〉和35〈波士頓〉）。所以，主要傳入加拿大的英語是中部美式英語（Midland American English）。魁北克的英語人士一開始就比法語居民的流動率來得高，於是英語傳遍了這個後來叫做加拿大的國家的西部省分。加式英語和湖區美語（Lakeside American，在美國五大湖湖濱地區會聽到的美式英語）極為相似，但敏銳的耳朵還是聽得出來。如果某個人以chesterfield來稱呼sofa（沙發），並將about的音發成a boot，那他很有可能就來自加拿大。

今日的加式英語

今日的加式英語反映出它承襲自英式英語而非美式英語的歷史。親英派的加拿大人是一切英國傳統事物的狂熱保存者。他們沒空理會諾亞・韋伯斯特在一八二八年為美式英語所做的拼字改革。直到今天，仍有許多人會將z這個字母唸成zed，而不是唸成zee。加式英語的書寫系統尤其忠於英國人的作風。

儘管如此，多數在加拿大販售的書籍是在美國印製的。北緯四十九度或許在政治上分開了兩個國家，但語言卻能滲透過去。

其中一個結果是加拿大成為一個有兩種標準英語形式的國家──英式和美式。位於加拿大國界的紐約州立大學水牛城分校圖書館，建議讀者在搜尋加拿大文獻時兼用英式和美式英語的拼字法。它也提供讀者一個列出「英式、加式和美式拼法差異」的網站作為參考。儘管許多加拿大機構要求依循英式拼法，但也有許多准許使用美式拼法。大原則是不要兩者混用，但也不是每個人都遵守這個原則。

在一家汽車維修廠，你完全有可能看到它的招牌用了美式英語的tire，而不是英式英語的tyre（輪胎），但又用了英式英語的centre，而不是美式英語的center（中心）。一個格外具有加式英語風格的特色，就是在句子當中或結尾加上eh（欸）這個字，營造出一種疑問的語氣，即使加了eh的句子不是個問句，而只是要加個eh來確保聽者注意在聽，比方說：It's hot, eh, so let's open the window.（好熱喔，欸，我們把窗戶打開吧。）

美式英語持續滲透加式英語，如今加拿大人可能既說faucet也說tap（水龍頭），既說check也說bill（帳單），既說mom也說mum（媽媽），既說frosting也說icing（糖霜）[35]。加拿大人不想被誤認為美國

35　faucet、check、mom、frosting為美式英語，tap、bill、mum、icing為英式英語。

人，但年輕的加拿大人不想被認為很老派。根據約翰‧艾爾吉爾（John Algeo），加式英語最大的特色在於「同一個字會有幾個不同的可能發音方式，有時甚至是在同一句當中」。

41 裘園——植物英語（西元一七七一年）

西元一七七一年，威爾斯太妃奧古斯塔（Augusta, the Dowager Princess of Wales）同意委任她的其中一位花匠為植物獵人。她的花園位於裘園（圖二十四），而這位花匠是法蘭西斯・麥森（Francis Masson）。接下來的三十年，他行遍全球，帶回一千種新的品種。最後一次的探險途中，他在北美洲凍死了，但他的其中一件盆栽至今還在裘園的皇家植物園（Royal Botanical Gardens）活得好好的。

一千種新的植物需要一千個新的名字，而且法蘭西斯・麥森不是唯一一位為英國人的園藝熱情搜遍全世界的植物獵人。十八世紀及十九世紀期間，有上萬種新的植物引進英格蘭，它們全都需要新的名字。

一開始，植物的命名一片混亂。英國原生種在國內各地有著不同的名字；不只一種植物用了同一個名字；許多植物除了中世紀的拉丁文名字，還有本地的稱呼，尤其是藥草。這當中包括耶路撒冷肺草（Jerusalem cowslip）、耶路撒冷花藜（Jerusalem oak）、耶路撒冷糙蘇（Jerusalem sage）、耶路撒冷菊芋（Jerusalem artichoke）、耶路撒冷櫻桃（Jerusalem cherry）和耶路撒冷穀麥（Jerusalem corn），以上和耶路撒冷這座城市都沒有關係，但它們是來自國外的品種沒錯——而耶路撒冷確實也在國外。

不只一位植物學家企圖解決這個問題，最受推崇的要屬約翰・雷的著作，尤其是他的《植物新方法》（*Methodus Plantarum Nova*），在西元一七〇三年本書的最後一版當中，他列了約一萬八千個品種。他為植物命名的方法是一個勇敢的嘗試，但他用來為品種分門別類的系統卻有嚴重缺陷。他從把植物分成藥草和樹木開始，以此為基礎繼續下去。這是一套行不通的系統。

當時需要的是一套合乎科學、條理分明、全體適用的系統。結果建立起這樣一套系統的不是英國人，而是瑞典人卡爾・林奈（Carl Linnaeus）。他推論出的「二名法」（binomial nomenclature）為現代所有生物的命名法立下科學基礎。林奈力倡每一個品種都應該有兩個名字——第一個名字指出它屬於哪一「屬」，第二個名字指出它是這個屬當中的哪一「種」。林奈的系統既適用於植物，也適用於動物。而根據二名法定出的智人（Homo sapiens）這個名稱，是林奈物種名稱中最為人所知的一個。儘管英國人不樂於承認，但林奈的《植物種屬誌》（*System of Vegetables*）[36] 做到了約翰・雷的《植物新方法》沒能做到的事。

植物的命名

於是乎，當法蘭西斯・麥森於一七七一年啟程前往南洋（South Seas）時，便有一套能用來為他可能發現的任何植物命名的邏輯系統。為了表揚他的發現以及他賦予這些新品種的恰當名稱，麥森於一七九六年受到林奈學會（Linnean Society）的遴選。以一個科學成就多半專屬於高雅紳士的時代而言，這對一名花匠是莫大的殊榮，但林奈學會這個在倫敦成立的機構本身，對林奈而言甚至是致上了一份更大的敬意。

為了「全面耕耘自然歷史科學的各個分支」，林奈學會於西元一七八八年成立，至今依舊積極投入植物的命名，並且依舊按照林奈在十八世紀時所用的方法以拉丁文命名。林奈之所以選擇拉丁文，是因

---

36 《植物種屬誌》（*System of Vegetables*）為 *Supplementum Plantarum* 之英譯本，*Supplementum Plantarum* 由卡爾・林奈之子所寫，為卡爾・林奈《植物屬誌》（*Genera Plantarum*）和《植物種誌》（Species Plantarum）之增訂本。英譯本 *System of Vegetables* 於西元一七八五年出版。

為拉丁文在他那個年代還是歐洲學術界的語言。對十八世紀中期在荷蘭和英格蘭工作的一個瑞典人來講，拉丁文是他預期科學界人士所能理解的語言。林奈將它當成通用語的作法已經過時了，多數歐洲人已經是以法語來滿足這個用途。儘管如此，現代植物名稱的拉丁文基礎依舊是這個古老語言最後的勝利。

　　林奈的植物名稱是國際通用科學語彙（見31〈霍爾本〉的「一支名叫「科學家」的新品種」）的一部分。科學名稱或許永遠不會像rosemary（迷迭香）、pansy（三色堇）、fennel（茴香）、columbine（耬斗菜）、daisy（雛菊）和《哈姆雷特》劇中奧菲莉亞獻給雷爾提斯的花violet（紫羅蘭）那麼自然，但許多林奈所取的學名在現代園丁之間是朗朗上口，便也順勢進入了英語之中。

42 加爾各答——語言學的誕生及英語的源頭（西元一七八六年）

西元一七八三年，在英國人稱之為考爾卡塔（Calcutta）、如今印度人稱之為加爾各答（Kolkata）的城市，來了一位叫作威廉‧瓊斯爵士（Sir William Jones）的先生。他接受的是律師訓練，而且他是從倫敦來西孟加拉的孟加拉最高法院任職的。儘管威廉爵士是一位有才幹的法官，但他留給後世的並非法律方面的著作，而是語言學方面的著作。他尤其幫助我們了解英語是怎麼經由一個互有關聯的全球語言家族傳入英格蘭的。

威廉爵士學語言就像看電視劇一樣輕鬆。終其一生，有十三種語言他能說得相當流利，有二十八種語言他能說得很好。在這些語言當中，有一些是印度的語言，尤其特別的是，他無師自通地學會讀梵文。梵文在印度文化中的地位就像拉丁文和希臘文在歐洲文化中的地位一樣。有所有這三種語言攤開在他面前，他得出一個不同凡響的結論。西元一七八六年二月二日，他向孟加拉亞洲學會報告道：

> 無論它的前身是什麼，梵文擁有優異的結構，比希臘文更完美，比拉丁文更豐富，而且比這兩者都更精良，但在動詞的字根和文法的形式上，卻和這兩者極為近似，近似到不太可能是恰好偶然如此。任何檢視過這三者的語言學家，都很難不認為它們是來自同一個源頭，儘管這個源頭或許已不復存在。類似的理由也可用來推測歌德語和凱爾特語有著和梵文一樣的源頭，儘管不是那麼顯而易見、強而有力，儘管它們混入了相當不同的慣用語。

英語是怎麼開始的

隨著這份了不起的聲明，現代語言學的研究誕生了。現在已經確

定歐洲大多數的語言和北印度大多數的語言「來自同一個源頭」。從蓋爾語到古吉拉特語（Gujarati），從阿爾巴尼亞語（Albanian）到雅格諾比語（Yagnobi），數百種古代和現代歐洲及印度的語言，歷經超過六千年的時間，從一種叫做原始印歐語（Proto-Indo-Europea）的語言演變而來。有些人說，原始印歐語是生活在東歐大草原（Caspian steppes）的一個部落的語言，英語就來自這個語言。

在某種語言前面冠上「原始」（proto）這個字眼，代表這種語言沒人聽過或讀過，但是能從現存相關語言追溯至它的存在。有根據的推測導引出一種可能存在的原始語言型態，一種始祖語。在各個語言之間的聲音改變有一定的模式，這些模式已被辨識出來。十九世紀語言學家的偉大著作也顯示出威廉爵士正確猜測為「同一家族」的語言之間的關聯。

威廉爵士指出梵文不只和希臘文、拉丁文有關，也和歌德語、凱爾特語有關。現今這四種語族正代表了西歐四大語區，而它們的現代名稱叫做希臘語（Hellenic）、義大利語（Italic）、日耳曼語（Germanic）和凱爾特語（Celtic）。希臘人、義大利人、日耳曼人和凱爾特人大約從四千年前開始在西歐開枝散葉。

大約三千年前，說我們稱之為「原始日耳曼語」這種語言的人來到斯堪地那維亞半島北部。他們的人數日益增加，並沿著沿海地區一路南移，來到現在的荷蘭。他們往內陸移到現在是德國北部的地方。經過了一千年左右，原始日耳曼語發展成北日耳曼語、西日耳曼語和東日耳曼語。東日耳曼語失傳了，北日耳曼語成為丹麥語、瑞典語、挪威語和冰島語，西日爾曼語變成荷蘭語、德語和英語。

威廉爵士靈光一現的推測讓我們能夠將英語追溯到約六千年前，並得以一窺它是怎麼來到歐洲的。

43 馬里波恩——體育的語言（西元一七八八年）

西元一七八七年，馬里波恩板球俱樂部（Marylebone Cricket Club）在倫敦的馬里波恩成立。MCC（後來這個俱樂部的簡稱）成員向一位洛德先生（Mr Lord）租了一塊場地，並為板球比賽建立起一套規則，他們稱之為「法定規約」（The Code of Laws）。儘管老早就離開原先的那塊場地了，MCC仍舊以「洛德板球場」（Lords）來稱呼它現在的場地。在它的官網 Lord's: The Home of Cricket（洛德：板球的家鄉）可以找到它的法定規約。歷經年復一年的修訂，十八世紀紳士們訂下的那些規則現在已是國際賽事的準則。

板球像英語一樣傳遍全世界，但只有在說英式英語的地方才找得到它的蹤跡。澳洲、巴貝多、印度、牙買加、紐西蘭、巴基斯坦、南非和千里達都是說英語、玩板球的國家。美國人從未買板球的帳，但棒球也是從這種由薩塞克斯（Sussex）和罕布夏郡丘陵地的村落開始玩的球賽演變而來的[37]，而棒球之於美國就像板球之於英國一樣意義重大。

英式板球和美式棒球不只對球員的健康大有貢獻，也對他們的語言大有貢獻。

板球用語在日常會話中廣泛受到使用。我們很常會聽到人們說像是：It's not cricket（這不是板球；意思是「這不可接受」）、He stood up in the debate and bowled the Opposition a googly（他在這場論戰中起而發言，向對手投出一記外曲球；意思是「讓對手啞口無言」）、He knocked his opponents for six and so won the contract（他打出一個六分打，擊敗對手贏得合約；意思是「讓對方輸得很慘」）、I've had a

---

37 薩塞克斯和罕布夏郡位於英格蘭東南部，意思是棒球乃從英國板球演變而來。

good innings; it's time to retire（我已經打出漂亮的一局，該是退休的時候了；意思是「事業有成，在工作上已經做出一番好成績」）、He bats a straight bat; we should give him the job（他直握球板，我們應該給他這份工作；意思是指他「為人誠實正直」）這樣的話，而說這些話的不見得是板球員。從球到招式，從招式到姿勢，板球提供了一個慣用語DIY工具箱。

棒球也為美國人做了一樣的事情。Baseball Farming.com（棒球培訓網）的「棒球行話」專頁從Ace pitcher（王牌投手）開始到Zinger（擊出安打球）為止，羅列了一份大可拿來在會議室使用的棒球術語清單，當中包括有walk（投四壞球保送打擊手上一壘）、spit ball（口水球）、sacrifice bunt（犧牲打）、chin music（近身球）、closer（終局）、curve ball（曲球）、grounder（滾地球）、home plate（本壘）、moon shot（全壘打）、pinch hitter（代打）。你不需要知道它們的意思，就能感受到它們的語言潛力。

語言的生命力不是棒球和板球術語特有的專利。每一種體育活動都有它自己的語彙，而這些語彙輕易就能被主流英語吸收。英語的慣用語、譬喻和片語，都融入了體育語言。

sport（體育）這個字本身豐富的歷史與涵義，說明了體育英語何以這麼豐富。在十四世紀，to sport是指「找樂子，娛樂自己」，它來自法文的desport——一種消遣，一件樂事。在十六世紀，sport變得和戶外競賽有關。在大約與MCC立下板球規則的同時，to sport有了to wear（穿）的意思，例如he is sporting a fine coat（他穿著一件好大衣）。美國人賦予這個字一個新的轉折，他們用a sport來指「一個活潑的伙伴」；英國人也賦予它一個激烈的轉折，他們用a good sport來指「一個高貴、體面的人」。

持平地說，任何體育活動都可以用來探討體育語言這個主題。就像任何一種運動一樣，足球迷（澳式、美式或英式）也可以誇耀他們的用語。但既然我們是從板球聊起，那不妨也以板球作結。

在棒球的國度，愛拿木板去打皮球的親英派人士和異鄉遊子也玩板球。美國德州休士頓的雷斯板球俱樂部（Rice Cricket Club）在網站為板球愛好者貼了這份他們對MCC法定規約的傳奇說明：

你們分兩邊，一邊在場上的裡面，一邊在場上的外面。每個在裡面的人會出局，當他出局的時候，他就進去，換下一個人進來，直到出局為止。全都出局的時候，在外面的那一邊進來，在裡面的那一邊出去，並試著把進去的人弄出來。有時你會持續有人進來而不出局。當一個出局的人進去時，出局的人試著把他弄出來。而當他出局時，他就進去，換下一個進去的人出局和進去。兩個叫作裁判的人一直在局外，由他們決定這些人何時上場、何時出局。當兩邊都進去過，所有的人都出局了，並且在所有人都進去過之後，兩邊都已出局兩次，那比賽就結束了。

44 雪梨——英語在澳洲（西元一七八八年）

西元一七八八年，皇家海軍艦隊將一千零六十六名罪犯從倫敦送到雪梨港（Port Jackson）——英國在澳洲的第一個殖民地點（圖二十五）。雪梨港如今位於雪梨的中心，而雪梨是南半球最大的英語城市。

一開始在澳洲說的英語有兩種——那些罪犯說的考克尼英語和管理他們的軍官說的宮廷英語。二十一世紀的澳洲人聽起來不再像十八世紀的倫敦佬或十八世紀的朝臣，因為舊有的方言已經演變成土音澳式英語（Broad Australian）和正規澳式英語（Formal Australian）。

西元一七八八至一八六八年間，英國送了十六萬名罪犯去澳洲。這些罪犯絕大多數來自倫敦最貧窮的階層，他們為土音澳式英語提供了語言基礎，這是一種在罪犯發明它時就已經備受非難的方言。西元一八五五年，一位澳洲學校的督學提出報告說老師們不太注重「糾正錯誤百出的發音或不標準的抑揚頓挫」。

正規澳式英語就像任何地方的標準英語一樣，注重避免雙重否定、雙重比較，以及像是he don't、I seed、she know'd等等的文法錯誤[38]。此外，標準書寫英語則會避免介系詞句尾以及把不定詞分開。而這些都是西元一八〇三年山謬·佩格（Samuel Pegge）稱之為「考克尼方言」（the Cockney dialect）的語言之特徵，他在《英語的軼事：主要是關於倫敦當地方言》（*Anecdotes of the English Language: Chiefly Regarding the Local Dialect of London*）一書中，為考克尼方言做出猛烈的辯護。

移民不只從倫敦航向澳洲。一八五〇年代，淘金熱引發了第一波來自許多地區的移民潮。在這整個過程當中，澳式英語（Australian English）也從原住民的語言吸收了像是kangaroo（袋鼠）、wallaby（沙袋鼠）、dingo（澳洲野犬）、budgerigar（長尾鸚鵡）等等的單字。

---

38 正確應為he doesn't（他不）、I saw（我看）和she knew（她知道）。

今日的澳式英語

今日的澳式英語其中一個最值得注意的特徵，就是在一個幅員這麼廣大的國家，各地所說的英語竟缺乏多樣性。舉例而言，如果你聽一個來自雪梨或伯斯或墨爾本的人說話，你不會注意到他們說話的方式有什麼差異。他們的口音肯定不會有比方像英國的愛丁堡和特魯羅（Truro）之間那樣的不同。

儘管如此，澳洲的語言卻存在著有趣的社會差異。澳洲的方言依據階級來劃分，這在各個國家都並非一個罕見的現象，但澳洲特別的是民眾對下層方言普遍有著深厚的情感。所謂下層方言，指的是「和有威望的語種離得最遠的語種」。澳洲的這個下層方言俗稱「雪特語」（Strine；和 train 押韻），以下是一個例子：Aorta stop all these transistors from cummer ninner the country. Look what they doone to the weather. All this rine! Doan tell me it's not all these transistors – an all these hydrigen bombs too. Aorta stoppem!（應該禁止所有那些電晶體靠近我們國家。瞧瞧它們對天氣做了什麼。下雨下成這樣！別告訴我不是那些電晶體搞的——以及所有那些氫彈。應該禁止它們！）

政治人物用雪特語來拉攏選民，也在國會上用雪特語來讓對手難看。土音澳式英語照理說反映了澳洲人對髒話的熱愛，但它之所以能登上國會殿堂，關鍵比較不在於它廣泛受到偏愛，而在於公共論述准許使用這種語言的意願。就髒話而言，倫敦考克尼方言和雪梨雪特語不相上下，但英國國會可不怎麼愛用考克尼方言。

到了二十一世紀，就像深受英式英語影響一樣，澳式英語也深受美式英語影響，說不定後者的影響還更大。這一方面反映了美式英語自一九四五年以來作為世界強國之語言的角色，一方面反映了大英帝國在二次大戰期間的政策，使得澳洲明白它需要向美國尋求武力和政治的支持。

45 聖瑪莉里波教堂——考克尼英語（西元一八〇三年）

在倫敦市鬧市街聖瑪莉里波教堂（圖二十六）鐘聲涵蓋範圍內出生的人，被稱之為考克尼人，而他們至少是從十七世紀起就冠上這個稱呼了。然而，直到西元一八〇三年山謬・佩格出版《英語的軼事：主要是關於倫敦當地方言》（*Anecdotes of the English Language: Chiefly Regarding the Local Dialect of London and its Environs*）之前，都還沒有太多關於他們說話方式的討論。

佩格並未稱呼這個倫敦當地方言為「考克尼」，但它後來就被叫做這個名稱，而佩格的書是率先描寫它的著作之一。它是倫敦東區的方言，也是一種從十九世紀到二十世紀都受到語言監督人士譴責和鄙視的英語。

考克尼方言後來就代表了自命清高的英語人士所不喜歡的任何一種方言。這個方言上的鴻溝後來也反映了社會上的鴻溝，作家吉卜林（Rudyard Kipling）就大大發揮了這一點。在吉卜林筆下，所有的士兵說起話來都像考克尼人，所有的軍官說起話來則像公立學校的子弟[39]。於是，倫敦東區和西區的劃分似乎擴及了整個大英帝國（見44〈雪梨〉澳式英語的故事和52〈懷唐伊〉紐式英語的故事）。

十四世紀時，倫敦人有可能不分階級說起話來都很類似。在十四、十五或甚至十六世紀，都沒有什麼關於倫敦上、下階層說話方式的典故或笑話。當時的笑話和侮辱主要是針對鄉下、英格蘭北部、威爾斯和蘇格蘭方言（尤其是在莎士比亞劇作中），很少有針對倫敦方言的。直到十九世紀初之前，都沒有人談論考克尼方言。

東區的語言會在這個時間點受到西區人的注意，其中一個原因是十八世紀時對「正確的英語」的關注。到了西元一七〇〇年，已有二

39　英國的公立學校是貴族子弟唸的名校，例如威廉王子就讀的伊頓公學。

分之一的倫敦女性能讀會寫，男性的比率甚至還更高。這是一個相當高的比例，而它使得語言開始產生分裂。人們開始要求寫作、拼字和文法的規則。識字人口開始以新的書寫規則為說話的典範，舊有的規則則被說是有瑕疵的。

考克尼之罪的創意

那些所謂的瑕疵，反諷地被山謬·佩格列為倫敦當地方言（亦即考克尼英語）的十八條罪狀，包括雙重否定、雙重比較、把不定詞分開、修飾語錯位、介系詞句尾、多種發音，以及強森博士的字典（見36〈利奇菲爾德〉）裡找不到的單字形式。佩格對強森的評價並不高——「我不認為編字典是他的專長。」佩格說。

佩格主張古老用法和權威用法可以為考克尼之罪做辯護。他表示所有那些罪狀在一流作家的作品中都能看到，他也舉了許多例子，尤其是來自喬叟和莎士比亞的例子。

《英語的軼事》副標包含以下的聲明：「首都及其鄰近地區的人民何以並未敗壞他們祖先的語言」。佩格再請他的讀者自問：差勁的考克尼英語有沒有可能是從優良的麥西亞英語演變來的——儘管他沒有用「考克尼英語」和「麥西亞英語」這樣的字眼。

時至今日，說到考克尼英語，大家聯想到的是它的主要輸出品——日常用字被賦予新意的押韻俚語：

Adam and eve it（亞當和夏娃它）＝believe it（相信它）

Apples and pears（蘋果和梨子）＝stairs（樓梯）

China plate（瓷盤）＝mate（伙伴）

Butcher's hook（肉販的鉤子）＝look（看）

Christmas Eve（聖誕夜）＝believe（相信）

Half inch（半英寸）＝pinch（捏）

Porky pies（豬肉派）＝lies（謊言）

Tea leaf（樹葉）＝thief（小偷）

Trouble and strife（麻煩和衝突）＝wife（老婆）

Whistle and flute（哨子和笛子）＝suit（西裝）

據說押韻俚語是東區小販發明出來的，如此一來，他們就能在西區顧客面前彼此交談，而不讓顧客知道他們在說什麼。

如同所有的語言，考克尼英語也持續在發展，以下是近期一些押韻俚語的例子：

Britney Spears（小甜甜布蘭妮）＝tears（眼淚）

Calvin Klein（凱文・克萊）＝wine（酒）

Elsie Tanner（艾爾西・譚娜）＝spanner（扳手）[40]

Posh and Becks（高貴辣妹和貝克漢）＝specs（spectacles）（眼鏡）[41]

Wallace and Gromit（超級無敵掌門狗）＝vomit（嘔吐）

40　Elsie Tanner為英國電視劇《加冕街》（Coronation Street）當中的角色，此劇為英國電視史上播出時間最長、收視最高的連續劇。

41　維多利亞・貝克漢（Victoria Beckham）曾為辣妹合唱團當中的高貴辣妹（Posh Spice），後來與足球金童貝克漢（David Beckham）結婚，兩人合稱Posh and Becks。

46 古普伯雷——布萊葉盲人點字法的英語（西元一八○九年）

西元一八○九年，在距離巴黎東邊三十四公里的村莊古普伯雷，路易‧布萊葉（Louis Braille）誕生了。三歲時，他用父親的皮革工具弄瞎了自己的一隻眼睛。治療瞎眼時引發了另一隻眼睛的感染，他自此兩眼全盲。十歲時，他被送到巴黎的一所盲校。他的課業表現極佳，於是在該離開時受邀留下來任教。他接受了那個職位。

在十九世紀，盲人教盲人並不尋常。但由於他從盲生成為盲師，這件工作便被他注入了新的思維。他是一位音樂家，也是一位琴藝精湛、受到歡迎的風琴手；他擅長透過彈琴鍵的那雙手表達內在的自我。而且他人在一個對的城市，那裡正是發展écriture nocturne的好地方。法國人所謂的écriture nocturne，意思是「夜間書寫」。

夜間書寫本來是拿破崙要求他的情治單位研發的東西，如此一來，他的士兵才能在夜裡閱讀訊息。夜間書寫居然行得通，這令人們覺得不可思議。但最初的系統並不完善，因為溝通單位[42]延伸超過一個指尖的範圍。在黑暗中，士兵迷失了他們在訊息中的位置。

布萊葉重新改良軍隊那一套凸起的點字，使得每個符號都由一個小長方形裡的六個點來表示，包括字母、數字、音標或標誌。最重要的是，只要一個指尖，就能讀出代表任一符號的六點矩陣。

我們或許不自知，但印刷英語用了多達一百八十種不同的符號。我們總說英文有二十六個字母，但如果把大、小寫都算進去，字母符號的數量立刻就顯得可疑。瞄一眼電腦鍵盤也會顯示出我們用了多少其他的符號，而這還是在沒有叫出特殊字元符號清單的狀況下。

布萊葉的六點方格，確切證明了將目視文字轉換為指摸文字需要

---

42 字、句、音標、標點符號等等皆為所謂的「溝通單位」（unit of communication）。

的是什麼。布萊葉的點字系統在一八六〇年經由聖路易盲人學校（St Louis School for the Blind）傳入美國，並在一八六八年被剛成立的英國國際盲人協會（British and Foreign Blind Association）採用而傳入英國。

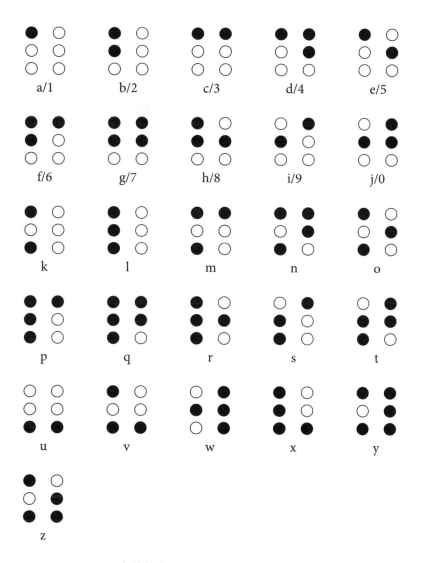

布萊葉的凸點系統今日仍受到使用

善於解碼的人類

關於語言發揮作用的方式，以及語言是如何深植於我們的本能之中，布萊葉點字法可以教我們許多。書寫系統一度似乎是眼睛擅長的領域，但法國人讓我們看到它也可以是指尖的活動範圍。我們是先天的解碼者。我們對溝通的需求是如此迫切。任何大腦與人體部位所能運用的方式，我們都能拿來當作溝通之用。

拆解到最基本的元素，布萊葉點字法是以凸點和空白這兩種成分所組成。它具有驚人的彈性，而且可以相當快速。學電腦科學的學生也對它產生了興趣，一如解碼專家大衛・薩羅門（David Salomon）所言：「縮寫、短字及其他布萊葉點字法延伸出來的東西，都是直覺式資料壓縮（data compression）的例子。」

廣播員、作家、世界旅行者、幾乎生來就眼盲的彼得・懷特（Peter White），在《用我的方式看》（*See It My Way*）一書中談到閱讀帶給他的喜悅。他用兩隻手讀布萊葉點字，速度就像明眼人讀印刷文字一樣快。或許有一天，聲音辨識系統和印刷閱讀軟體會取代布萊葉點字，但為盲人打開書本並給了英語一個了不起的嶄新媒介的，是那位來自古普伯雷的法國人。

47 門羅維亞——英語在西非（西元一八二二年）

西元一八二二年，在非洲的西岸，門羅維亞這座城市建立（圖二十七），並以當時的美國總統詹姆斯·門羅（James Monroe）命名。一群奴隸主組成美國殖民協會（American Colonization Society），為的是解決協會所認為非洲人回歸非洲的種族問題。幾乎所有這些被送回非洲的奴隸實際上都生於美國，所謂的「回歸」根本不成立。但在內地的門羅維亞以及接下來被稱之為黃金海岸（Gold Coast）的沿海地區，這些來自美國的非洲人發現非洲人口操一種很奇怪的英語。

那種英語被賦予的其中一個名稱是克魯語（Kru）。一支自稱克魯人（Kru）的民族擔任口譯員、嚮導和居中協調者的工作，直到十九世紀末。Kru這個名稱或許來自英文的crew（船組員）。確實，這些人一開始是在英國船隻上工作。有些人說，克魯人是被成為奴隸的非洲人帶到美國的。若是如此，當獲得自由的美國奴隸開始在門羅維亞落腳，並建立賴比瑞亞（Liberia）——自由的土地——這個國家時，他們便也一起回歸非洲了。

混合語和混雜語

克魯語是一種混合語，而混合語源自混雜語。混雜語是一種人工的語言，由彼此語言不通的成人為了進行交易或一起共事的溝通需求創造出來。有些混雜語只有不超過一百個單字，而且實際上是沒有文法的。但當兒童以某種混雜語為母語時，這種混雜語就會變成混合語。孩子們將人工語言變成具備完整文法與字彙的自然語言。

克魯語可能是在十九世紀消失的，因為它和賴比瑞亞的非洲裔美國人英語有了接觸。之前的奴隸當中，有相當多的人都是能讀會寫，這意味著他們能呼籲使用標準英語。標準英語便也在這個新的國家占

有權威地位。非洲裔美國人和克魯人通婚，因而創造出今日的賴比瑞亞豐富多樣的英語方言。

在許多方面，賴比瑞亞的故事都是不尋常的故事，尤其它的英語是美式英語，而非英式英語。但獅子山共和國也有雷同的故事，英國人為受到釋放的奴隸在這裡建立了一座城市，這座城市就叫「自由城」，當時寫成 Free Town，如今則寫成 Freetown。來自英格蘭的黑人和來自美國的奴隸到了這裡，發展出一種叫做克里奧語（Krio）的英語形式。

時至今日，英語在賴比瑞亞、獅子山共和國、甘比亞、迦納和奈及利亞都是官方語言。在這些國家，英語也是通用語。舉例而言，奈及利亞的居民有多達五百種母語，英語於是成為教育、行政、商貿上的媒介語言。在這些國家，儘管有其他不同的全國性方言，英語都扮演著國家級的角色。然而，所有這些說英語的西非國家都產生了獨有的英語文學作品，這些作品也反映了各個國家不同的歷史。

七、工業時代

蒂斯河畔斯托克頓（Stockton-on-Tees）──西元一八二五年

哈特福（Hartford）──西元一八二八年

清奈（Chennai）──西元一八三四年

聖馬丁大街（St Martin-le-Grand）──西元一八四○年

懷唐伊（Waitangi）──西元一八四○年

河岸街（The Strand）──西元一八四一年

巴爾的摩（Baltimore）──西元一八四四年

索爾福德（Salford）──西元一八五○年

漢尼堡（Hannibal）──西元一八五一年

海德公園（Hyde Park）──西元一八五一年

時代廣場（Times Square）──西元一八五一年

曼徹斯特（Manchester）──西元一八五二年

別爾基切夫（Berdichev）──西元一八五七年

基督教堂學院（Christchurch College）──西元一八六五年

蘭韋爾普爾古因吉爾（Llanfairpwllgwyngyll）──西元一八六八年

艾希特名園（Exeter Place）──西元一八七六年

開普敦（Cape Town）──西元一八八一年

都柏林（Dublin）──西元一八八二年

吉斯伯恩（Gisborne）──西元一八九四年

48 蒂斯河畔斯托克頓——英語和蒸汽引擎（西元一八二五年）

　　西元一八二五年，喬治·史蒂文生（George Stephenson）打造了一個他稱之為「動力車頭」（Locomotion）的蒸汽引擎，用來把一列車廂從斯托克頓牽引到達靈頓（Darlington）。「動力車頭」不是第一個自動蒸汽引擎，但它是第一個搭載乘客的火車頭。

　　西元一八三二年十月，英國女性芬妮·坎博（Fanny Kemble）從紐約旅行到費城，她的交通工具包括汽船、馬車，以及她既稱之為 rail-way 也稱之為 rail-road 的東西。她那加了一槓的 rail-way／rail-road 雙重寫法，捕捉到兩個說英語的國家將要被他們共通語言分開的一刻。美國作家吉登·戴維森（Gideon Davison）在他一八三三年的著作《美國中部、北部及加拿大各省旅者指南》（*Traveller's Guide through the Middle and Northern States, and the Provinces of Canada*）中，也是替換著使用 rail-way 和 rail-road，有時還是在同一頁上討論同一條鐵路路線時。自從一八五〇年代起，《艾波頓圖解鐵路及輪船航運指南》（*Appletons' Illustrated Railway and Steam Navigation Guides*）每月發行二至三次，為美國乘客提供火車時刻表，並且固定不變地使用 railway 這個字。直到十九世紀末，railway 對美國人來說都是一個很平常的用字。於是乎，Erie Railroad（伊利鐵路公司）於一八五九年破產後，可以在一八六一年很方便地重組為 Erie Railway。然後 Erie Railway 又在一八九三年破產之後，重新於一八九五年再重組為 Erie Railroad。

　　一八三二年，坎博寫到坐在一截 carriage 裡。曾經，只要是四個輪子的載運工具就被稱之為 carriage。但到了十九世紀，俗稱的 carriage 變成是專指載人的私家車。接著，它在英格蘭又變成是指專門設計來載乘客的火車車廂，而不包括用來載運物品的車種。於是，從馬路上換到軌道上時，我們這位英國女士寫道：Our coachful got into the first carriage of the train.（我們這一馬車的乘客進了客運火車的第一節車廂。）一八三三年，美國人戴維森在敘述肯頓－安博伊火車路線（Camden and Amboy Railroad）時，也用了 carriage 一字，而指出：The carriages are elegant, and among the best which have been constructed.（客車車廂很高雅，而且是現有數一數二的。）儘管戴維森用了 carriage 這個字，美國人卻沒有要用它來指這種車種。在前一個世紀，愛德華・吉朋（Edward Gibbon）還能很有異國風情地說一位羅馬皇帝 reclining on a litter or car of ivory, drawn by two white mules（斜倚在由兩匹白騾拉著的象牙皇輿或皇輿上）。但早在西元一八二六年，car 這個字已出現在麻薩諸塞州的鐵路法規中。就某些方面而言，car 比起 carriage 更受到愛用，那是因為在一八二〇年代，一般已不使用 car 這個字，所以當有一種新的車種出現時，它就順理成章地重新被撿回來使用了。本來 carriage 是比較顯而易見的一個字眼，因為肯頓－安博伊火車路線的客運車廂和馬車車廂簡直沒什麼不同。這些馬車車廂花了一點時間才演變成能容納五十到七十名乘客的火車車廂。

由於美國人選擇以 car 一字來稱呼他們的鐵路客運工具，這就意味著到了世紀末的時候，他們必須稱呼汽油發動的私人運輸工具為 automobile。英國人則選擇不用這個法文字，而用他們還沒用過的 car 一字來指同一種運輸工具（即汽車）。到西元一九〇〇年時，railway ／railroad 只是大西洋兩岸各自獨立發展出的許多工業之一，而如此一來便造就了英國和美國不同的字彙。car／automobile 是另一個例子。

從蒸氣到航空煤油

　　英式英語和美式英語持續分裂，直到 wireless／radio[43]、電影以及電視的降臨，才又把兩方的語言聚在一起。飛機的發明和近來廉價航空的發展甚至讓這種凝聚力更強。兩種不同英語形式間的鴻溝縮小了。經證明，美式英語比較占上風。比起美國人對英國口音的不適應，英國人則更能接受各式各樣的美國口音。

43　wireless 為英式英語，radio 為美式英語，皆指無線電收音機。

49 哈特福——美式標準英語的建立（西元一八二八年）

西元一八二八年，康乃狄克州哈特福市的諾亞・韋伯斯特出版了《美式英語字典》（*An American Dictionary of the English Language*，圖二十八）。這個年輕人的信念是美國「應該發展出一套像它的政府那般特有的英語形式」。他將語言視為振興國族認同的一個凝聚點。他說：「在未來的某個時候，我國在語文上的進步勢必要像公民自由及教會法規上的進步一般優越。」西元一七八六年，他將《英文文法規則第一部》（*The First Part of the Grammatical Institute of the English Language*）重新定了一個更直接的書名——《美式拼字書》（*The American Spelling Book*）。這本書成了超級暢銷書。

據說只有聖經和《毛主席語錄》賣得比《美式拼字書》還好。早在一八〇七年，韋伯斯特就能誇口說這書印了兩百萬本。每一間學校教室裡都用了這本書，一開始是在新英格蘭，接下來就席捲整個東岸。同時，這本小書也讓韋伯斯特有足夠的收入支持他全心投入字典編纂，而他業已展開一個規模更大、野心更大的計畫——《簡明英文字典》（*A Compendious Dictionary of the English Language*）。最後，這部字典又發展成他那兩大冊的《美式英語字典》。山謬・強森為大約四萬個字下了定義，諾亞・韋伯斯特則定義了七萬個字。自從一八二八年問世以來，《美式英語字典》從未絕版。

諾亞・韋伯斯特辭世時，紐約州最高法律辦公室的主持人大法官詹姆斯・肯特（James Kent），將韋伯斯特的作品與已經崩毀的埃及金字塔相比：「這部字典及它所收錄的語言也會崩毀，只不過不是隨著美輪美奐的皇宮煙消雲散，而是隨著莊嚴之壇及浩瀚之地球消逝！」[44]。

---

44 此語典出莎士比亞《暴風雨》劇中名句「莊嚴之壇，浩瀚之地球，是的，這大地承襲的一切，終將消散。」（The solemn temples, the great globe itself, Yea,

韋伯斯特留給後世的遺產

　　韋伯斯特的字典最顯著的特徵是它包含了他認為英語需要的拼字改革。Honour改成honor（榮譽），programme改成program（計畫），centre改成center（中心）、catalogue改成catalog（目錄），advertise改成advertize（宣傳）。韋伯斯特的原則是簡化一些日常用字的拼法。他似乎沒把口音（無論是他自己的還是任何人的）這件事考慮進去。根據大衛‧克里斯托，就正規教育的慣用法而言，韋伯斯特的拼字改革只影響了大約五萬字當中的五百字左右，但這些改變的影響甚巨，因為它們都是相當常用的單字，以至於美式英語在書面上的樣貌被它們變得完全不一樣了，讀者一眼就能看出他們正在閱讀的並非英式英語。儘管如此，當我們在計算兩者間有多少差異時，正如大衛‧克里斯托所言：「我們談的只是這個語言整體很小的一部分。」

　　韋伯斯特的字典最大的影響，在於它讓英語完全成為美國人的財產。英式英語以《牛津英文字典》為依歸，美式英語則不假思索地擁戴韋氏大字典。加式英語或印式英語（Indian English）有時會浮現文化上的疑慮，美式英語則沒有這種問題。韋伯斯特給了美國人他認為他們應得的語言獨立，同時他也給了英語兩種同樣有憑有據的標準。印度人說：「在英語的背後沒有國旗。」這句話之所以能成立，都要歸功於韋伯斯特的作品。

　　並非所有美國人都喜歡他的作法，許多人認為他的形式古怪、粗糙而拒絕採用。晚至一九一三年，伊迪絲‧華頓（Edith Wharton）仍堅持如果紐約出版商想繼續出版她的小說，那就非英式拼法不可。但伊迪絲‧華頓代表的是老一輩的紐約。到了一九一三年，多數美國人可能甚至不知道有不同的英式英語拼法存在。

---

all which it inherit, shall dissolve.）

50 清奈——英語在印度（西元一八三四年）

西元一八三四年，托馬斯・巴賓頓・麥考利（Thomas Babington Macaulay）降落在一座如今叫做清奈但當時叫做馬德拉斯（Madras）的城市，它是孟加拉灣（Bay of Bengal）的一座港口城市。英國政府派他到印度議會（Council of India），而教育課題是他攬下的第一個任務。不出一年，他就提出了後來被稱之為「惡名昭彰之麥考利男爵法案」的草案。他建議英文應該被用作全印度高等教育、法律和行政的語言，而他的建議受到了採納。麥考利展開了一套即將深刻影響印度、巴基斯坦和孟加拉這三個現代國家的計畫。

麥考利抵達之時，英語已經在印度存在超過三百年了。西元一六〇〇年，伊莉莎白女王頒發了許可證給在東印度經商的倫敦商人，而這時英語有可能已經存在於印度。英語開始從印度的語言當中吸收字彙，英國商人最初是學習了足夠的當地語言，讓他們能在那裡經商、賺錢。

後來被稱之為「東印度公司」的董事們，就沒有選擇在印度使用英語。而且，一直到十八世紀末，這間公司的學校教的都是梵文、波斯文和阿拉伯文。儘管如此，一家貿易公司著力於教育大業，便意味著它涉入了國家的治理。與此同時，為了維持供貨並確保物流的運作，東印度公司一個接一個地掌管了印度各州，在開拓市場的同時打造出一個帝國。

西元一八五七年，在英國人稱之為「印度反英暴動」、印度人稱之為「印度民族起義」的事件後，英國政府解散了這家公司，並建立起直接的管轄。然而，麥考利所提議的英語政策仍保持不變。西元一九四七年，當印度宣布脫離英國獨立時，這個新的國家認可英文為官方語言之一，唯條文中規定英語的官方地位將在一九六五年終止。

英語在印度的續航力

到了一九六五年，廢除英語官方地位的政治支持並不足夠，有太多印度人覺得英語對日常溝通來講太好用了。一九九一年的一份印度民調顯示：有一百一十四種印度語言擁有至少一萬名使用人口，而沒有一種印度語言能取代英語在當時仍舊扮演的角色。撇開它的殖民色彩不談，它持續讓來自東、南、西、北的印度人能夠與彼此交談。

印式英語不是倫敦或華盛頓的英語。它的音調和英式及美式英語不同。它的構字不同。它有它自己的字彙。它有它自己的句子結構。在印式英語中，enthusiasm 變成 enthu（熱忱）：That guy has a lot of enthu.（那人很有熱忱。）這也使得印度人說出：He's a real enthu guy.（他真是個熱忱的人。）現代印式英語的字彙與慣用法當中，有成千上萬種諸如此類的差異。

儘管多數印度年輕人對英語已不再懷有反殖民情結，但一般仍對印式英語抱持著內化的成見，許多人希望能讓印式英語符合英式或美式英語的標準。相形之下，此一主題的權威學者布拉杰・B・卡奇魯（Braj B. Kachru）卻主張印式英語的使用者必須「發展出對當地英語模式的認同，而不要覺得它是一種『有缺陷』的模式」。

根據一些估計，如今在印度、巴基斯坦和孟加拉有三千五百萬名使用英語的人口。他們的能力從熟極而流到結結巴巴不等，但他們一起組成了目前世界上最大的英語共同體。英語的未來或許在亞洲。

51 聖馬丁大街——英語和統一便士郵政（西元一八四〇年）

西元一八四〇年一月十日，羅蘭‧希爾爵士（Sir Rowland Hill）忍住不要去視察倫敦市聖馬丁大街上的郵政總局，因為當晚即將展開統一便士郵政（Uniform Penny Post），希爾預期郵局會被民眾癱瘓。他料中了。第二天，他的日記內容顯示一八四〇年一月十日有十一萬兩千封郵件投遞，比一八三九年一月十日多出三倍。

統一便士郵政卓著的地方在於一樣的郵資不只適用於倫敦，還適用於全英國。無論一封信是要從這條街送到那條街，或從特魯羅送到亞伯丁，郵資都一樣是一便士。「距離」的觀念被打破了。西元一八四〇年五月六日，第一枚預付郵資的自黏性郵票「黑便士」（Penny Black）正式啟用（圖二十九），支付郵資的方式變得前所未見地簡便。

在郵政新制和郵票背後的功臣羅蘭‧希爾推波助瀾之下，英國的男男女女寫出成千上萬封信給彼此。一開始，他必須說服英國政府以現代化、易於管理、便宜又迅速的服務取代老舊、繁重、昂貴又緩慢的郵務系統。在他成功說服政府之後，書信如洪流一般湧入郵局，在像倫敦這樣的城市，郵件的遞送要花好多天處理。截至一八四〇年為止，郵政服務曾經是國王、教宗、皇帝等權貴的特權，如今中產階級也擁有了一樣的資源。

書信寫作的成長

英文書信寫作要到十八世紀才變得普及，那是寫信變成一門藝術的時代。何瑞修‧華爾波爾（Horace Walpole）的書信有堂堂三十四大冊，這些書信的彙整與編纂成為威爾瑪斯‧薛爾登‧路易斯（Wilmarth Sheldon Lewis）畢生的職志。路易斯於一九三九年開始出版華爾波爾

的書信，直到一九七一年才全部大功告成。許多二十世紀的學者追隨路易斯的腳步，編輯出版有完整注解、導讀、附錄和索引的書信集。一部作品可能要花一位學者一輩子的時間，有時甚至還更久，於是就有另一個人得接著完成出版的動作。十九世紀的小說家尤其受到這樣的優待，他們的書信往往冗長而有力地呈現了作家的生平和時代。也有些時候，這些書信只是簡短而唐突的財務報表。

　　書信收集愛好者往往憂心引進快速、便宜的溝通方式會扼殺書信寫作的藝術，但結果也許並非如此。統一便士郵政大大增加了人們寄給彼此的短箋，但這並未阻止偉大作家寫出偉大的書信。狄更斯、威廉·梅克比斯·薩克萊（William Makepeace Thackeray）和安東尼·特洛勒普（Anthony Trollope）都寫出了成千上萬封出色動人的書信。

　　通常是隨著作者辭世，他們的書信才被公開。儘管有人憂心電話會扼殺書信，泰德·休斯（Ted Hughes）之死以及他的書信的出版，卻顯示就寫信而言，二十世紀的作家大可與十九世紀的作家相提並論。

　　二十一世紀勢將顯示電子郵件和網路會不會扼殺偉大的書信傑作，但無疑必有某位作家在某個地方為某個人寫著文情並茂的書信，我們要到許多年後才會知道。

　　自統一便士郵政以來，電報、電子郵件、簡訊、社群網路和推特都為書寫訊息的交換提供了更加迅速的方式。透過簡訊和推特，訊息交換的速度幾乎與口語交談、電話或無線電同步，但任何一種以文字為基礎的通訊系統都保留了和「書信」這種最古老手寫形式的關係。

52 懷唐伊——英語在紐西蘭（西元一八四〇年）

西元一八四〇年二月六日，在奧特亞羅瓦[45]的懷唐伊，毛利酋長和英國政府的代表簽訂了條約（圖三十）。懷唐伊條約（The Treaty of Waitangi）代表著英國——而非法國——主張擁有這塊土地的那一刻，這塊土地也被重新命名為「紐西蘭」；那也是英語注定成為奧特亞羅瓦主要的歐洲語言的一刻。

西元一八四〇年之後，來到紐西蘭的移民幾乎清一色是從不列顛群島過去的。一八七一年的一項民調顯示，這些移民當中有百分之五十一來自英格蘭，百分之二十七來自蘇格蘭，百分之二十二來自愛爾蘭。不像殖民官員說的上流英語，絕大多數的移民說的是地區方言。至少到一九六〇年代，這種區別都影響了看待語言的態度並塑造出不同的口音。與此同時，毛利語也提供了許多當地動植物及景觀特徵的相關用語。

一八七一年民調的比例說明了奠定紐式英語（New Zealand English）的元素，但它沒將紐西蘭和澳洲之間人口持續移出、移入的事實考慮進去。一八七一年的白人人口約有百分之六生於澳洲，而有相當多來自不列顛群島的人口是先在澳洲落腳，之後才決定移居紐西蘭。澳洲英語從當時到現在始終有著很強的影響力（澳式英語的故事見44〈雪梨〉）。

如同在澳洲的情況，督學、官員與意見領袖從一開始就對在紐西蘭廣為流傳的不標準英語頗有微詞。一大主要批評是針對許多紐西蘭人在字尾該說ing的地方會說成in；他們也會不恰當地加上或遺漏h；而且他們普遍聽起來像考克尼人（見45〈聖瑪莉里波教堂〉）。

紐西蘭的語言學家對紐西蘭移民中有大量倫敦人的看法提出挑

---

45 奧特亞羅瓦（Aotearoa）為毛利人對紐西蘭的稱呼。

戰。況且，在英格蘭和整個帝國當中，上流英語人士最不喜歡的就是考克尼口音了，任何不討喜的口音都有被貼上考克尼標籤的傾向。紐西蘭語言學家主張十九世紀英格蘭、愛爾蘭和蘇格蘭移民方言的均一化，聲稱在西元一九〇〇年出現了一種特有的口音，而且這種口音迅速遍及全國。一開始它是人們在使用貶義詞時會發出的殖民貴族腔或鼻音。然而，現今的紐西蘭人已經將他們的語言均質化，一度不可接受的貴族腔和曾經較為優越的母音都磨蝕殆盡。

獨特的紐西蘭語

紐西蘭人說話時有一個顯著的特徵，就是會有一種叫做「句尾升調」（High Rising Terminal）的現象。說話者並非在問問題，句尾音調也會上揚。有時被稱之為「上揚腔」（upspeak），年輕人喜歡這種句尾升調，老派的長輩們聽了卻覺得不舒服。這是一個相對新近的趨勢，而它在英格蘭往往被認為是一個來自澳洲肥皂劇的影響。然而，澳洲或許並非句尾升調的起源地。早在西元一九六六年，紐西蘭北島（North Island）北半部的語言學家就指出有這種現象，這種現象也或許就是從這裡擴散到整個英語世界。

紐式英語和澳式英語有多麼不同？語言學家稱紐式英語為NZE，稱澳式英語為AusE，他們為這兩者的特徵貢獻了長篇累牘的研究可供討論，《澳式與紐式英語比較研究》（*Comparative Studies in Australian and New Zealand English*）一書就為這個主題提供了超過四百頁的內容。這些研究主要指出這兩種英語之間的相似——相對於英式英語（BrE）和美式英語（AmE）的差異而言。但他們也談了許多NZE和AusE之間的區別，然而，這些區別相當細微，而且有待許多驗證。

哈利・奧斯曼（Harry Orsman）是紐式英語一位傑出的字典編纂者，他的《紐西蘭英語字典》（*Dictionary of New Zealandisms*）收錄了

將近八千筆該國特有的單字。奧斯曼也編過幾冊的紐西蘭俚語書，其中一本的書籍簡介就讓我們嘗到了他所熱愛的語言的風味：It's a well-known fact that Kiwis have their own way of talking, and without a guide you can easily come a greaser. Have a gink at this beaut little book, and you won't need to feel a nong any more. In fact, you'll be away laughing. You can put a ring around that!（大家都知道紐西蘭人有他們自己的說話方式，而若沒有一本指南，你一不小心就會變成小流氓。讀一讀這本精采的小書，你不必再有自己好像狀況外的感覺。事實上，讀完你會呵呵笑。靠它準沒錯！）

53 河岸街——以英語為諷刺作品的語言（西元一八四一年）

西元一八四一年六月的某個時候，馬克‧雷蒙（Mark Lemon）和亨利‧梅修（Henry Mayhew）碰面討論開辦一份新的漫畫雜誌，打算結合幽默與政治評論。據說，在他們的討論當中，有人提出一份漫畫雜誌就像好喝的潘趣酒（punch）般需要檸檬，而梅修當下就愛上了「潘趣」這個說法。於是在一個月之後，他們的雜誌上市時，它的名字就叫做「潘趣」（*Punch*）[46]，此外它還有個副書名——「倫敦大胡鬧」（The London Charivari），典故來自一份在巴黎大獲成功的諷刺雜誌。西元一八四一年至一九九二年間，以及之後在一九九六至二〇〇二短暫的數年之間，《潘趣》雜誌是世界上最有影響力的英語時事諷刺出版品。

在第一期當中，雷蒙主張《潘趣》將要「增加養成善良風俗之途徑，以摧毀邪惡之道」。而在創刊後的前幾年，這份雜誌也確實鞭笞當權者、抨擊君主政治、引領政治家、推動更大的平等。它的著名事蹟是揭發了艾伯特王夫（Prince Albert）每年的津貼有三萬英鎊，是花在英格蘭窮人教育總金額的三倍。

它用散文和詩句來提出它的論點。於是，在湯瑪斯‧胡德（Thomas Hood）的〈襯衫之歌〉（The Song of the Shirt）一詩中，《潘趣》呈現出它是怎麼用詩句來做狄更斯用小說來做的事情，亦即描述貧窮的衝擊：

With fingers weary and worn,

With eyelids heavy and red,

A woman sat in unwomanly rags,

---

46 Punch 一字也有「予以重擊」的意思。

Plying her needle and thread –

Stitch! Stitch! Stitch!

In poverty, hunger, and dirt,

And still with a voice of dolorous pitch

She sang 'The Song of the Shirt!'

（手指疲勞痠痛，

　　眼皮沉重發紅，

　　女子坐在沒有女人味的破布堆裡，

　　來來回回穿線插針——

　　縫！縫！縫！

　　在貧窮、飢餓與骯髒之中，

　　仍以憂傷的語調

　　唱著「襯衫之歌」！）

但《潘趣》的評論不只局限於社會議題，它也是思考語言本身的前鋒。西元一八四三年，它為一個舊有的單字創造了新的含意——cartoon 一字被用來指幽默諷刺漫畫。之所以有這層新含意的誕生，導火線在於西敏宮（Palace of Westminster）浮誇的設計草圖。《潘趣》的約翰·李奇（John Leech）拿這個主題來大大取樂了一番。他的「諷刺畫一號：物質與陰影」（Cartoon no. 1: Substance and Shadow）嘲弄浮誇的壁畫以及政治人物與現實的脫節。

　　西元一八九五年十一月九日，《潘趣》新創了一個說法——a curate's egg（牧師的蛋），用來指一件事有好也有壞。在喬治·杜穆里埃（George du Maurier）的一幅諷刺漫畫中，人物的對話是這樣的：

Right Reverend Host. "I'm afraid you've got a bad Egg, Mr. Jones! "

The Curate. "Oh no, my Lord, I assure you! Parts of it are excellent! "

（作東的主教：「瓊斯先生，您恐怕拿到了一顆壞掉的蛋。」

作客的牧師：「喔不，我的大人，我向您保證，它有一部分好極
了！」）

《潘趣》對於語言的荒謬或幽默總是很敏銳。既然《潘趣》在倫敦擁
有堅實的讀者群，考克尼英語會被它拿來當笑柄就不令人意外——尤
其是東區人習慣在某些以 h 為首的單字中省略開頭的 h，像是 hand
（手）；卻又在並非以 h 為首的單字中發出 h 的音，像是 arm（手臂）。
在《潘趣先生的考克尼幽默》（*Mr Punch's Cockney Humour*）漫畫集
當中，有一則叫做「可憐的字母 H」的著名諷刺漫畫，其中出現了以
下這段話：

COCKNEY HOBSERVATION – Cockneys are not the only people
who drop or exasperate the 'h's'. It is done by common people in the
provinces, and you may laugh at them for it. The deduction therefore
is, that peasant, with an 'h', is fair game.

（考克尼觀察——考克尼人不是唯一遺漏或多加 h 的人。鄉下人
普遍這麼做，你或許會因此嘲笑他們。於是乎，省略掉 h 的鄉下
人，是一種美味的禽肉。）[47]

二十世紀晚期，《潘趣》失去了它的力道。他在二〇〇二年停刊，但
英文報紙諷刺漫畫的祖先可追溯至《潘趣》。在美國，《紐約客》雜
誌延續了這項傳統；英國的《私家偵探》（*Private Eye*）雜誌亦然。

47　這段引文當中，HOBSERVATION 不必要地多了 h，去掉 h 後是「觀察」之
　　意；而 peasant（鄉下人）多加一個 h，便成為 pheasant（雉雞）。

54 巴爾的摩——英語和電報（西元一八四四年）

　　西元一八四四年五月二十四日，山謬‧芬利‧布里斯‧摩斯（Samuel Finley Beese Morse）從巴爾的摩發了一則訊息到華盛頓（圖三十一）。訊息以密碼寫成、以光速傳輸，是要發給美國總統的。經過解碼之後，訊息的內容是「上帝創造何等神蹟」[48]。需要郵差或書信橫跨陸地與海洋的古老傳達方式，如今有了第一種電子溝通媒介的加入。

　　摩斯不只讓電報更臻完美，他也將電報技術的電子傳輸功能發揮到極致，設計了一套現在稱之為「摩斯電碼」（Morse code）的雙語密碼系統。他的成功是電子、加密和商業新科技的勝利。隨著不斷擴張的鐵路路線，電報站也遍及全美。

　　很快地，電報系統也在歐洲發展起來。西元一八五一年，英吉利海峽鋪設了一條電纜。這是一項了不起的成就，但真正的挑戰在於把歐洲和美洲聯結起來。歷經五次嘗試和龐大的支出，一條永久的紐帶連成了。西元一八六六年七月二十七日，一則訊息從英國的康瓦爾傳到加拿大的紐芬蘭：「感謝老天，電纜鋪好了，而且完美運作。」

　　除了那條電纜所花的幾百萬美元之外，那則訊息沒花什麼錢。然而，越洋顧客卻發現他們要為一則訊息的前二十字花一百五十美元，多餘的字則是每字四美元。由於當時的勞工一天能賺一美元就偷笑了，電報這種東西便成了有錢人的專利。電報被用來傳遞緊急訊息。公司行號和政府用它來處理事務和下達命令，一般大眾則用它來發布出生、結婚和死亡的消息。

48　此語典出《聖經》。

電報留給後世的遺產

有一百二十年的時間，使用者興致勃勃地收發電報。馬克·吐溫得知自己的訃聞時，發了封電報說：「我的死訊是誇大不實的消息。」[49]王爾德（Oscar Wilde）發越洋電報問出版社他的新書賣得如何，電報上寫了一個「？」，出版社則回了一個「！」。W·C·菲爾茲（W. C. Fields）發電報給他瀕臨死亡的朋友約翰·巴里摩（John Barrymore）說：「你不能這樣對我。」一位選民發電報給美國總統赫伯特·胡佛（Herbert Hoover）說：「投給羅斯福，讓他以全票當選。」

電報預告了電子郵件和簡訊的到來。它是同步傳遞長程訊息、書寫文字的交換時間趕上口語交談的速度之首例。外交人員和新聞記者會發出很長的電報，但絕大多數的電報是簡短、直接、講重點。每天最大量的電報在十九世紀晚期兩大金融中心之間傳來傳去，這兩大中心是倫敦和紐約，而它們也是英語世界的兩大首都。它們以共通的語言持續交換訊息，儘管並未因此拉近英式英語和美式英語的距離，但卻預告了這種趨勢。自西元一六〇七年起，這兩者就分道揚鑣，電子溝通媒介將讓此一語言板塊的分裂告終。

49　馬克·吐溫生前曾兩次傳出錯誤死訊，一次是因同姓的親戚過世，一次是傳出他已葬身大海，但實際上他的船隻甚至尚未出航。

55 索爾福德——識字程度與免費的圖書館（西元一八五〇年）

　　西元一八五〇年四月，皇家博物館暨公立圖書館（Royal Museum and Public Library）在索爾福德開館。位於皮爾公園（Peel Park）當中，這座圖書館擁有萬本藏書，開館第一年每天有超過一千兩百位參觀民眾。如同五年前的博物館法案（Museum Act），該法案是時代的象徵，代表著商業的繁榮發展使得民眾對文化資源有更大的需求。確實，一八五〇年代的博物館、美術館與圖書館充滿蓬勃的活力。

　　公立圖書館法案（Public Libraries Act）讓地方政府得以為了供免費公立圖書館之用而課徵稅收。該法案的立意是要提高識字程度、推動自我進修和教育，但並非每個人都歡迎新式圖書館的到來。有些人不滿它們加諸在當地居民的花費，尤其是無意使用圖書館的民眾。有些人唯恐溫暖的空間會為勞動階層提供聚集、滋事的場所。還有相當多的人擔心圖書館會賦予一般人新的權力，尤其是他們可能會沉迷於「低俗」的小說，而不去讀「進修」的書籍。

　　但除了索爾福德之外，還有其他一些地方有此榮幸開辦第一所免費公立圖書館。舉例而言，在美國新罕布夏州的彼得伯勒鎮立圖書館（Peterborough Town Library），是一八三三年在麻薩諸塞州波士頓的一場公開討論當中被提出的構想，一八四八年經過討論之後，於一八五四年開館。

　　在離索爾福德較近的地方，曼徹斯特的切騰（Chetham）從西元一六五三年起就擁有一座捐贈的圖書館。儘管一開始的目標是要為切騰學院（Chetham School）的學者們服務，館方仍聲稱切騰圖書館是第一座免費公立圖書館。隨著愛丁堡在一八二一年開辦技工學苑（Mechanics' Institute），許多類似的機構紛紛冒了出來，往往都提供免費或低廉的圖書借閱服務。許多博物館也附設圖書館。十九世紀時，免費圖書館已成為一個普遍的觀念。伴隨而來的是有越來越多人

口受到鼓勵，投入文字的世界。十九世紀末，英語已經成為一種世界語言，絕大多數的英語人士同時也是閱讀人口。書面英語對口頭英語的影響從十五世紀的印刷機開始，到了西元一九〇〇年，未受書面英語影響的英語方言已經寥寥無幾了。

圖書館對閱讀和學習的重大影響

根據圖書館歷史學家湯瑪斯・格林伍德（Thomas Greenwood），公立圖書館是「啟蒙的中心，不僅餵養也打開了閱讀的胃口。無論是什麼，但凡達到了這種作用，無疑便是對全體社稷有所裨益的。並且也對人類天性中較為粗鄙而惡劣的部分，有著抑制與教化的實質幫助。」

免費公立圖書館之於大眾，就像學校之於孩童。它們以英語為媒介提供教育。一如印刷的發明（見18〈布魯日〉）讓英文書籍得以大量印行，圖書館讓一般人得以閱讀一切素材——從參考用書的科技英語（technical English），到小說人物的轉述引語[50]，再到莎士比亞悲劇英雄與英雌充滿動能的語言。

---

50 轉述引語（reported speech），即敘事方法中呈現人物話語的轉述句。

56 漢尼堡——英文喜劇寫作（西元一八五一年）

西元一八五一年一月十六日，漢尼堡的《西聯日報》（*Western Union*）登了一篇短文，標題是〈英勇的消防員〉（A Gallant Fireman），文中報導有一名報社職員搶救了「掃帚、舊槌子、水盆和一條乾毛巾」，他帶著這些東西跑到安全的地方，回來之後宣布道：「這場火要是沒撲滅，可就要鬧出當今最大的祝融之災了！」[51] 在十六歲的年紀，這篇短文的作者，密蘇里州漢尼堡的山謬・朗赫恩・克列門斯（Samuel Langhorne Clemens）就展現了喜劇寫作的天分。長大之後，他成為那位將自己取名為「馬克・吐溫」的作家。

論及「機智與幽默」，威廉・哈茲列特（William Hazlitt）為悲劇與喜劇元素提供了解釋：「重大事件的不如意讓我們悲泣；零碎瑣事的小失望則讓我們發噱。」喜劇寫作從不安、不快之處下筆，但筆鋒一轉，轉出了歡樂的結局。無疑地，馬克・吐溫的《頑童歷險記》不只包含了笑話、趣聞以及誇張的故事，也將喜劇寫作帶到一個與悲劇寫作並駕齊驅的位置。

令人訝異的是，古英語文學中留下的唯一一種笑法，是殺掉敵人的士兵的假笑；此外也沒有髒字粗話和穢言穢語的存在。盎格魯人、撒克遜人和朱特人很有可能就像今日的我們一樣愛開玩笑、嘴巴不乾淨，但他們的作家不認為將此一事實記錄下來是個好主意。十四世紀之前還沒有什麼英語喜劇寫作的蹤影，但接下來隨著高文詩人微妙的機智與傑佛瑞・喬叟精采的喜劇（見3〈漢莫威治〉及14〈奧德門〉），英文喜劇寫作勢如破竹地展開，此後就不曾停下來。

---

51 此句原文為：If that thar fire hadn't bin put out, thar'd a' bin the greatest *confirmation* of the age! 句中的 confirmation（確認）乃 conflagration（火災、祝融之災）之口誤。此外，thar、bin 等不標準的發音則呈現方言口音的特色。

喜劇英語──禁得起時間的考驗

　　幾世紀以來，有些作家讓讀者覺得很有趣，但所謂的「有趣」有很強的流行模式，而回顧不再有趣的幽默作家是很有啟發性的。十九世紀美國報紙蔚為流行的是軼事作家的作品，他們以筆名發表充滿逗趣方言的故事，這也正是山謬・克列門斯以馬克・吐溫為名所寫的題材。但儘管馬克・吐溫留名後世，石油・維蘇威火山・奈斯比（Petroleum Vesuvius Nasby）和阿提米斯・瓦德（Artemis Ward）這兩個筆名卻被世人所遺忘。

　　石油・維蘇威火山・奈斯比（本名大衛・羅斯・洛克〔David Ross Locke〕）的喜劇轉折，可以在《在下的諸多觀點、意見與預言》（*Divers Views, Opinions, and Prophecies: of Yoors Trooly*）中看到。他在這本書裡告訴讀者：I yoost to go frum Pennsilvany to the cappytle wunst a year, to git my stock uv Dimocrisy recrootid, and to find out what we wuz expectid to bleeve doorin the cumin year, thus gettin full 6 munths ahed uv my nabers.（以前我習慣每年從賓夕法尼亞州去首都一次，補充一點民主的庫存，並看看來年我們可以相信什麼，這樣我就能超前我的鄰居整整六個月。）阿提米斯・瓦德（本名查爾斯・法爾・布朗〔Charles Farrar Browne〕）的喜劇轉折，則展現在《阿提米斯・瓦德，他的書》（*Artemus Ward, His Book*）當中：I manetane that wax figgers is more elevatin than awl the plays ever wroten. Take Shakespeer for instunse. Peple think heze grate things, but I kontend heze quite the reverse to the kontrary. What sort of sense is thare to King Leer who goze round cussin his darters, chawin hay and throin straw at folks, and larfin like a silly old koot and makin a ass of hisself ginerally?（我堅持認為蠟像比史上所有劇作都來得有教育意義。以莎士比亞為例，世人認為他有偉大的作品，我認為恰恰相反。李爾王到處詛咒他的女兒、又嚼乾草又對人丟麥稈、笑得像個愚蠢的老神經病、整體而言表現得像個渾蛋，這樣算什

麼？）

石油‧維蘇威火山‧奈斯比、阿提米斯‧瓦德和馬克‧吐溫為一八六〇年代的英語世界帶來陣陣爆笑，奈斯比和瓦德的幽默已經失去感染力，吐溫的幽默則保留了下來。

57 海德公園──工業化及其對英語的衝擊（西元一八五一年）

西元一八五一年五月一日，在海德公園一座占地廣大、錯綜複雜、類似溫室的建築物裡（圖三十二），一般簡稱為「世博」（Great Exhibition）的萬國工業博覽會（Great Exhibition of the Works of Industry of all Nations）敞開了大門讓民眾參觀。展示來自全球的工業與文化藝品，尤其是英語世界的部分，它是那個年代轟動一時的展覽，吸引了超過六百萬名的參觀者。當時全英國的人口只有大約一千八百萬──了解一下這點資訊，或可有助於完全體會它受歡迎的程度。

維多利亞女王在日記中記下了她的讚歎之情：

> 我們看到了來自奧爾德姆（Oldham）的第一批棉花機。懷特沃斯先生（Mr. Whitworth）的機器有一個用來把鐵器刨平，還有一個用來裁切只有半吋厚的鐵片，並且在上面打洞，就像它是一片吐司似的！……尤其有趣的是一台根據直立原理打造的印刷機，只花一秒鐘就印了幾張紙，油墨也乾了，一切都完成了。

毋庸置疑地，逛完這座不可思議的玻璃屋，參觀者必然會體認到自己經歷了工業革命的全盛期。

世博會場裡滿是工業化所帶來的發明，而工業化也同時帶來了人口從鄉村移往都市的變遷。首屆世博舉行當年，約有一半人口住在鄉村，一半住在都市。到了一九一一年，已有四分之三的人口都住在鎮上或城裡。此一地理上的劇烈變動也標記著語言力量的轉移──語言的力量已從鄉村大莊園的語言，轉移到工廠和科技發明的語言上。

專業術語的增長

世博所展現的人類創意，也盡情發揮在為了描述新發明和新概念所創的新字上。諸如此類的新字非比尋常地大量湧現，大衛‧克里斯托估計工業革命為英語帶來的新字何止成千上萬。他提醒我們，以 -ology、-ography、-metry、–onomy 和 -ics 結尾的單字大多是在十九世紀加入英語的行列，例如像是：

biology（生物學）、palaeontology（古生物學）、entomology（昆蟲學）、morphology（形態學）；

photography（攝影術）；

telemetry（測距術）；

taxonomy（分類學）；

mechanics（力學）；genetics（遺傳學）。

世博之後的時期，英語成為科技領域的強勢主導語言。儘管這個時期一些稀奇古怪的字眼如今已不再使用——例如用來指一種早期攝影形式的 daguerreotype（銀版攝影術）這個字——今日我們所使用的科技語言，仍是打造出水晶宮本身的同一份創意、雄心與企業家精神的結果。而《萬國工業博覽會官方目錄》（*Official Catalogue of the Great Exhibition of the Works of Industry of All Nations*）也將這種語言的神髓捕捉了下來。

梅爾文‧布萊格（Melvyn Bragg）認為，部分的樂趣必然來自於為新事物找到新名稱。時至今日，我們看到 spinning-jenny（紡紗機）、doubling machine（並絲機）、power loom（動力織布機）、electro-plating（電鍍）、hair-trigger（微力扳機）、lorry（卡車）和 lithograph（平版印刷）這些字眼，依舊可以理解。儘管一如梅爾文‧布萊格所指出的，anhydrohepseterion（一種料理馬鈴薯的機器）這種

東西在當代的廚房裡已不復見。新的機器和裝置各個都需要有自己的名字，發明的速度自一八五一年以來急遽加速，對新字彙的需求也隨之增加。

　　這種需求也可能朝奇怪的方向發展。藥品業就轉而利用電腦的文字產生器，為成千上萬種新藥提供獨特而能申請專利的名字。電腦發明之前，藥品是用更為傳統的方式來命名。十九世紀末，古柯葉的利用有了有趣而嶄新的發明，兩種不同的命名方式也應運而生。其中一種產品結合古柯葉（coca leaf）和可樂果（cola nut），製作出可口可樂（Coca-Cola）這種藥水。它的飲料副產品不只仿造它的味道，也沿用了它的名字，一個新的常見名詞就這樣誕生了。

　　另一種古柯葉產品藥效較強，它的發明者按照化學製藥業的做法，為coca（古柯）這個字加上字尾ine。根據《牛津英文字典》，字尾ine的意思是「屬於」。coca加上ine便成了cocaine（古柯鹼），它一方面成為用藥的首選，一方面也證明具有止痛的功效。從cocaine這個字，藥品業取來新的字尾aine，用來表示止痛劑，而產生出像amethocaine（阿美索卡因）、bupivacaine（布比卡因）、lidocaine（利多卡因）、prilocaine（丙胺卡因）和procaine（普羅卡因）等藥名。這些都是長相醜陋的單字，但它們再怎麼樣也是個字。

58 時代廣場——紐約時報（西元一八五一年）

西元一八五一年九月十八日，第一版的《紐約每日時報》（*The New York Daily Times*）在紐約拿索街（Nassau Street）一一三號印製出來了。西元一八五七年，編輯亨利·賈維斯·雷蒙德（Henry Jarvis Raymond）將該報的名稱改為《紐約時報》（*The New York Times*），並將印製場地改到公園大道四十一號。接著，在一九〇四年，它搬到了以它為名的知名廣場這裡。

透過為自己重新定名，《紐約時報》既是呼應也是挑戰英語世界最強大、最權威的報紙——倫敦的《時報》（*The Times*）。由於它是首開先例者，這份報紙並未冠上發行地的城市名，但自那之後，世界各地的報紙都依此命名，像是《澳洲時報》（*The Australian Times*）、《加爾各答時報》（*The Calcutta Times*）、《伊斯蘭馬巴德時報》（*The Islamabad Times*）、《洛杉磯時報》（*The Los Angeles Times*）、《海峽時報》（*Straits Times*）、《威靈頓時報》（*The Wellington Times*）、《辛巴威時報》（*The Zimbabwe Times*）。

Times 成為一個專指報紙的字眼。更有甚者，報紙名稱採用這個字眼無異於宣稱自己的地位、正當性和權威性——這不只是指它所報導的內容，也是指它用來書寫這些內容的語言。這些報紙皆自詡為新聞事件的忠實紀錄者，以禁得起時代考驗的語言，準確記述當時所發生的事件。瀏覽一下它們的網站即可發現，雖然有越來越多的街頭英語出現，但各地的《時報》英語都遵循標準的文法。

《時報》標準文法是一套正統的英語書寫規則，它是透過上流階層和教育菁英的認可而奠定下來的，內容涵蓋拼字、標點符號、文法和慣用法。十八世紀中期，山謬·強森的字典和林德利·莫瑞的文法書將這些規則公式化並編纂成書——參見本書36〈利奇菲爾德〉的「所謂恰當的英語」一節。時至今日，世界各地主要的英語報紙（以

及主要的英語出版社）都有所謂的編輯凡例或寫作格式手冊。倫敦的《時報》有《時報寫作格式與用法指南》（*The Times Style and Usage Guide*），《紐約時報》則有《紐約時報手冊》（*The New York Times Manual*），諸如此類的參考用書有上百種。它們都以自己的那一套自豪，但說到英文文法，大家沒什麼差異。

亨利‧賈維斯‧雷蒙德於一八五七年為他的報紙重新定名時，美國人已經意識到了倫敦《時報》的權威主導地位。西元一八五四年，美國派駐英國利物浦的倒楣領事納撒尼爾‧霍桑（Nathaniel Hawthorne）指出：「每個英國人都帶著自己的小牢騷奔向《時報》，就像孩子奔向母親。」三年之後，《紐約時報》在美國也有了類似的名聲。

是科技賦予報紙不同凡響的力量。《時報》率先採用蒸汽動力印刷機，使得每一版的報紙都能印個數千份。山謬‧摩斯讓電信技術更臻完美，每日新聞因而得以迅速傳送到千里之外。這也促成了美國的通訊服務，例如一八四八年成立的美聯社（Associated Press）。一八六六年，一條橫跨大西洋的電纜鋪設完成，報紙也準備好印上來自另一洲的每日新聞了。

《紐約時報》在科技發展的每一方面都不輸倫敦的《時報》，它的發行量和普及率擴大了，它的報導也增加了深度與廣度。西元一八九八年，它的刊頭誇下 All the News That's Fit to Print（所有適於印刷的新聞）這樣的豪語，酸民們把它改寫成：All the news that fits the print（所有版面擠得下的新聞）[52]。沒有一份報紙能像《時報》主宰英格蘭般主宰有一個洲那麼大的國家。儘管如此，以美國的規模來講，今日的《紐約時報》可謂是全國性的報紙，唯有《洛杉磯時報》和《華盛頓郵報》能與之分庭抗禮。

52　此乃諷刺報紙版面被廣告占據，新聞內容僅在廣告的夾縫間生存。

新式語言指南

　　世界各地的報紙都依循紐約或倫敦《時報》的體例，但英語有時會冒出一些難以收拾的問題。從玉米蒸餾來的酒精飲料就丟出了一個難題。蘇格蘭和加拿大的生產者將他們的產品拼成 whisky（威士忌），但愛爾蘭和美國的產品往往被拼成 whiskey，多了一個 e。力求統一用字的《紐約時報手冊》叫寫稿人一律採用有 e 的拼法，避免在同一篇文章中用字的不一致。蘇格蘭的釀酒廠持續表達不滿，但報紙還是堅持維持它令人尊敬但頗為獨斷的一致性。

　　《紐約時報手冊》說：「本書按照字母順序編寫，受到舉世最具公信力的報紙上千位的記者使用。現在，每個人都能從這本簡便的指南中找到解答。」倫敦的《時報》恐怕會對「最具公信力的報紙」這一點有意見。[53]

53　本文所指的倫敦《時報》，一般譯作《泰唔士報》，但依據本文所述相關典故，特此譯作《時報》。

59 曼徹斯特——英文字彙與同義詞辭典（西元一八五二年）

西元一八五二年，曼徹斯特波提科圖書館（Portico Library）的彼得‧馬克‧羅傑（Peter Mark Roget）出了一本《輔助想法表達與文章寫作之英文單字與片語同義詞分類彙整辭典》（*A Thesaurus of English Words and Phrases Classified and Arranged so as to Facilitate the Expression of Ideas and Assist in Literary Composition*）。他花費十年收集、整理英語同義詞，亦即意思相同或相近的字眼。

他的同義詞辭典立刻受到歡迎，在他生前就印了二十八刷。在他死後，他的兒子和孫子持續為這部辭典補充內容。現在，一般簡稱它為《羅傑同義詞辭典》（*Roget's Thesaurus*）。（羅傑一家原先來自瑞士，而他們的書至今保留歐陸發音——羅雪〔Rowshay〕）。

在collection（收集）這個條目，羅傑整理在同一類的同義詞顯示出這本書的邏輯：Collection（收集）、accumulation（累積）、heap（堆積）、hoard（囤積）、magazine（倉庫）、pile（一堆）、rick（堆成一垛）、savings（儲蓄）、bank（銀行）、treasury（寶庫）、reservoir（水庫）、repository（貯藏室）、repertory（存庫）、depository（寄存處）、depot（存入）、thesaurus（詞庫）、museum（博物館）、storehouse（貨棧）、reservatory（保留區）、conservatory（植物標本溫室）、menagerie（獸欄）、receptacle（儲藏所）、warehouse（貨倉）、dock（船塢）、larder（食品室）、garner（穀倉）、granary（穀倉）、storeroom（庫房）、cistern（貯水池）、well（井）、tank（槽）、armoury（軍火庫）、arsenal（兵工廠）、coffer（金庫）。從這當中，thesaurus一字被選來指稱新式的集子、專輯、知識寶庫，此後thesaurus就普遍用來專指同義詞辭典了。

這份清單顯示彼得‧馬克‧羅傑為了整理他的書中成千上萬個單字所設計的邏輯系統。一般字典按照字母順序排列的作法在此行不

通，而身為一位科學家及自然哲學家，博學多才的羅傑轉而仰賴各種不同的方式，處理自古希臘人就開始發展的排序歸類法。

羅傑的分組歸類很適於瀏覽查閱，儘管如此，絕大多數同義詞辭典的使用者還是要仰賴索引來找到他們要的東西。原先的索引相當粗陋，但現代同義詞辭典的索引往往比書中所收錄的同義詞內容本身還長。

英文字彙驚人的多樣性

關於英文當中何以有這麼豐富的同義詞，Thesaurus（透過拉丁文傳入英文的一個希臘字）提供了第一個線索。要到十七世紀，英文才大量吸收希臘文單字，它們對科學英語尤其貢獻良多（見31〈霍爾本〉）。然而，希臘文單字輕易就能被一個從第九世紀起便持續受到其他語言入侵的語言所吸收。丹麥語和法語的單字透過實際的入侵而翩然駕到（見5〈約克〉及8〈哈斯汀〉）。

丹麥人和法國人的占領，以及隨後的通婚，使得英語擴充了成千上萬個日常字彙——來自北歐語的kirk（教堂）、dike（壕溝）、skirt（裙子）、skin（皮膚）、die（死亡）、ill（生病），以及來自法語的carpenter（木匠）、canon（正典）、kennel（狗舍）、catch（抓）、cattle（牛）、gaol（監獄）、garden（花園）。這兩個借字來源帶來兩個重大的結果。首先，英語變得不像許多語言一樣排斥所謂的外來字、借用字或輸入字。

其次，由於早期借來的字有相當多在英語當中本來就有字可用，英語因而開始累積大量的同義詞。英語本來就有board這個字，但它也很樂於採用table這個字[54]。英語本來就有ditch這個字，但它也很樂

54　board和table在此皆指「餐桌」。

於再加上dike這個字[55]。而一旦一種語言裡有兩個同樣意思的字，它們便會傾向於發展出略為不同的含意。

英語拚命吸收丹麥語，但這種現象只持續了三個世紀；向法文借字則借了有千年之久，向拉丁文借字的情況亦然，只不過是透過一種稍微不同的模式（見21〈卡爾頓〉）。

時至今日，英文據說擁有超過百萬個單字。這有可能是真的，但其他語言也可能是這樣。英語人士熱愛累積古英語詩人稱之為word hoard（字彙）的東西。同時，權威英語字典《牛津英文字典》也比權威法語字典《法蘭西學院法語字典》（*Dictionnaire de l'Académie francaise*）更為廣納百川。大學程度的英語人士約有四萬至五萬個字彙，英語的上百萬個單字剩下的空間就留給各種各樣的同義詞了。

55　ditch和dike在此皆指壕溝。

60 別爾基切夫——非母語人士的英語（西元一八五七年）

西元一八五七年十二月三日，喬瑟夫・席奪・康拉德・克詹尼奧夫斯基（Józef Teodor Konrad Korzeniowski）在別爾基切夫出生了。這地方位於當時俄羅斯帝國的基輔省，如今則是烏克蘭共和國的別爾基切夫。這男孩長大後成為康拉德（Joseph Conrad）——英語世界最傑出的小說家之一。他享有在一個多語家庭接受良好教育的優勢，但他僅次於波蘭語的第二語言並非英語，而是法語。而正如他成為英語小說家般引人注目的是，他也成為英國商船隊的船長。十六歲時，他離開波蘭以及俄羅斯帝國（前者是後者的一部分），為了成為船員而前往馬賽。

直到西元一八七八年，受雇登上一艘往返於洛斯托夫特（Lowestoft）和新堡之間的貿易船，他才來到英格蘭。他是從東安格利亞船員那裡開始學習英語的，他們稱他為「波蘭小喬」（Polish Joe）。西元一八八六年，他成為船長以及英國公民。西元一八九五年，他出版了他的第一本小說《奧邁爺的癡夢》（*Almayer's Folly: A Story of an Eastern River*）。接下來的十八年，他又寫了十八本小說。

西元一九二四年接到他的死訊時，《紐約時報》寫道：「儘管在二十歲前所知的英語不多，他卻成為大師級的英語名家。」撰寫訃聞的記者最後的評語甚至或許是個更大的恭維：「康拉德對後世作家有著深刻的影響。」學會說流利的外語並不稀奇，但成為流暢使用某個外語的作家可就稀奇了。而且還是這個外語當中舉足輕重的偉大作家，偉大到連其他偉大作家都承認他的偉大，那真的是非比尋常。

康拉德卓越的成就首先說明了他自己本事，其次也說明了十九世紀時英語的潛能。在《私人紀錄》（*A Personal Record*）一書中，他說到孩提時期對航海生涯的決定：「我心想如果我要當個水手，那我就非當英國的水手不可。」遙遠的英格蘭、大英帝國以及它的語言，強

烈地烙印在這個波蘭男孩的心裡。

英語有潛力成為通用語的早期跡象

英語吸收了許多語言，但這時的英語已經開始遍及那些語言都未能登陸的國家。西元一八五〇年，法語是世界語言。在康拉德童年時期的中歐，法語和德語同樣扮演著通用語的角色。但英語也是在別爾基切夫被採用的語言之一，這在一七五〇年代時仍是不可想像的現象。

並非以母語來寫作的作家叫做exophone（跨語作家），這個字是以希臘文當中代表「外國」與「聲音」的字根所組成。康拉德是最傑出的跨英語作家，但後來波赫士（Luis Borges，能說流利的古英語、能寫細膩的現代英語的阿根廷人）、納博科夫（Vladimir Nabokov，他的英語小說拋出充滿矛盾衝突的難題，箇中巧妙唯有他自己的《愛麗絲夢遊仙境》譯本可與之匹敵；他將《愛麗絲夢遊仙境》翻譯成他的母語俄文，據說是各種不同語言的譯本當中最好的一個）、布洛斯基（Joseph Brodsky，被蘇聯放逐、被美國尊為桂冠詩人的俄國詩人）和溫弗里德·格奧爾格·澤巴爾德（Winfried Georg Sebald，從德國來英格蘭求學，留下來以精煉的英語寫有關東安格利亞的小說）也加入了他的行列。值得一提的是，不只英語有偉大的跨語作家，英格蘭人傑佛瑞·喬叟、愛爾蘭人山謬·貝克特（Samuel Beckett）和美國人朱利安·格林（Julien Green）對法國文學有著重大的貢獻。

61 基督教堂學院——英語胡話（西元一八六五年）

Alice was beginning to get very tired of sitting by her sister on the bank, and of having nothing to do: once or twice she had peeped into the book her sister was reading, but it had no pictures or conversations in it, 'and what is the use of a book,' thought Alice 'without pictures or conversation?'

（愛麗絲和姊姊坐在河邊，姊姊看書，她無事可做，有點無聊。瞄一兩眼姊姊的書，沒圖也沒對話，愛麗絲心想：「沒有圖畫又沒有對話，這種書有什麼用？」）[56]

西元一八六五年，路易斯·卡羅（Lewis Carroll）的故事如此展開。這個故事是關於一個女孩子掉進了兔子洞，來到一個奇幻、怪異、不真實的世界。路易斯·卡羅是查爾斯·路德威格·道奇森（Charles Lutwidge Dodgson）的筆名，他是一位數學家，任教於牛津大學基督教堂學院。他將這個故事定名為《愛麗絲夢遊仙境》（*Alice's Adventures in Wonderland*），它的續集則是《愛麗絲鏡中奇遇》（*Through the Looking Glass and What Alice Found There*）。

第二本愛麗絲故事書當中有一首詩叫做〈炸脖龍〉（Jabberwocky）。愛麗絲在和兩個會說話的西洋棋——白國王和白皇后——說話時，她發現一本只能透過鏡子映照它的文字來閱讀的書。那首詩是這樣開始的：

Twas brillig, and the slithy toves

---

56 本段譯文採用麥田出版社二〇一三年版《草間彌生 X 愛麗絲夢遊仙境》。

Did gyre and gimble in the wabe;

All mimsy were the borogoves,

And the mome raths outgrabe.

（傍晚備餐時分，滑溜軟黏四不像

潮濕山坡陀螺打轉螺絲鑽洞；

爆毛醜鳥單薄悲慘，

迷途綠豬吼哨嚏鳴。）

　　寫於卡羅住在桑德蘭（Sunderland）附近之時，可能受到蘭同之龍（Lambton Worm）地方傳說的影響，這首詩是一個格外激盪想像力、猶如敘事歌謠般的故事。它胡說八道的新創字眼躍然紙上，許多字眼甚至已收錄到《牛津英文字典》當中，被賦予了正經八百的定義：

　　bandersnatch ＝一種凶猛的奇幻生物

　　chortle ＝帶有呼嚕聲的竊笑聲

　　frabjous ＝美好而歡快

　　galumph ＝吵鬧而笨拙地移動

　　outgrabe ＝發出奇怪的噪音

　　wabe ＝潮濕的山坡

這首詩的意思，愛麗絲百思不得其解，最後下結論道：「它莫名地讓我滿腦袋都是點子，只不過我也不知道是些什麼點子！然而，有個人殺了什麼東西。無論如何，這一點很清楚。」

　　蛋頭先生（Humpty Dumpty）這個來自一首英語童謠的角色冒了出來，告訴愛麗絲說他可以解釋這首詩（他試圖這麼做）。在解釋當中，他介紹了「混成字」（portmanteau）的概念。混成字是兩個不同

的字合成一個字，例如 slithy 是 lithe（柔軟）和 slimy（黏滑）混合而成。他也發表了一個被後來的語言學家嚴肅看待的無稽之談——蛋頭先生語帶輕蔑地說：「當我使用一個字時，我要它是什麼意思，它就是什麼意思，不多也不少。」

西元一八四六年，詩人暨插畫家愛德華・李爾出版了《無稽詩集》（*A Book of Nonsense*）。一八八九年，它以《無稽詩集：第二十七版》（*Book of Nonsense: Twenty-Seventh Edition*）重新出版。它的廣受歡迎說明了無稽胡話對維多利亞時期的讀者多麼具有吸引力。李爾的詩〈貓頭鷹與貓咪〉（The Owl and the Pussycat）寫於一八六七年，晚《愛麗絲夢遊仙境》兩年。這首詩就像愛麗絲的故事般歷久不衰，而且也為《牛津英文字典》貢獻了一個字——runcible（叉匙）。

They dined on mince, and slices of quince
Which they ate with a runcible spoon.

（他們吃著絞肉和榅桲切片
　用一隻叉匙去吃。）

胡話題材

專攻維多利亞時期偉大作家的愛德華時期文學評論家 G・K・卻斯特頓（G. K. Chesterton）指出，愛德華・李爾和路易斯・卡羅拿英語來做了嶄新的嘗試。他說他們不是率先使用無稽胡話的作家，但他們是率先將胡話寫得「完全沒有意義」的作家。阿里斯托芬（Aristophanes）、拉伯雷（Rabelais）和斯特恩（Sterne）都曾拿胡話來發揮，但他們的胡話是有意義的，目的在於暴露政客、神職人員、專家學者或任何以浮誇、渲染、欺騙的方式使用語言的人。李爾和卡羅的胡話則似乎除了語言本身的樂趣之外別無目的，純粹是要展現文

字變化多端、鏗鏘有力、令人陶醉的力量。

　　無稽胡話也能暴露文法的潛在力量和人腦解讀意義的本能。西元一九五七年，語言學家諾姆・杭士基（Noam Chomsky）提出了一個有名的例句：Colorless green ideas sleep furiously（無色的綠色點子盛怒地睡覺），他稱此句為「句一」，並將之與「句二」：Furiously sleep ideas green colorless（盛怒地睡覺點子綠色無色）相對照。杭士基說：「我們可以合理假設句一或句二（或這兩句話的任一部分）不曾出現在英語的實際使用上。因此，在任何合乎文法性的統計模型當中，這兩個句子都會基於相同的理由而被排除在英語之外。然而，句一儘管毫無意義，卻合乎文法，句二則不合乎文法。」本著此一區別，杭士基發展出一套「轉換文法」（transformational grammar）以及語言與人腦深層結構之關係的理論。英語胡話能告訴我們的可多了。

62 蘭韋爾普爾古因吉爾——英語地名（西元一八六八年）

西元一八六八年，安格爾西島中央線（Anglesey Central Railway）設了一個新的火車站，服務住在蘭韋爾普爾古因吉爾村的居民。「蘭韋爾普爾古因吉爾」的意思是「白榛樹山谷中的聖母堂」。由於在這一站下車的遊客實在太少，村民們將站名延長為「蘭韋爾普爾古因吉爾戈格里惠爾恩德羅布爾蘭蒂西利奧戈戈戈赫」（Llanfairpwllgwyngyllgogerychwyrndrobwllllantysiliogogogoch，圖三十三），意思是「聖堤希羅的紅洞的湍急漩渦附近的白榛樹山谷中的聖母堂」。後來遊客就大量湧入，為的是參觀一個站名和月台一樣長的地方。這個策略相當奏效，儘管這條鐵路在一九六八年關閉了，人們還是會跑去蘭韋爾普爾古因吉爾戈格里惠爾恩德羅布爾蘭蒂西利奧戈戈戈赫拍照。

村民自己稱呼本地為「蘭韋爾普吉」（Llanfair PG），但喜歡拿長達五十八個字母的地名去挑戰遊客。為了把威爾斯人比下去，毛利人為他們的一些村莊取了更長的名字，但蘭韋爾普吉的全名依舊是歐洲最長的一個官方地名。

蘭韋爾普爾古因吉爾揭露了一些關於英語地名的有趣現象。首先，地名是刻意被創造出來而有意識地被接受的單字，這並不是一般新字產生的模式。按照慣例，人們刻意發明出來的新字往往會受到其他使用者的拒絕，這些新字只能在有需求的情況下，無意識或未獲認可地逐漸滲透到一種語言當中。地名往往更容易受到接受，刻意人為的特性並不構成阻礙。

其次，「蘭韋爾普爾古因吉爾」具有某種含意（「白榛樹山谷中的聖母堂」），但那種含意喪失了。在實際使用當中，它是一個地名，而不是一個一般的單字。事實上，地名是屬於「專有名詞」（proper noun）的類別，包括地名、人名和物品名等在內，多數字典不會收

錄。字典編纂家說英語現在共有一百萬個左右的單字，但那並不包括專有名詞在內，所以也就不包括這世上成千上萬個地名。

第三，蘭韋爾普爾古因吉爾的原文Llanfairpwllgwyngyll算不算英語都還是個問題。但它輕易就能出現在英文的句子當中，並且不會被認為是突兀的外語字，而只會被當作一個地名。

每個地名都訴說著一個故事

整個不列顛群島約有四萬個地名，絕大多數都很古老，有許多是源自凱爾特語，像是蘭韋爾普爾古因吉爾。《布爾氏不列顛與愛爾蘭地名全書》（*Brewer's Britain and Ireland*）提供了大約七千五百個地名的字源，顯示出有許多威爾斯地名以Llan開頭，意思是「教堂所在地」。這本書也指出偶有其他威爾斯村莊意圖取出比蘭韋爾普爾古因吉爾戈格里惠爾恩德羅布爾蘭蒂西利奧戈戈戈赫還長的地名。

整個不列顛群島最短的地名是Ae，它是位於丹佛里斯-蓋洛威行政區（Dumfries and Galloway）的一個村莊。如同Avon、Ouse和Wey，Ae是凱爾特語的「河」。許多地名都和古羅馬有那麼點關係，尤其是以chester結尾的地名，chester來自拉丁文的castrum，意思是「堡壘」。取了這種地名的地方，就是古羅馬軍隊紮營後成為城市之處。以by、thorp、beck、dale和thwaite結尾的地名，前身則是丹麥入侵後的殖民地，通常位於北部地區的東岸沿海一帶。

英格蘭有相當多的地名源自第五至第七世紀盎格魯人、撒克遜人和朱特人的落腳地，這些地名往往在每個郡都重複受到使用，接著再被新的移居地回收利用，最終外傳成為北美洲、非洲和大洋洲的地名。

隨著時間過去，地名的寫法變化很大。地名可以顯示出這個地方至今歷經不列顛、羅馬、撒克遜、諾曼占領的痕跡。直到十九世紀前，各地都沒怎麼設置路標，多數人是因為聽過而知道某個地名的。

在地名難得被繕寫下來的罕見情況中，拼法也變來變去，Winchester（溫徹斯特）一開始可能是凱爾特語的地名，寫作Caergwinntguic。若是如此，後來它還演變成Cair-Guntin、Caergwintwg、Caer Gwent、Venta Belgarum、Venta Castra、Wintanceastre、Wincestre、Vincestre（有超過一百種拼法），直到最終成為Winchester。

63 艾希特名園——英語和電話（西元一八七六年）

　　西元一八七六年三月十日，亞歷山大‧格拉漢姆‧貝爾（Alexander Graham Bell）說：「華生先生，過來這裡，我想見你。」不可思議地，湯瑪斯‧A‧華生（Thomas A. Watson）過去貝爾先生那裡，他們見到了彼此。華生先生所做的是從波士頓市艾希特名園五號的一個房間走到另一個房間，這件事之所以不可思議，是因為貝爾剛和華生通了史上第一通電話，華生接到電話，按照電話中的指示去做。（圖三十四）

　　自從西元一八四四年山謬‧摩斯發明電報以來（見54〈巴爾的摩〉），發明家、電學家、技師、理論家就苦心孤詣地要研究出他們所謂的「有聲電報」。他們想要透過電線直接傳送人聲，而不要只限於傳送摩斯電碼或短或長的信號（短音和長音）。他們想要發明 telephone（電話）——這個字是西元一八七六年五月亞歷山大‧格拉漢姆‧貝爾在給美國文理科學院（American Academy of the Arts and Sciences）的咨文當中首度提出來的，意思就和它現今的意思一樣。截至當時為止，這個字已被用來指稱過各式各樣仰賴線路或空氣的長途溝通系統，但它們全都沒成功。

　　西元一九〇〇年，全美已有將近一百萬隻電話在運作。到了一九二〇年，這個數目則提高到將近一千兩百萬。二〇〇七年，全球六十億人口擁有超過三十億隻手機和十億隻固定式電話。自二〇〇七年以來，手機、電話增加的速度甚至比人口增加的速度還快。

　　電話具有將英語使用者結合成一個群體的功能，但為了發揮這種功能，電話必須涵蓋方圓千萬哩，而長途電信技術證實很難臻於完美。直到西元一九二七年，第一個橫跨大西洋的公共通訊系統才發展出來。它造價昂貴，但從此以後倫敦和紐約的民眾就可以在各自的辦公室裡與彼此交談了。如果他們還是「被共通的語言分開」，這種分

裂已經開始減緩了。

電話對英語的影響

　　這兩個國家的電話使用者已經建立起他們各自的習慣。接起電話時，兩方都可能會說Hello，但要問對方是哪位時，美國人可能會說"Who is this?"，英國人則可能會說"Who is that?"。來到一九六○年代，英國人接電話時可能會報上自己的電話號碼：Chorley Wood double two（裘里·伍德二二）或Prospect 9314（普洛斯別克特九三一四）[57]。另一個英式接聽習慣主要是男性的，那就是在接起電話時報上自己的姓氏：Curmudgeon here（克爾瑪吉恩在此）。美國人聽到這樣的開場白可能會覺得滿訝異的。

　　今日，有了便宜的國際電話和智慧型手機及Skype的出現，北美人、英國人、澳洲人、紐西蘭人、南非人、西印度人，以及使用英語的印度人、巴基斯坦人和孟加拉人，每天都在與彼此對話。這些對話是保持全球英語相互理解性的向心力。

　　呼叫中心訓練我們說國際英語。如同面對面交談時，我們在講電話時也會做出臉部表情和肢體動作，但我們知道這些都不是電話溝通的一部分。於是電話使用者會更為口齒清晰，並傾向於避免使用富有本地色彩的遣詞用字，尤其是在跟陌生人講電話時。

　　英式和美式的電話用語於西元一九二七年開始相互融合，而如今我們很習慣聽到來自世界各地不同的英語口音，電話讓我們的耳朵適應了這種多樣性。

---

57 Chorley Wood及Prospect在此皆指該分區的名稱，後來才演變成用區域號碼。

64 開普敦——英語在南非（西元一八八一年）

西元一八八一年，奧莉芙・旭萊納（Olive Schreiner）從開普敦啟航，她的行李中有幾份手稿。西元一八八三年，一部叫做《非洲農場故事》（*The Story of an African Farm*）的小說在倫敦出現了。書名頁寫著作者的名字是羅夫・艾昂（Ralph Iron），但他其實就是奧莉芙・旭萊納，而且這是第一本由生於非洲的作家所寫的英文小說。旭萊納是一名英國女性和一位德國傳教士的女兒，她出生在卡魯（Karoo）——開普敦北邊的乾燥台地。在她的小說中，卡魯的人物塑造了她的性格和他們的人生。卡魯的原文 Karoo 一字是經由南非荷蘭語（Afrikaans）傳入英文的，南非荷蘭語是自稱歐裔非洲人（Afrikaner）的荷蘭移民所操的語言。歐裔非洲人是從科伊科伊語（Khoikhoi）取來 Karoo 這個字，科伊科伊語則是台地原住民的語言。

儘管英語早在十六世紀就傳入非洲，但卻要到十九世紀初，來自歐洲的英語人士才開始在非洲大陸發展出大型的群體，而這種發展發生在非洲南部。

英國人需要確保一條通往印度的路徑，開普敦提供了一個很好的基地。西元一八一四年，英國人宣布開普敦是他們的。一方面想要保護開普敦不受來自內陸的攻擊，一方面又發現非洲南部氣候宜人，英國人占據了越來越多的領地。

奧莉芙・旭萊納於一八五五年出生時，由於來自不列顛群島各地的移民子女開始形成共通的語言，一種叫做「開普敦移民英語」（Cape Settler English）的方言出現了。英國人不會和非洲人通婚，但他們會和歐裔非洲人通婚，也就是十七世紀來到開普敦的荷蘭移民的後代。這將荷蘭語的母音與字彙融入了開普敦移民英語之中，而這種方言正是今天在南非、那米比亞（Namibia）、波札那（Botswana）、辛巴威（Zimbabwe）和尚比亞（Zambia）的英語之基礎。

南非英語的形式

此一新的方言在一個階級化的殖民世界中發展起來，共發展出三種形式的開普敦移民英語：極端南非英語（Extreme South African English）、折衷南非英語（Respectable South African English）和守舊南非英語（Conservative South African English）。極端南非英語受到南非荷蘭語的影響最大。守舊南非英語受到英式公認發音的影響最大。一本叫做《南非英語發音》（*South African English Pronunciation*）的書於一九二九年在開普敦出版，書中表達了對南非英語偏離最佳英式標準而偏向考克尼英語的擔憂。考克尼英語是一種在南非和澳洲都受到非難的方言（見44〈雪梨〉）。

另一項擔憂在於英語受到南非荷蘭語的入侵，《南非英語發音》舉了 kraal（牲畜欄）、drift（淺灘）、stoep（屋前遊廊）、springbok（跳羚）、outspan（解除牛軛）、trek（乘牛車旅行）、spoor（野獸的腳印）、donga（峽谷）、kloof（峽谷）和 veldt（南非高原上的草原）為例。南非英語確實吸收了許多南非荷蘭語的單字，而這些單字又有許多是從非洲南部的班圖語（Bantu）和科伊桑語（Khosian）吸收來的。

現代的語言學家不認為這些單字「入侵」了英語，而認為它們豐富了英語。如今《牛津南非英語字典》（*Oxford Dictionary of the English of South Africa*）自詡提供了超過兩千個從南非傳入英語的單字的字源。

65 都柏林——英語的極致（西元一八八二年）

西元一八八二年二月二日，喬伊斯（James Augustine Joyce）在都柏林的郊區羅薩格（Rathgar）出生。他是喬伊斯夫婦約翰和梅第一個存活下來的孩子，父親對他分外偏心、疼愛有加，送他去念私立的耶穌會學校，最終上了都柏林大學學院。

喬伊斯受過傳統而正規的教育，嫻熟數種語言、精通藝術與文學，並反抗他的家庭、國家和教會。在自傳性質的小說《一個青年藝術家的畫像》當中，喬伊斯表達了對自身所受教養的思考。小說中的英雄詩人斯蒂芬·迪德勒斯（Stephen Dedalus）意味深長地表示，英語是「那麼熟悉又那麼陌生，永遠都會是我後天習得的語言。我還沒駕馭或接受它的遣詞用字，我的聲音將那些遣詞用字拒於千里之外」。但斯蒂芬不會說蓋爾語，他的藝術媒介必須是英語。

挑戰英語的界線

如同斯蒂芬一般，喬伊斯不會說蓋爾語而被迫必須以英語寫作，並且在一連串越演越烈的實驗當中，挑戰了「那麼熟悉又那麼陌生」的語言的限制。從他的小說的演進過程，我們可以看到他益發將英語發揮到極致。

西元一九一六年出版的《一個青年藝術家的畫像》，捕捉到孩童迪德勒斯的思維：

Once upon a time and a very good time it was there was a moocow coming down along the road and this moocow that was coming down along the road met a nicens little boy named baby tuckoo...

（從前從前的一個好時光，有隻哞哞牛沿路走來。這隻沿路走來的哞哞牛遇到一個乖巧的小男孩，男孩名叫貝比嘟咕……）

西元一九二一年出版的《尤利西斯》，往往被認為是二十世紀最偉大的小說，書中捕捉到成人迪德勒斯的思維：

My Latin quarter hat. God, we simply must dress the character. I want puce gloves. You were a student, weren't you? Of what in the other devil's name? Paysayenn. P. C. N., you know: physiques, chimiques et naturelles. Aha. Eating your groatsworth of mou en civet, fleshpots of Egypt, elbowed by belching cabmen. Just say in the most natural tone: when I was in Paris, boul'Mich', I used to…

（我那頂拉丁區圓帽。天啊，我們就是得穿出角色的樣子來。我要紫褐色的手套。你是學生，對吧？你念的究竟是什麼鬼？批西恩。P、C、N。你知道的：物理、化學和生物。啊哈。跟那些打著飽嗝的計程車司機擠在一起，吃只值幾便士的埃及燉肺肉鍋。以最自然的語調說：當我住在巴黎聖米歇爾大道時，我一向……）

西元一九三九年出版的《芬尼根守靈夜》，捕捉了一名男子單單一個晚上的思維。喬伊斯自訂標點符號、重塑單字、扭曲句法，迫使隱藏的含意浮出表面，並暴露出多重的典故。這部小說的開場以折射的手法，敘述了崔斯坦與伊索德的故事：

riverrun, past Eve and Adam's, from swerve of shore to bend of bay, brings us by a commodius vicus of recirculation back to Howth Castle and Environs.

　　Sir Tristram, violer d'amores, fr'over the short sea, had passencore

rearrived from North Armorica on this side the scraggy isthmus of
Europe Minor to wielderfight his penisolate war: nor had topsawyer's
rocks by the stream Oconee exaggerated themselse to Laurens
County's gorgios while they went doublin their mumper all the time

（河水流過夏娃和亞當的家，從蜿蜒的河岸流到曲折的海灣，又
沿著寬闊的迴旋大道，帶我們回到霍斯堡和郊外。

　　愛的提琴手崔斯坦先生越過狹窄的海，尚未從布列塔尼半島
北部重新回到小歐洲嶙峋的地峽，發動他的半島戰爭。奧克尼溪
邊頂尖鋸木匠的寶石也尚未持續倍增，成為勞倫斯郡的非吉普賽
人的財產）[58]

小說的最後一句 A way a lone a last a loved a long the[59] 補足了第一句少
掉的半句，於是乎，《芬尼根守靈夜》以開頭作為結尾。喬伊斯投入
畢生心血創作他的小說，他要讀者也投入畢生心血去研讀。

　　只有很少數的作家對英語本身產生深刻影響，他們的措辭力量無
窮，他們突破文字的限制與含意，將語言的藝術推向登峰造極之境。
喬叟、威廉·廷代爾、莎士比亞和山謬·強森是箇中翹楚，喬伊斯也
是。接觸喬伊斯作品的讀者必須重新思考英語是什麼，以及英語還有
什麼樣的潛能。

58　本段譯文部分參酌戴從容譯本。

59　最後一句與第一句合起來之後的意思是「長河沉寂地流向前去」。在最後一
　　句當中，喬伊斯將單字任意解構，例如將 away 拆成 a way、將 at last 寫成 a
　　last，營造出 a 及 l 的重複及押韻效果。

66 吉斯伯恩——英文俚語（西元一八九四年）

艾瑞克·帕特里奇（Eric Partridge）生於紐西蘭的吉斯伯恩附近。艾瑞克七歲時，從事牧羊的父親教他如何使用字典，並鼓勵他寫故事。這件事似乎事關重大，因為它觸發了艾瑞克終其一生對文字的興趣。只不過，諷刺的是，艾瑞克真正感興趣的是那些不見得會出現在字典上的字眼。

因為，帕特里奇主要關注的是俚語——那些藏在正規用語背後的通俗英語。俚語是一種高度口語化的語言形式，往往是由共享相同興趣的人所使用。它是一種我們在和朋友交談時可能會用的英語。最重要的是，它是一種人們透過正規用語的通俗同義詞展現身分認同的工具。雖然並不正規，但同一個圈圈中的人完全可以理解。帕特里奇的皇皇巨著《俚語及通俗英語字典》（*Dictionary of Slang and Unconventional English*）於西元一九三七年首度出版，而後多次再刷，直至今日仍未絕版。

帕特里奇整理了十五大類的俚語：表達心情很好的用語、幽默的文字遊戲、增添語言的豐富度、挫人銳氣的用語、暴露外行人的用語、保密用語……等等。

罪犯和青少年是俚語的愛用者。在英語當中，俚語首度受到探討時所針對的是所謂的江湖術語（criminal cant）。許多關於俚語的新近討論是青少年流行語（Teen Speak）的盛行所引起的。青少年流行語的盛行往往被歸咎於電視與手機，但它實際上是一種始終存在的語言現象。（見96〈比佛利山〉）

俚語的力量

俚語展現了我們的創意。它既讓我們顯得與眾不同，又讓我們顯

示出自己是某一團體的一分子。如今只要上網瀏覽一下，就會發現無數種不同的俚語字典和單字清單。這也顯示出當我們和他人關係密切、朝夕相處時，特別喜歡一起造出新的用字。而在網路的時代，這些用字可以迅速傳開，並迅速記載下來。

英語專案也出版了一本家庭單字書《餐桌密語》（*Kitchen Table Lingo*），收錄在家裡釀製出來的俚語。收錄的標準是一個字至少有三個人使用，而且並未出現在任何權威字典當中，內容包括：

Floordrobe ＝骯髒的青少年堆放衣服的地方
Hodgey ＝不高興、不爽
Scrudgings ＝家裡煮的、燒焦黏在鍋底的美味菜肴，吃完之後大家會搶著去把它刮下來吃。

結果從 blapper 到 donker，再從 kadumpher 到 tinky-toot，《餐桌密語》整理出六十多個代表「電視遙控器」的字眼。現存各種不同俚語的盛行見證了英語作為國際語言的活力。

人們使用及自創俚語的目的，是要用字典裡沒有的字眼來達到震驚、娛樂、讚歎、引起好奇和令人迷惑的效果。無論是敵是友，都可能成為玩這個語言遊戲的對象，但俚語使用者必須應付不斷更新的線上字彙表。箇中翹楚要屬《我邦線上字典》（*Urban Dictionary*），它是擁有多達六百萬條定義的字典霸主，紙本字典難以望其項背，二〇〇三年版的《牛津俚語字典》（*Oxford Dictionary of Slang*）頂多只能收錄一萬個單字與片語。更何況，當一個字從口語變成印刷文字，再從印刷文字進入到字典，它的俚語特性勢必逐步削減。

八、二十世紀

波莒（Poldhu）──西元一九〇一年

新門（Newgate）──西元一九〇二年

紐奧良（New Orleans）──西元一九〇二年

弗利特街（Fleet Street）──西元一九〇三年

紐約（New York）──西元一九一三年

乾草市場街（Haymarket）──西元一九一四年

根西島（Guernsey）──西元一九二六年

波特蘭名園街（Portland Place）──西元一九二六年

牛津（Oxford）──西元一九二八年

布萊切利園（Bletchley Park）──西元一九三九年

帝國大廈（The Empire State Building）──西元一九四一年

伊斯靈頓（Islington）──西元一九四六年

伊頓（Eton）──西元一九五六年

利物浦（Liverpool）──西元一九六三年

大西洋城（Atlantic City）──西元一九六八年

67 波茛——英語和無線電（西元一九〇一年）

西元一九〇一年，在英國康瓦爾郡最遠端的波茛，古列爾莫·馬可尼（Guglielmo Marconi）成功發送了史上第一則橫跨大西洋的無線電訊息（圖三十五）。訊息傳到了加拿大紐芬蘭的聖約翰斯（St John's），內容是 S。它是以摩斯電碼發送的（見54〈巴爾的摩〉），三個點以簡短敲擊三下的聲音在一千八百英里之外被聽到。訊息的內容很少，但前景不可限量。

馬可尼說：「現在我第一次百分之百確定，人類不靠電線就能將訊息傳遍全球的一天終將到來，不只是橫跨大西洋，還能貫穿地球相距最遠的兩端。」他料中了。時至今日，無線電遍及全球，而且不只是在地球。我們甚至還和在月球上的太空人互傳無線電訊息（見82〈寧靜海〉），這些訊息被發送到外太空去嘗試接觸外星生物。

一開始，馬可尼的發明是由政府和軍方所使用。一九〇二年一月，美國總統西奧多·羅斯福（Theodore Roosevelt）發送了無線電賀歲函給英國國王愛德華七世。世界上的海軍也很快地將此一輔助工具發展到航運上。與此同時，科技的進步、設備尺寸的縮小及價格的降低，使得最初被稱為無線裝置的無線電變得無所不在。

到了一九二二年，英國設有無線裝置的家戶數已足以支撐六家無線電公司開辦廣播服務，於是有了英國廣播電台（British Broadcasting Company）。英國廣播公司之成功讓它在一九二七年獲頒皇家特許狀，而成為英國廣播公司（British Broadcasting Corporation），一般普遍以 BBC 稱之。BBC 在我們的故事中占有特別的一席之地，你可以在74〈波特蘭名園街〉讀到更多它對英語的特殊意義。在美國，第一家廣播電台是 KDKA。到了一九二三年，全美已有超過五百家電台。

Radio 一字首度於西元一八九七年受到使用，不過有很長一段時間大家用的是更為一目了然的 wireless 一字[60]，儘管一九二〇年代普

遍使用的是radio一字（見79〈伊頓〉裡關於選擇wireless而不用radio所隱含的意涵）。一九五〇和一九六〇年代的廣播中充斥著流行樂，而近來wireless一字又有捲土重來的趨勢，因為在各種服務當中，wireless的上網服務意味著只要是在無線分享器涵蓋的範圍內，我們就可以接收到電波。在全球各地，我們都能藉由各種手持裝置達到接收電波的目的，有些是透過衛星傳送。

從書面文字到口語文字的大轉彎

我們不應低估家裡有台收音機的重要性。就休閒活動而言，大眾在看書之外突然有了別的選擇。如果十九世紀是小說的時代，二十世紀前半就是收音機的時代以及大眾傳播革命之始。一旦它的價格變得可以負擔，幾乎家家戶戶便都有了一台收音機。到了一九三〇年代，美國每三戶人家就有兩戶有收音機。二次大戰結束時，美國九成五的人家都有收音機。開發中國家也有相應的數據。焦點從書面文字轉移到口語文字。收音機為之前由小說和散文作家所占據的舞台，帶來了喜劇演員、劇作家、音樂家和歌手。它也賦予一般人力量，所以政治史學家承認收音機（接著還有電視機）在美國民權運動當中扮演了舉足輕重的角色。

西元一九三三年，E‧B‧懷特（E. B.White）一針見血地道出收音機帶來的文化衝擊：

我住在一個非常鄉下的社區，這裡的人談到「收音機」時一般帶有言過其實的意味。當他們說「收音機」時，他們指的不是一個

---

60 radio及wireless中文皆為「無線電」，以英文來看，wireless由wire（電線）和less（無）組成，故wireless較為一目了然；radio一字另外有「收音機」的意思。

箱型機器、一種電子現象，或在播音室裡的一個人，而是指一種像神一般的存在，這種存在滲透他們的家和他們的生活。

無論你是在美國的鄉下或英國的城市聽收音機，它的潛力都不容否認。無論你是否認為它像神一般，很少有人會否認它大大發揮了口語文字的威力，並藉此一舉開拓了一般大眾的文化視野，賦予他們之前和書面文字綁在一起的機會。

68 新門——英語和監獄術語（西元一九〇二年）

西元一九〇二年，新門監獄（Newgate Prison，圖三十六）關閉了。兩年之後，監獄建築也拆除了。它的第一位囚犯是西元一一八八年關進去的。成千上萬的男女老幼步入那道恐怖的大門，有許多上了絞刑台，有更多是在受老鼠污染的地牢裡死於斑疹傷寒。

新門有它自己的語言，一般稱之為監獄術語、監獄暗語、監獄俚語，有各種各樣的稱法。今天在英國、美國、澳洲乃至於世界上所有說英語的地方，都可以聽到它的不同版本。監獄術語基本上是一種口頭語言，而且有很多是下層社會用語，亦即cant——《牛津英文字典》為cant下的定義是「流浪漢、小偷、職業乞丐等人士所用的祕密語言」。監獄術語和律師及獄卒工作上的用語有所重疊，所以像是wing（精神療養區）、block（處罰區）、ABH（實際身體傷害）和GBH（嚴重身體傷害）都是監獄字彙的一部分。有些字眼是一般英文字彙的一部分，但在監獄系統中有特殊的意思，像是association（放封）、parole（假釋）和segregation（隔離監禁）。

美國的監獄術語有最詳盡的資料，尤其是在網路上，而且在美國北部的監獄有很多美國黑人用語的元素，南部的監獄則有很多拉丁美洲用語的元素。派崔克・艾利斯（Patrick Ellis）說：「儘管有這樣的地方色彩，全國各地的監獄環境中，某些古老的俚語和下層社會用語有著持續擴散、歷久不衰的現象。」澳洲監獄術語亦是如此，尤其因為澳洲英語和考克尼英語有著很深的淵源。

監獄術語被認為「充斥著譏諷、懷疑、黑暗與高壓」，但監獄式的幽默在bomb squad一詞中就看得出來——bomb squad原意是拆彈小組，在監獄中指的是囚犯掃除大隊，他們要清掃的則是某個排泄物丟滿地的區域。它不只挪揄了警界菁英，也挪揄了獄中牢友。監獄術語能釋放情緒，它以不暴力的方式宣洩暴力。它充滿笑點，引人發

噱。如同HMP溫徹斯特男子監獄（Her Majesty's Prison Winchester）的一位獄友所言：「它很好學，你立刻就能上手。」

監獄作為孕育新型英語的溫床

監獄是一個富於言語交談的場所。美國的一名囚犯藍迪‧克爾斯（Randy Kearse）在獄中花了九年編纂一部他稱之為《街談》（*Street Talk*）的字典。他原本計畫收錄一千零一條詞目，結果卻整理出一萬條。藍迪‧克爾斯的字典內容並不僅限於監獄術語，不過監獄是個收集字彙的好地方，他說：「監獄裡什麼都沒有，就是有時間。所以，講話機智、油嘴滑舌格外能顯得你與眾不同。」

來自HMP溫徹斯特男子監獄的監獄術語包括：

A four＝四年刑期

A two＝兩年刑期

An eight＝八年刑期

Bacon, bacon head＝有戀童癖的人

Bang weights＝到健身房運動

Bang-out, banging-out＝痛打

Bang-up, banging-up＝鎖在一間牢房裡

Bash＝自慰

Beast＝有戀童癖的人

Bend-up, bending-up＝把某位囚犯移走之前將他限制在他的牢房裡

Bin＝一間牢房

Bird＝在監獄裡的時間

Bird, doing bird＝服刑

Block＝處罰區

Bomb squad＝囚犯掃除大隊，負責清潔從監獄窗戶丟出的排泄物

所弄髒的區域。

Brew ＝酒

Burn ＝香菸

Burn cat ＝有菸癮的人

Carpet ＝三年刑期

Cat ＝罪犯

Down the brink ＝被隔離

Drum ＝牢房

Drum, drumming ＝闖空門

Echo ＝運動場

Ghost, to be ghosted ＝去會客室，發現要會面的人沒來。

Gov ＝監獄長官

Grass ＝告密的人

Hench ＝身材高大壯碩

Jam（jam roll）＝假釋

Jammer ＝刀子，通常是自製的。

Kite ＝支票

Marga ＝又瘦又小

Nicker ＝牧師

Nonce ＝有戀童癖的人

Peter ＝牢房

Raze-up, razing-up ＝用刮鬍刀去割

Ride, riding my bang ＝坐牢

Rub-down, rubbing down ＝搜索牢房

Salmon ＝香菸

Screw ＝監獄長官

Shank ＝刀子，通常是自製的。

Shiv ＝刀子，通常是自製的。

Skins ＝菸紙

Snitch ＝告密的人

Snout ＝香菸

Sweeper ＝收集菸屁股的人

Tear-up, tearing-up ＝痛打

Vanilla ＝法官

Vera ＝菸紙

Visit, visiting ＝出獄

Winda warrior ＝從窗戶對外面大叫的人

69 紐奧良——非洲裔美國人英語（西元一九〇二年）

I stood on the corner, my feet was dripping wet,
Stood on the corner, my feet was dripping wet,
I asked every man I met.

Can't give me a dollar, give me a lousy dime,
If you can't give me a dollar, give me a lousy dime,
Just to feed that hungry man of mine.

I got a husband, and I got a kid man too,
I got a husband, I got a kid man too,
My husband can't do what my kid man can do.

（我站在街角，雙腳濕透透，
　站在街角，雙腳濕透透，
　我問遇到的每一個人。

能不能給我一塊錢，給我沒路用的一角錢，
　要是不能給我一塊錢，就給我沒路用的一角錢，
　餵餵我家靠天的那口子。

我有個老公，而且還有個兒子，
　我有個老公，也有個兒子，
　我兒子能做的，我老公做不到。）

傑利・羅爾・莫頓（Jelly Roll Morton）於一九〇二年在紐奧良街頭聽

到一個女人唱這段詞。這是他首度接觸到這種音樂，後來他得知這種音樂叫做「藍調」。那位歌手是一位名叫梅米・戴斯蒙（Mamie Desdoume）的非洲裔美國籍藝術家。許多年後，莫頓將這段詞背誦給美國鄉村音樂的大收藏家艾倫・羅麥克斯（Alan Lomax），現在它被收藏在美國國會圖書館。曾經屬於某位街頭歌手的智慧財產，如今是英語寶庫的一部分珍藏。藍調最為出色的一面或許是它的音樂，但它的歌詞也十分值得注意。

儘管傑利・羅爾・莫頓是在西元一九〇二年首度聽到藍調音樂，它卻可能在此之前二十年就已出現。藍調是於南北戰爭和解放運動後，在美國深南部（Deep South）非洲裔美國人社區嶄露頭角的。它是一個解放民族的表達形式，這個民族曾經因為奴隸身分長期受到壓迫，接著又面臨種族隔離的處境。這些藝術家被剝奪了受教機會，藍調的語言是向他們致敬的獻禮。押韻而口語化的結構創造出一種就像文藝復興十四行詩一樣美、一樣合乎格律的文體。它是非洲裔美國人英語開出的花朵。

一種完全成熟的英語方言

要到西元一七〇〇年過後一段時間，非洲裔美國人英語才成為一種完全成熟的方言，因為非洲人要到十七世紀末才開始大規模移入北美洲。但到了十八世紀末，旅人們開始注意到南部語言也沾染了非洲特色。儘管南部黑人和白人的英語多有共通之處，它們卻明顯不同。

究其源頭，非洲裔美國人英語是美國南方英語的方言或變體（見27〈詹姆斯鎮〉），但它在它所存在的三百年間卻演變得相當不同。有些人主張黑人奴隸先是以各種非洲語言的混合體為基礎，創造出一種混雜語；有些人主張黑人奴隸直接將非洲語言和美國南方英語結合，創造出一種英文混合語。然而，非洲裔美國人英語可能從三百年前就開始和美國南方英語分裂了，因為黑人和白人之間沒有通婚。所以是

文化發揮了創造出不同方言的功能，儘管這種結果通常是地理因素造成的。

　　二十世紀前半，非洲裔美國人英語隨著非洲裔美國人往北和往西的大遷徙而從南方移出，傳到了北部和西部的城市。時至今日，它仍在全美各地維持著驚人的一致性。相形之下，移居北部和西部的南方白人喪失了他們的口音。南方黑人不僅帶著他們的口音一起走，而且仍舊保有這些口音，因為他們並未和北方白人通婚。

70 弗利特街——小報英語（西元一九○三年）

西元一九○三年十一月二日，艾爾弗雷德·哈姆斯沃思（Alfred Harmsworth）發行了《每日鏡報》（*The Daily Mirror*），一般普遍認為它是第一份大量銷售的英國小報。一開始以女性讀者為目標，它意圖作為「女性生活的一面鏡子，既映照出灰暗的一面，也映照出光明的一面」。它的觀點保守，直到一九三○年代，銷售成績也還算可以。一九三○年代末期，它所擁抱的方向大轉彎，改以左翼男性讀者群為目標，集中火力刊登骯髒的醜聞、無聊的瑣事和腥羶的八卦。它採用了一種簡化、淺白而煽情的英文寫作風格。儘管世界各地都有八卦小報，我們卻重點選擇了英國小報，因為它具有極為鮮明而生動的語言風格。

在《每日鏡報》之前，當然也有過其他煽情的報紙。自十七世紀以降，大活頁報（broadside ballad）以單頁或傳單的形式販售，內容充斥著謀殺、災難和怪異的事件，也就是現今的小報內容。一八三○年代，美國出現了吸引大眾市場的廉價報紙，《紐約太陽報》（*The New York Sun*）和《一分報》（*The Penny Press*）是兩個好例子。這些報紙採用動態化的日常用語，將句子與段落切割得相當簡短，反映出它們的許多讀者識字程度不高的事實。

在英國，就在《每日鏡報》推出之前，《郵報》（*The Mail*）於西元一八九六年問世。以「大忙人的報紙」為號召，《郵報》大受歡迎，而且無疑比大活頁報還易讀，但還不像《每日鏡報》般是一份鮮明的煽情小報。

小報英語的活力

以近來所有的英國小報而言，體現了英國小報傳統的或許是於一

九六九年十一月十七日首度發行的《太陽報》(*The Sun*)。以標新立異、玩弄文字遊戲和低俗的品味而言,《太陽報》的標題無人能出其右:

SUPER CALEY GO BALLISTIC, CELTIC ARE ATROCIOUS
(阿卡大顯神威,阿凱輸到脫褲)[61]
FREDDIE STARR ATE MY HAMSTER
(佛萊迪·斯塔吃了我的天竺鼠)[62]
ZIP ME UP BEFORE YOU GO-GO
(你走之前拉起我的拉鍊)[63]

小報讓我們見識到簡潔、誇大以及狀聲詞的力量。它們偏好用row(吵架)取代controversy(爭論),用scrap(扔掉)取代cancel(取消),用slam(打臉)或blast(幹譙)取代criticize(批評)、用spilt(鬧翻)取代division(分裂)、用snub(放鳥)來指沒有出席、用riddle(疑雲)取代mystery(疑團)、用quit(不幹了)取代resign(辭職)、用soar(飆升)取代rise(提升),而大家最愛的莫過於用sex romp(劈腿)取代sexual infidelity(不忠)。儘管常被批評說是在製造低齡讀物,它們的記者還是堅持用很少的字來寫很短的句子,三個字母的單字最受愛用,像是axe(砍掉)、ban(禁止)、bid(吩咐)、hit(打)、row(吵架)。

---

61 此一標題的原文中,Super Caley指的是卡萊多尼安隊(Inverness Caledonian Thistle),Celtic則是指凱爾特人隊(Glasgow Celtic),前者在某場足球賽中大勝後者。這整句標題的原文則是拿茱莉·安德魯絲(Julie Andrews)的歌Supercalifragilisticexpialidocious來玩文字遊戲。

62 這完全是一則炒新聞的不實報導,而且無疑提升了佛萊迪·斯塔的名氣。

63 這裡呼應了一首歌,暗諷歌手喬治·麥可(George Michael)在洛杉磯的一間廁所裡不檢點的行為。

小報原意是指縮小的版面，它的尺寸只有大活頁報紙的一半。大活頁是報紙原本的形式，它是很寬而只印單面的大幅紙張。雙面印刷的技術是倫敦的《時報》在一八二〇年代用高速印刷機發展出來的。像《時報》這樣的報紙後來就被稱為大報，而這個名稱指的不只是它的尺寸，也是它的內容品質，意味著它講究的風格及報導的正確性（見58〈時代廣場〉）。這種高尚的報紙後來就被稱之為菁英報（highbrow）。

　　把大活頁折成一半，用蒸汽動力印刷機來加快速度，以低俗大眾市場為目標，小報就這麼誕生，並且準備攻占二十世紀。折成一半、變成小報是許多大報的宿命。

　　馬克思主義者的分析告訴我們，大眾流行文化擁抱「壞品味、對官僚威權的挑釁、嘻笑怒罵的寫作方式、粗俗的用語、儀式性的貶低與諧謔、著重於引人發噱、各種形式的過分誇大，但尤其針對肉體」。這完全說中小報。在小報中，英語以嘉年華的模式呈現。

　　英國與美國以它們的小報聞名，澳洲亦然。生於澳洲的報業鉅子魯柏・梅鐸（Rupert Murdoch）既是英國報紙《太陽報》的業主，也是倫敦《時報》的老闆。

　　據說是來自「低俗」小報的獲益支撐「菁英」大報的存續。技術上而言，倫敦的《時報》本身現在是個小報，因為它的大活頁從二〇〇四年十月三十日開始折成了一半—— 大報《衛報》（*The Guardian*）欣然報導道。小報的外形會不會有一天也引領小報英語的寫法呢？

71 紐約——填字遊戲的語言（西元一九一三年）

西元一九一三年十二月二十一日，《紐約世界報》（*New York World*）納入了一種新型文字遊戲。它是由亞瑟‧文恩（Arthur Wynne）所發明的，當時被稱之為交叉字謎（word-cross puzzle）。一般認為它是填字遊戲的第一個版本，自從西元一九二四年以來，我們就簡稱它為交叉字（crossword）。英國的第一個交叉填字遊戲出現在一九二二年二月的《皮爾森雜誌》（*Pearson's Magazine*）上，倫敦《時報》的第一個交叉填字遊戲則印在一九三〇年二月一日的版面上。

文恩的字謎（見下）是十字形，而不是我們如今比較熟悉的方形。它沒有任何黑色的格子，儘管後來他發明了這個主意；另方面，他也持續實驗它的整體形狀。

2-3.	追逐折扣者的最愛。
4-5.	一種書面證明。
6-7.	就這樣，沒別的。
10-11.	一種鳥類。
14-15.	少的相反。
18-19.	這個字謎怎麼樣。
22-23.	一種獵食動物。
26-27.	一天的結束。
28-29.	躲避。
30-31.	is的複數。
8-9.	栽種。
12-13.	一根木條或鐵條。
16-17.	藝術家學著做的事。
20-21.	固定住。
24-25.	海灘上有的東西。
10-18.	桄椰的纖維。

6-22.	我們都應該這樣。
4-26.	白日夢。
2-11.	鳥獸的爪。
19-28.	鴿子。
F-7.	頭的一部分。
23-30.	俄羅斯的一條河。
1-32.	管理支配。
33-34.	一種芬芳的植物。
N-8.	拳頭。
24-31.	同意。
3-12.	船的一部分。
20-29.	數字一。
5-27.	交易。
9-25.	沉入泥濘當中。
13-21.	男孩。

字謎解答

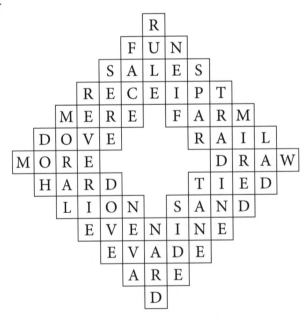

亞瑟‧文恩製作的第一個填字遊戲，西元一九一三年十二月二十一日出現在
《紐約世界報》上。

填字遊戲有各種不同的版面配置方式。比起英國，北美傾向於有較多的白色格子、較少的黑色格子。多數填字遊戲的畫面都是對稱的，線索則有兩種基本的類型——簡單的和隱晦的。簡單的提示是一組定義，一旦解開就能得出正確的答案。隱晦的提示讓遊戲更為棘手，它們讀起來是一個句子（儘管可能語焉不詳），而且傾向於包含兩個部分。一個部分給出某種定義，另一個部分暗示答案（所以才顯得很隱晦），訣竅往往在於推敲出哪個部分是定義、哪個部分是線索。兩種類型的線索都會告訴你字母數，以作為更進一步的提示。

　　變換字母順序是常見的一種隱晦線索，所以如果線索是「通常很遙遠（remote）的天體」，答案就可能是 meteor，亦即將 remote 的字母順序調換，重新排列組合拼成 meteor；而 meteor（流星）是一種天體。許多人熱愛隱晦的線索，但它相對也引起簡單線索愛好者的反感，並且受到認為填字遊戲這整件事都是浪費時間的人訕笑。

文字的奇特吸引力

　　儘管文恩的交叉字謎可以被視為填字遊戲第一個正式的例子，但填字遊戲其實由來已久。挖掘龐貝遺跡時，考古學家發現一種原始的字謎形式，其後它就被稱之為文字方塊（word square）。這個遊戲的行和列都需要同一個字，而且全都要能連在一起。如此一來，每一行和每一列都能排出一個字。在十九世紀的英格蘭，文字方塊被設計來給小孩子玩，以助他們累積字彙。

　　文字遊戲有著讓人上癮的奇特魅力。確實，《紐約時報》在西元一九二四年痛批它是「罪過地浪費時間，全然無所裨益地找出一個字的各個字母，以吻合某一事先安排好、多少有點複雜的模式」。《紐約時報》接著又將這種活動斥之為「原始形式的腦力訓練」，無論成功解開字謎與否，這種訓練都「無關腦力發展」。這是高級知識分子對通俗休閒娛樂的一種反應。西元一九四二年，《紐約時報》終於順

應大眾流行的壓力，在某個星期日開始印行填字遊戲，當時想必有人露出嘲諷的笑容吧。

　　交叉字謎是語言冰山的一角，除此之外還有其他成千上百種普遍常玩的字謎或遊戲，例如離合詩、聯想詞、拼字多邊形、拼字吊死鬼、拼字棋、拼字疊疊樂和比手畫腳猜字遊戲。有時文字遊戲也會登上電視節目，例如英國節目《看誰拼得快》（*Blankety Blank*）、《大吹牛》（*Call my Bluff*）、《拼字蜜蜂》（*Spelling Bee*）和《倒數計時》（*Countdown*）。

　　甚至有一份學術期刊專門探討我們愛拿語言來玩遊戲的現象——《文字之路：休閒語言學期刊》（*Word Ways: The Journal of Recreational Linguistics*）。文字是沒有止境的樂趣源頭，文字遊戲則是各種英語素材之魅力的有力證明。

72 乾草市場街——英文粗話（西元一九一四年）

　　西元一九一四年四月十一日，蕭伯納的《賣花女》在乾草市場街的國王陛下戲院（His Majesty's Theatre）上演，它的觀眾聽到了以下對話：

FREDDY: Are you walking across the Park, Miss Doolittle? If so—
LIZA: Walk! Not bloody likely. [Sensation.] I am going in a taxi. [She goes out.]

（弗萊迪：妳要從公園走過去嗎？杜立德小姐，如果是⋯⋯
伊萊莎：走過去！天殺的不可能〔情緒〕。我要搭計程車〔她走出去〕。）

　　情緒。震驚。伊萊莎・杜立德的「天殺的不可能」是英格蘭大眾口味的分水嶺，bloody 這個字首度出現在戲院裡。那天早上，倫敦的《每日簡報》（Daily Sketch）登了一個嘲諷的標題：

TONIGHT'S 'PYGMALION', IN WHICH MRS. PATRICK CAMPBELL IS EXPECTED TO CAUSE THE GREATEST THEATRICAL SENSATION FOR YEARS.

（今晚的《賣花女》當中，派翠克・坎貝爾女士預期將引爆歷年來最大的劇場情緒。）

派翠克・坎貝爾女士確實說了那個粗魯的字眼，但關於情緒的預測是過分誇大了。就連負責授權的單位掌禮大臣辦公室，都清楚看到它在

蕭伯納劇中出現得恰恰好，而說這「只是有趣而已」，並不認為是一種冒犯。那一年剩下的時間，酸民們則滿口「它阿花的不可能」[64]。

《牛津英文字典》說bloody是一種「模糊的修飾語，用來表達憤怒與憎恨」。它有可能是By Our Lady[65]的縮寫形式。若是如此，它就和其他帶有宗教意味的咒罵用語屬於同一類，例如莎士比亞作品中常用而意思是God's wounds[66]的Zounds（咄！），或意思是By the Virgin Mary[67]的 "Marry"（踏馬的）。以聖人或聖物之名立誓最初是一種莊嚴而虔敬的作法，但這卻常常反向發展成抒發心情、宣洩壓力、情緒爆發時的用語。

喬叟和莎士比亞的作品中滿是帶有宗教意味的咒罵語，這種趨勢在十七世紀伴隨著天主教信仰的動搖而式微。聖母馬利亞在人們心目中不再那麼崇高，拿她來羞辱的現象便也隨之衰落。確實，英文粗話越來越仰賴情色字眼潛在的震撼力。在前現代文學（pre-modern literature）中，情色字眼一直都是幽默的來源。但隨著社會對性愛越來越羞怯，淫穢的髒話感覺起來也更為強烈。

十八世紀益發注重良好的言行舉止，「優雅」以及伴隨而來的「羞怯」益發受到讚賞。在《項狄傳》（*Tristram Shandy*）當中，勞倫斯·斯特恩（Laurence Sterne）藉由兩位修女說出bugger（畜生）這個字來娛樂他的讀者，但又依然讓她們保有含蓄的修養──她們要趕兩頭騾子，於是其中一位說bou, bou, bou，另一位說ger, ger, ger。同一時代的山謬·強森則讓他的字典保持得乾乾淨淨，完全沒有shit這個

---

64 原文為not pygmalion likely，乃將not bloody likely中的bloody換成《賣花女》劇名的原文pygmalion。

65 此處的lady指聖母馬利亞，By Our Lady原為發誓時的用語，意思是「以聖母馬利亞之名立誓」。

66 God's wounds指的是耶穌被釘上十字架所受的傷，是一種帶有褻瀆意味的咒罵詞。

67 Virgin Mary為聖母馬利亞，參見注65。

字的存在。

《五千個成人性愛字詞》（5,000 Adult Sex Words & Phrases）一書的書名就顯示出粗話的領域有多麼豐富，而自從伊萊莎‧杜立德出口成髒之後，這些字眼就逐漸在公領域浮上檯面。伊萊莎‧杜立德的bloody並非源自性愛，而是源自宗教，這在西元一九一一年是比較被允許的，但蕭伯納對英國人的惺惺作態之挑戰，正是更為粗魯的用語之始。西元一九三六年，劇場喜劇演員海克特‧賽克斯特（Hector Thaxter）在電台節目中說出arse（屁啦）。西元一九六五年，肯尼思‧泰南（Kenneth Tynan）在電視上說出fuck（幹）。他們把最後的一個禁忌給打破了，然而，儘管現在arse顯得沒什麼，fuck卻不然。

在一九三六年和一九六五年之間打破藩籬的是D‧H‧勞倫斯的《查泰萊夫人的情人》，fuck和cunt（屄）這些字眼常常出現在書中男女主角的對話裡。然而，他用這些字眼用得相當溫和而謹慎。勞倫斯一方面力圖復興他心愛的諾丁罕郡（Nottinghamshire）的地區方言，一方面也力圖振興他認為不應被排除在英語之外的字眼（關於英國的地區方言，見45〈聖瑪莉里波教堂〉）。西元一九六〇年打了一場官司之後，《查泰萊夫人的情人》才得以公開販售。不過，這部普及的作品也並未改善粗話的社會地位。

一個更寬容的世界

西元一九七二年，《牛津英文字典》首度將fuck和cunt收錄進去。西元二〇〇四年，BBC在電視上播了《傑里‧斯普林格劇場秀》（Jerry Springer: The Opera），這是一齣充斥著八千個髒字的表演節目，BBC接到了蜂擁而至的客訴。在二十一世紀，髒字、粗話、國罵、淫穢的用語依舊保有它們的震撼力。這或許是件好事吧。

粗話既是口頭的攻擊行為，亦是強烈情緒的抒發。在戲劇和音樂劇當中出現時，它們來自於有意識的文字創作。但有證據顯示粗話往

往是無意識脫口而出的，趨近於尖叫和哭喊。西元一九〇〇年，威爾斯王子受到一位比利時無政府主義者的攻擊，他呻吟道：「幹，我中彈了。」我們恐怕很難為此責怪他。

73 根西島——現代英語用法（西元一九二六年）

　　西元一九〇三年，一位默默無聞、當過老師、名叫亨利·福勒（Henry Fowler）的人和他弟弟法蘭克（Frank）一起搬到根西島居住。海峽群島（Channel Islands）的環境似乎對他的創作力有正面的影響，因為截至當時為止都沒什麼事業成就的他，在三年之內和弟弟一起出版了《國王英語》（*The King's English*）一書。

　　這本書很受歡迎，它試圖要做兩件事：「綜覽所有具有絕對重要性的規則，據觀察這些規則鮮少或不曾被打破」，以及「以實例呈現所有重大錯誤，據觀察這些錯誤乃一般普遍常犯，每個例子都出於某位受尊敬的權威大師筆下」。換言之，福勒試圖要做一個比維多利亞時期語言學家和文法學家都更大膽的嘗試——他要結合他對傳統的了解和對當今實際用法的認識。

　　福勒在根西島的日子讓他踏上一條在一九二六年達到巔峰的軌道。那年，他的指標性著作《現代英語用法字典》（*Dictionary of Modern English Usage*）出版了，這本不同凡響的書此後便歷經多次再刷。福勒首度向出版社提議出版這本書似乎是一九一一年的事，但這個過程後來被一次世界大戰打斷了。為了了解福勒的著作，我們必須明白在它寫成之時，坊間正醞釀著一股要「控制」英文口語的力量。西元一九一三年，純正英語學會（Society for Pure English）在桂冠詩人羅伯特·布利吉斯（Robert Bridges）的倡議之下推出。早期的支持者包括湯瑪斯·哈代，而福勒本人也很快就跟進了。基於英文口語隨著廣播和影視的成長越趨重要，學會力圖確保傳統和當代的語言驅力獲得有效的處理。（新成立的BBC位於這波聲浪的前線，見74〈波特蘭名園街〉。）

　　福勒探討了幾個沸騰的議題，包括分裂不定詞（split infinitive）的使用，以及在句尾使用介系詞。關於分裂不定詞（例如to boldly go

將to和go分開，中間插入一個副詞），福勒寫道：

> 英文口語的世界或可分成：一、不知道也不在乎分裂不定詞是什
> 麼的人；二、不知道但非常在乎的人；三、知道而譴責的人；
> 四、知道而贊成的人；五、知道而且分得很清楚的人。

他結論道：「不知道也不在乎的人占絕大多數，而且他們過得很快
樂，讓少數階層嫉妒不已。」

針對句尾介系詞，福勒則否定了將之斥為錯誤用法的文法規則，
他提醒讀者有許多偉大作家都以介系詞作為句子的結尾。邱吉爾被這
種作風激得說出：This is the kind of tedious nonsense up with which I
will not put.[68]福勒接著又指出介系詞在許多情況下都是動詞片語的狀
語助詞，所以需要和它的動詞連在一起。

福勒歷久不衰的影響

早期觀點認為福勒的著作具有高度記述性質，但在《現代英語用
法字典》新近的一個版本中，大衛‧克里斯托指出這種觀點太過簡化
了：「他在對於語言的分析上比多數人以為的都要講究。某些條目內
容呈現出他力求描述的精確度，這種精確度足以讓任何一位現代語言
學家引以為豪。」大衛‧克里斯托也指出，一如「查一下福勒」
（Look it up in Fowler）、福勒學派（fowlerian）、福勒的（fowlerish）
福勒風格（fowleresque）等應運而生的說法和字眼，福勒的名字已經

---

68 這句話的正常寫法是This is the kind of tedious nonsense which I will not put up
   wit，但如此一來句尾就會是介系詞with，邱吉爾為了避免句尾介系詞而使
   用了怪異的倒裝句。這句話的意思則是「我絕對不會容忍這種亂七八糟的東
   西」。

成為他那套語言研究方法的同義詞。

　　福勒對語言的影響歷久不衰。西元二〇〇八年，威廉・F・巴克利（William F. Buckley）在紐約《太陽報》的一篇報導以〈政治福勒大戲〉（A Fowler's of Politics）為題，寫柯林頓和歐巴馬在政治辯論中玩的文字遊戲。儘管福勒對英語用法的課題抱持開放態度，他在深怕犯錯的英語使用者心目中的形象，卻不是一個規則鬆綁者，而是一個規則強化者。

74 波特蘭名園街——BBC英語（西元一九二六年）

上個世紀有很長一段時間，針對英語該怎麼說，BBC可能是最重要的單一影響力。最初是透過廣播的力量，接著又藉由電視的力量，許多人將BBC的說話方式視為「正確」的方式。

這並非偶然的意外。顧及他的責任所在，BBC的第一任總裁約翰‧瑞斯（John Reith）成立了一個英文口語顧問委員會（Advisory Committee on Spoken English）。一開始的主席是桂冠詩人羅伯特‧布利吉斯，隨後則由蕭伯納繼任，成員是當時的權威語言學家。這是一個很有影響力的團體，後來傑出的廣播主持人艾利斯德‧庫克（Alistair Cooke）也加入成為成員。

針對新字或生字，委員會有責任建議BBC播報員該怎麼發音。此外也要針對較有爭議的部分做出決定，例如當一個字有不同的發音方式必須擇一採用時。

西元一九二六年七月十六日版的《播音時間》（*Radio Times*）裡，委員會發表了一份單字發音指南清單，這份清單包括：

Acoustics = a-coó-sticks（聲學）

Courtesy = cúrtesy（殷勤）

Gala = gáhla（節日）

Idyll = idill（田園詩）

Char-a-banc = shárrabang（遊覽車）

Garage = garage (French) not garridge（車庫）

Mozart = Moze-art（莫札特）

Southampton = soúth-hámpton（南安普敦）

在此之前兩年，瑞斯出版過一本叫做《全英廣播》（*Broadcast over*

Britain）的書，書中寫道：「就採用英語標準發音而言，我們格外下了功夫，確保敝電台負責主持節目、播報新聞等工作之人員是可以仰賴的。」

他接著又說：

> 我常常聽到，有關某個字的正確發音的爭論，最後是參考電台廣播怎麼說來做出裁決。沒人會否認英語標準發音在理論上及實務上都大有好處。針對此一課題，我們責無旁貸，由於對象是如此廣大的聽眾，錯誤的發音方式流傳出去的廣泛程度恐怕是前所未見。

儘管英文口語顧問委員會堅稱它的工作不是要說其他的發音方式不對，但它的其中一位成員亞瑟‧洛伊德‧詹姆斯（Arthur Lloyd James）在出版《廣播之字》（*The Broadcast Word*）時，便大大方方地宣稱「我們輕易就可判定『正確』和『錯誤』」。約翰‧瑞斯也在《全英廣播》（*Broadcast over Britain*）一書中說：「有些人的母音發音真是嚇人。」基於約翰‧瑞斯的影響力，這句話恐怕很難符合語言中立的原則。

BBC英語的起點是一種被稱之為「公認發音」或RP的口音。它是十九世紀在英國公立學校發展出來的發音方式，目的是要確保從口音聽不出說話者的出生地。

一般普遍將「公認發音」一詞的確立歸功於丹尼爾‧瓊斯（Daniel Jones），他在他的《英文語音學概要》（*Outline of English Phonetics*）中大量使用這個字眼。該書於西元一九二二年首度在英國出版，適逢全國性的廣播公司成立計畫正在進行中的時期，瓊斯也立即受邀加入BBC的英文口語顧問委員會。

後來被稱之為「BBC英語」的東西，在西元一九二六年時有各種不同的名稱，最古老的一個要屬「國王英語」（the King's English），

無論這在十八世紀時指的是什麼，到了十九世紀時它指的是「公立學校英語」（Public School English），俗稱「高貴英語」（Posh English）。丹尼爾・瓊斯也用「公認英語」（Received English）一詞來指稱它，學者則普遍選定「公認發音」這個名稱。一如其他所有的稱號，這個名稱也引起質疑——所謂公認，是誰公認的？一般往往將它簡稱為RP，即Received Pronunciation的縮寫形式。

75 牛津——《牛津英文字典》（西元一九二八年）

西元一九二八年六月六日，學者朋友們在牛津慶祝《牛津英文字典》大功告成，可以出版了。這部字典共有十二大冊，編纂工作從四十年前就已開始。在牛津大學出版社（Oxford University Press），他們說有個男孩在計畫開始時是某位排字工的助手，他的一生都花在這本書上，當第一版完成時，他也退休了。（圖三十七）

那個排版男孩大可為《牛津英文字典》再奉獻一輩子，因為它馬上就需要更新了。新字持續被收錄進來，歷經幾年的增訂之後，這整部字典於西元一九八九年出了第二版，這次共有二十大冊，長達兩萬兩千頁。儘管新字以前所未有的速度暴增，《牛津英文字典》卻不會有紙本的第三版。西元一九二八年時，《牛津英文字典》有超過十萬條詞目。到了一九八九年，它增加到二十九萬一千五百條。西元兩千年，《牛津英文字典》有了網路版，而它目前正在進行內容全部重寫的過程。每年都增加大約四千個新字，第三版可望於西元二〇三七年完成；同時，數位版的《牛津英文字典》列了超過六十萬條詞目。

這個數字代表的是從西元一五八二年至今最近一次計算的結果。一五八二年時，倫敦的商人泰勒學校（Merchant Taylors' School）第一任校長理查·穆卡斯特（Richard Mulcaster）出版了一本單字書，收錄了學童有拼寫困難的八千個英文單字。西元一六〇四年，羅伯特·考德雷（Robert Cawdrey）出版《常用英文難字表》（*A Table Alphabeticall of Hard Usual English Words*），他只收錄了兩千五百個單字，但他為每個字提供了定義，一般認為這是第一本英文單語字典。西元一六二三年，亨利·庫克蘭姆（Henry Cockeram）的《英文字典》（*English Dictionarie*）是第一本以「字典」自稱的書。西元一六八一年，湯瑪斯·布倫特（Thomas Blount）出版了《字彙百科：無論是源自什麼語言，如今為英文所用的難字釋義字典》（*Glossographia: or*

A Dictionary Interpreting the Hard Words of Whatsoever Language, Now Used in Our Refined English Tongue）。布倫特辨認、討論了超過一萬一千個單字，也因為他的緣故，字典裡的內容變成以字源和釋義為主、拼寫為輔。

西元一七五五年，強森博士的《強森字典》問世（見36〈利奇菲爾德〉），內容包含超過四萬則條目，每一個字的多重含意都做出清楚的區別；這是第一部現代字典。《強森字典》之所以「現代」，原因在於他雖然給出定義，但卻沒有規定一個字的意思，而是藉由引用例句來呈現字義——他引用了多達十一萬八千個例句。這讓讀者可以自行判讀字典裡的某個字是什麼意思。

歷史原則法

強森所帶來的記述原則是《牛津英文字典》編纂的關鍵。西元一九二八年時，它叫做《以歷史原則為本之新英文字典》（*A New English Dictionary on Historical Principles*），它提供了每一個字的字源史和各種拼寫法，接著列出這個字在歷史上第一次於手稿或印刷品上出現的日期，並引用英文作家的句子來呈現這個字怎麼用。

每一則條目中，當字義隨著時間有了不同的演變時，每個新的意思都會獲得一個定義以及一組引用例句。在紙本版當中，set這個字就占據了二十五頁的雙欄頁面，是很能代表此一演進過程的一個例子。Set作為動詞就有一百五十五種各不相同的意思，其中光是set up就有七十種意思，而作為名詞的set意思還更多。

這個字第一次被寫下來是在大約西元八八八年時，引述自國王阿佛烈的一句話顯示set一字在當時已受到使用。史上初次出現的首例是《牛津英文字典》歷史原則的關鍵。一個字若是出現在書面語當中才會被收錄進去。Set早在第九世紀前就已出現在英語之中，但字典提供的是閱讀者所能找到的首例。這樣的首例也提供了這個字最初的

意思或用法，後來的意思則按照它們出現的時間順序一一羅列。

　　一個單字要能登上字典之堂，必須要先出現在五本不同的印刷品中，每一本都並未解釋這個字的意思。儘管blog一字被解釋成網路日誌或線上日記的意思，但一九九九年之前卻並未被《牛津英文字典》收錄進去。直到一九九九年後，blog才在夠多的印刷品上充分出現，而被視為英文的一部分。一個字一旦被字典收錄進去就不可能再拿掉，儘管有些字已經久未使用而受到淘汰了。

　　《牛津英文字典》的歷史原則讓它不必針對一個字該不該被收錄進去下判斷。它排除了品味、禮貌、通俗或粗鄙與否等課題。它單純提供一個單字存在的證據，而將用法的相關課題留給讀者。與此同時，《牛津英文字典》扮演了未能成立的英語研究院的角色（見37〈聖殿區〉）。

76 布萊切利園——英語密碼（西元一九三九年）

　　西元一九三九年八月十五日，英國的政府密碼及暗號學校（Government Code and Cypher School）從倫敦的中心暗中移到一棟叫做布萊切利園的鄉下宅邸。兩週後，英國對德國宣戰。接下來的六年，布萊切利園的人員負責監聽敵軍的無線電情報，首先是監聽德國和義大利，後來又監聽日本。布萊切利園位於牛津和劍橋中間，兩所大學之間的鐵路和倫敦往北行的鐵路在此交會。

　　除了極端的狀況之外，戰時軍方皆以密碼傳遞訊息，布萊切利園的工作就是迅速解讀敵方訊息以預測敵方行動。戰爭期間，同盟國的解碼員要處理超過一百五十種語言的無線電訊息。訊息以包羅萬象的軍事、外交和外貿密碼組成，這是一項龐大的工程，布萊切利園的人員從一九三九年的五十位，增加到一九四五年的五千位。

　　解碼的難度隨著密碼的難度而有不同，密碼的難度則取決於訊息的重要性及解碼員的本事。二次大戰期間最著名的密碼是德國的啞謎密碼機（Enigma machine）所編寫的密碼，儘管還有更複雜的密碼，啞謎密碼卻讓布萊切利園首度面臨重大挑戰。

　　在破解德國密碼這個幾乎不可能的任務上，協助他們的是世界上第一台程式化的電子數位電腦。它是一台叫做「巨像」（Colossus）的龐大機器，尺寸有一個房間那麼大，每秒可讀約五千個字母。

　　二次大戰期間，來自敵方的加密情報後來被稱之為ultra，代表最高機密特級情報的意思。一般的保密方式被破解了。Ultra是一種榮譽勳章。沒有這些解碼員的努力，英國和它的盟友可能要面臨截然不同的命運。

資訊時代之始

　　時勢造英雄，英雄造時勢，布萊切利園的狀況即是如此。布萊切利園的工作人員似乎是具備數學和語言技能的奇妙組合，艾倫・圖靈（Alan Turing）或許是其中的代表人物；他也是現代電腦的發明背後的要角。招募解碼員時，其中一項測驗是要在十二分鐘之內解開《每日電訊報》（*Daily Telegraph*）的填字遊戲！

　　解碼員也需要了解語言的一些重要面向，例如字母出現的頻率，以及在各種語言當中最常見的字母組合。舉例而言，德文裡出現得最頻繁的十大字母是 e、n、i、s、t、r、a、d、h、u，英文則是 e、t、a、o、i、n、s、r、h、l。如今英國國家電腦博物館（The British National Museum of Computing）就位於布萊切利園，以這種方式向它致敬，可謂恰如其分。它不只為我們對語言統計學的認識做出貢獻，絕大多數的歷史學家也一致認為，若是沒有布萊切利園，二次世界大戰恐怕要多打兩年。英國作家演員史蒂芬・佛萊（Stephen Fry）的一句話，總結了布萊切利園在英語發展上扮演的角色：「這些人不只藉由協助確保同盟國的勝利改變了歷史的軌跡，從而在背後默默地給了我們一個自由的世界，更催生了支撐著我們今日生活方式的資訊時代。」布萊切利園所完成的工作可以為學習英語的學生上好幾課。

　　布萊切利園教給我們的第一課，就是語言是可以互換的。儘管英語位居解讀一百五十種語言的操作中心，但這些語言裡的任何一種都可以被放在中心位置。所有的人類語言，儘管各不相同，都能被翻譯成其他的人類語言。這一百五十種語言的所有訊息，都可以用英語來表達。字彙可能會構成困難，因為有些語言比其他語言擁有更多字彙，但這種困難總是能靠外來字解決，而英語從多達三百五十種語言吸收了外來字。

　　布萊切利園的第二課，在於它顯示出語言和密碼間的不同。密碼在一個符號和一個意思之間維持一對一的關係。每個密碼字都只有一

個意思。據說長尾猴會發出十種不同的呻吟聲，每一種都只有一個意思。長尾猴式的密碼意圖將歧義降低到零，但人類語言並非如此，一個單字可能有多重的意思，像是set就有至少一百五十種（見75〈牛津〉的「歷史原則法」）。人類語言會去探索、開發模稜兩可的地帶，這也是布萊切利園的人類之所以能破解機器密碼的原因之一。

77 帝國大廈──廣告語言（西元一九四一年）

西元一九四一年七月一日下午兩點半，史上第一則電視廣告從紐約帝國大廈的WX2XBS電視台發送出去。正在播放的節目是布魯克林對費城的棒球賽，廣告則是奢華名表製造商寶路華（Bulova）打出來的，螢幕的右下角出現寶路華手表的影像，而他們花了九美元買這個特權。WX2XBS（後來的NBC）是其中一個率先取得廣告執照的電視台。

電視廣告於焉展開。在中世紀，店鋪為了向不識字的顧客打廣告，用的是與他們做的生意相關的商品圖──一隻靴子、一頂帽子、一座時鐘、一顆鑽石、一個馬蹄鐵、一枝蠟燭等等的。隨著印刷術的到來和識字的普及，廣告變得比較文字化。到了十九世紀，廣告不只為數眾多，而且言詞流利。廣播電台在一九二〇年代開始播放廣告，而且有許多年的時間，飛機布條廣告蔚為流行。如今，廣告商爭食的是網路空間，廣告不只散布到電腦上，也傳輸到各式各樣的手持裝置上。

不論口語或書面語，當英語被用來販賣想法、服務或產品時，遣詞用字必須謹慎琢磨以傳遞正確訊息。照片、影片或短片具有吸引和刺激的作用，但文字也一樣有力。當然，文字可以承載許多訊息，有時這些訊息還彼此衝突。而廣告商已經變得很擅長著重於他們要我們接收的訊息上，有時甚至是下意識的訊息。

廣告的影響

英語是世界上多數廣告的媒介，而廣告也給了英語許多新字：

Affluenza ＝富貴流感，一種因為太有錢而罹患的病。

Alcopops＝以年輕消費者為目標，偽裝成果汁的酒精飲料。

Chick lit＝作家、讀者、角色主要都是女性的小說。

Fashionista＝穿戴最新流行物件的人。

Gastropub＝供應美食的酒吧。

商品的品牌本身也會成為那件物品的同義詞，例如hoover（吸塵器）、xerox（影印機）、sellotape（透明膠帶）、thermos（保溫瓶），以及最新近的google（谷歌）、tweet（推特）和facebook（臉書）。這些字眼又叫做「名祖」[69]。

　　廣告商必須要對什麼字能發揮作用有靈敏的嗅覺，但這一行也有相當多的參考書。一九六〇年代，語言學家傑佛瑞・利奇（Geoffrey Leech）整理出廣告裡最愛用的形容詞是：

new, good/better/best, free, fresh, delicious, full, sure, clean, wonderful, special, crisp, fine, big, great, real, easy, bright, extra, safe and rich.

（新的、好的／更好的／最好的、免費的、新鮮的、美味的、充滿的、確實的、乾淨的、美妙的、特別的、酥脆的、細緻的、大的、極好的、真的、簡單容易的、機靈的、額外的、安全的和富有的。）

令人驚訝的是，這份清單似乎也很符合現在的情況，有許多一樣的字眼在今日的廣告中仍受到使用。

　　在沒有既有的字可用、又造不出一個簡單的新字時，廣告商則會

69　eponym，即用來為物品、人種、時代、國家、土地、建築物等等命名的人名或品名。

創造一些複合字。Top-quality（頂級）、economy-size（經濟包）、good-looking（好看）、hard-wearing（耐穿）、long-lasting（持久）、mouth-watering（令人流口水）、chocolate-flavoured（巧克力風味）、feather-light（輕如羽毛）和longer-lasting（更持久）都是很好的例子。

廣告業的另一個語言小把戲，就是運用令人難忘的口號：

The ultimate driving machine——終極駕駛機器／BMW廣告。
It's the real thing——貨真價實正牌真品／可口可樂廣告。
Guinness is good for you——健力士健你身／健力士啤酒廣告。
Snap! Crackle! Pop!——啪！喀！砰！／家樂氏米餅廣告
Let your fingers do the walking——讓手指代勞走路／黃頁廣告

廣告商很有語言方面的創意，這所導致的結果可能很天才，也可能很天兵，一如百事可樂的文案人員造出以下這個單字時所呈現的：

lipsmackinthirstquenchinacetastinmotivatingoodbuzzincooltalkinhighwalkinfastlivinevergivincoolfizzin.[70]

這個字不會被接納成為一個英文單字，但它顯示了文字可以被組合成最意想不到的樣貌。廣告業的語言創意是被金錢激發出來的，但當廣告商發明出像是gastropub這樣的新字時，我們全都跟著受惠。

---

70 這個單字依序由Lip（嘴唇）、Smackin（咂嘴）、Thirst（飢渴）、Quenchin（解渴）、Ace（佼佼者）、Tastin（品嘗）、Motivatin（刺激）、Good（好）、Buzzin（飄飄然）、Cool（冰涼）、Talkin（談論）、High（情緒高昂）、Walkin（活動）、Fast（快）、Livin（活著）、Ever（永遠）、Givin（贈禮）、Cool（酷）、Fizzin（嘶嘶響）組成，其中Quenchin、Tastin、Motivatin、Buzzin、Talkin、Walkin、Livin、Givin、Fizzin省略了字母g。

78 伊斯靈頓——簡明英語（西元一九四六年）

西元一九四六年時，喬治‧歐威爾（George Orwell）住在伊斯靈頓，而他離生命的盡頭已經不遠了。他剛完成《動物農莊》，但在他下筆寫《一九八四》之前，他有些話想對世人說：

The great enemy of clear language is insincerity. When there is a gap between one's real and one's declared aims, one turns as it were instinctively to long words and exhausted idioms, like a cuttlefish spurting out.

（「不真誠」是清楚的語言之大敵。當一個人真正的意思和表面上的意思有差距時，就會本能地轉而用冗長的字句和累人的語彙，像烏賊吐出墨汁一般。）

在《政治與英語》（*Politics and the English Language*）一書中，歐威爾探討了他的小說的一個中心主題——語言和真相之間的關係。他把來自聖經傳道書第九章第十一節的段落轉換成咬文嚼字而不知所云的語言，一針見血地指出他的重點：

I returned and saw under the sun, that the race is not to the swift, nor the battle to the strong, neither yet bread to the wise, nor yet riches to men of understanding, nor yet favour to men of skill; but time and chance happeneth to them all

（我又轉念：見日光之下，快跑的未必能贏；力戰的未必得勝；智慧的未必得糧食；明哲的未必得資財；靈巧的未必得喜悅。所

臨到眾人的是在乎當時的機會。）

成了：

Objective consideration of contemporary phenomena compels the
conclusion that success or failure in competitive activities exhibits no
tendency to be commensurate with innate capacity, but that a
considerable element of the unpredictable must invariably be taken
into account

（客觀思考當代現象勢必得出一個結論，那就是在競爭活動中成
功或失敗並未顯示出和固有能力相應的傾向，而相當程度的不可
預測因素一定必然要被納入考量。）

歐威爾接著繼續為想要寫出一手好文章的人提出一些指示，而他所謂
的「好」，就是「清楚」。他告誡大家不要用意象、長字、被動語
態、陌生的詞語和術語。最重要的是，他建議作者們能刪就刪，務求
精簡。

簡潔的力量

　　二次大戰結束後的幾年裡，歐威爾的論點在英國產生了效果。英
國財政部委任歐內斯特・高爾斯爵士（Sir Ernest Gowers）指導公務
員如何最有效地使用英語。西元一九五四年，高爾斯將他的心得整理
成一本淺白寫作的指導手冊——《簡明寫作技巧大全》（*The Complete
Plain Words*）。

　　並且，西元一九七九年，簡明英語策進會（Plain English Campaign）
在倫敦成立。該組織以它的認證標章——水晶標章（Crystal Mark）

——來推崇最簡單、有效的書寫溝通方式，並精心策畫年度簡明英語日（Plain English Day），力圖讓公眾關注簡明英語的課題。

自西元一九七〇年起，美國對語言也有著一樣的關注，這在二〇一〇年制訂簡明寫作法案（Plain Writing Act）時達到巔峰。聯邦政府現在有一個網站www.plainlanguage.gov，專門用來推動有效溝通文字之使用。澳洲和加拿大也有類似的倡導行動。簡明英語的概念廣獲全球認同。

儘管英文的光彩也包含它創造意象和新字、發展術語和各類私密用語的潛能在內，但它的效用有一部分卻要受到能否有效傳達意思的檢驗。對於避免咬文嚼字、力求清楚簡潔的關注，最初是歐威爾的個人意見，後來卻深植人心而歷久不衰。

79 伊頓──英國上流階層的英語（西元一九五六年）

在倫敦以西幾英里處的泰唔士河谷，有一所栽培出最多位英國首相的學校，它是伊頓公學（Eton College）。如果在入學前尚未養成習慣，在那兒就讀的男孩會被訓練以某種特定的方式說話。由亨利六世於西元一四四○年創辦，原名「鄰近溫莎堡之伊頓女王陛下國王學院」（The King's College of Our Lady of Eton besides Wyndsor）的這所學校，象徵了英文特有的某種社會特徵。

在許多語言當中都會有一個主流語體，那是一種和權力與權位連結在一起的語言形式。在倫敦，英文的主流語體於十八世紀時出現（見37〈聖殿區〉）。英文書面語已經被塑造成一種拉丁化的標準形式，識字人口開始盡可能以他們學到的書寫方式來說話。受到採納的口音則是皇室及上流社會所在地西敏的口音。大眾力圖說得漂亮、流利而時尚。

英國的情況如此，歐洲其他國家的情況亦然。十八世紀時，西班牙、義大利、法國和德國為他們的書面語發展出標準形式，主流語體便也隨之而來。英文的情況則比它們還要更甚一分。

在十九世紀的英國，越來越多的有錢人開始仿效貴族階層把他們的子弟送去念寄宿學校。基於歷史因素，這些學校被稱之為「公立學校」，儘管它們其實是昂貴而有特定入學條件的私立機構。全英各公立學校教的都是西敏英語，任何一絲地方口音都必須抹除。

上流階層、不分地域的口音變成一件備受讚賞的事情。這種口音如今被稱之為「公認發音」或RP（見74〈波特蘭名園街〉關於RP的討論）。在家學會（亦即小時候就學會）RP的人口數約占總人口的百分之五，大致與接受私立教育的人口數一致。這是為什麼RP最初被稱為公立學校英語（Public-School English）的原因。它也被稱之為BBC英語，因為BBC從前曾經只雇用說起話來像公立學校學童的職員。

上流階層英語只管字彙和口音，無關文法和句構。上流階層的發音製造出許多差異，例如是 fórmidable，而不是 formídable（可怕的）；是 int'resting，而不是 interesting（有趣的）；是 marse，而不是 mass（大量）；是 Cartholic，而不是 Catholic（天主教）；是 jest，而不是 just（正好）──如同在 jest in time（剛好來得及）當中；是 cetch，而不是 catch（抓住）；是 forrid，而不是 fore-head（前額）；是 tortoise（烏龜），而不是 tortoys；是 clart，而不是 claret（紅酒）。上流階層的字彙差異清單一樣也很長：是 lunch，而不是 dinner（晚餐）；是 sick，而不是 ill（生病）；是 wireless，而不是 radio（無線電）；是 rich，而不是 wealthy（富有）；是 lavatory-paper，而不是 toilet-paper（衛生紙）；是 note-paper，而不是 writing paper（筆記紙）；是 pudding，而不是 sweet（甜食）；是 false teeth，而不是 dentures（蛀牙）；是 spectacles，而不是 glasses（眼鏡）。這些例子來自一九五四年艾倫・洛斯（Alan Ross）教授發表的一份報告。他用簡稱「上流」和「非上流」來區分兩者。

上流和非上流英語

　　西元一九五六年，貴族作家南西・米佛（Nancy Mitford）在一本她取名為《權貴道義》（*Noblesse Oblige*）的書中，收入了上流和非上流英語的語料。除了洛斯教授的學術研究報告，她加上了自己的幽默散文，乃至於伊福林・沃夫（Evelyn Waugh）和約翰・貝傑曼（John Betjeman）的諷刺文章。他們嘲諷的對象是英國中產階級的英語。他們堅稱非上流人士的英語很糟糕。他們也堅稱非上流人士永遠學不會說得體的英語。一如米佛所言：「只要一開口，上流人士立刻就聽得出對方是不是上流人士。」事實上，任何口音都是如此，只不過對米佛來說，上流口音別具意義。

　　上流口音從一九六〇年代起備受攻擊，它與一種叫做「河口英

語」（Estuary English）或「河口語」（Estuarian）的英語相互對立。河口語反對公認發音的菁英氣息。它是刻意追求「不入流」的一種口音。它是年輕一輩採納倫敦下層階級說話模式而來的口音。河口語是考克尼英語的修改版，由於它仿效考克尼英語，所以有時也被稱之為「仿克尼語」（Mockney）。西元二〇〇八年，倫敦的《時報》宣稱有一位意圖爭取成為財政大臣的國會議員在學仿克尼語，以矯正他的「過敏性母音症候群」。他是在公立學校接受教育的，需要清除此一事實過於明顯的證據。他成功了。就算不是因此升官，他後來終究是當上了英國的財政大臣。

80 利物浦——英國都會英語（西元一九六三年）

在〈大事記〉（Annus Mirabilis）一文中，菲利普·拉金（Philip Larkin）說性交這件事是在一九六〇年《查泰萊夫人的情人》出版到一九六三年〈請取悅我〉（Please, Please Me）這首歌發行之間開始的。D·H·勞倫斯要為《查泰萊夫人的情人》負責，披頭四則要為〈請取悅我〉負責。然而，這些藝術家不只要為英文作品的性愛解放負責，也要為英語地方口音的解放負責——披頭四比D·H·勞倫斯要負起更多責任。

來自諾丁罕郡的勞倫斯以標準英語（見36〈利奇菲爾德〉）寫作，並讓他筆下的上流階層人物說上流英語（見79〈伊頓〉）。針對《查泰萊夫人的情人》裡的獵場看守人奧立佛·梅勒斯，勞倫斯讓他說正規的英語，只除了當他在和心愛的查泰萊夫人康妮親熱時之外。這時，梅勒斯就會冒出諾丁罕郡的方言：

"Coom then tha mun goo!" he said. "Mun I?" she said. "Maun Ah!" he corrected.

"Why should I say maun when you said mun" she protested. "You"re not playing fair."

"Arena Ah!" he said, leaning forward and softly stroking her face.

（「到時來，妳必許走了！」他說。「我必許嗎？」她說。「是『偶必序』！」他糾正道。

「為什麼你說『必許』，卻要我說『必序』？」她抗議道：「你不公平。」

「可噗是嘛！」他說著傾身向前，輕輕撫摸她的臉頰。）

傳統上，英文小說中的地區方言是用來暗示社會地位較低、沒有受過教育、不懂禮貌或不諳世故，但勞倫斯用諾丁罕郡英語來塑造梅勒斯的力量、氣質、深度和知識。康妮試著要說這種方言，但她發現方言就像標準英語一樣有它的規則，而她還有待學習。

勞倫斯的英語方言家教課不是多數讀者從《查泰萊夫人的情人》學到的東西，披頭四才真正給了英國一場語言震撼教育。從利物浦移師倫敦之後，他們還是保留在利物浦時的說話方式。他們無意嘗試英格蘭南部的說話模式，而是繼續使用利物浦英語。對首都來說，這猶如青天霹靂。

一般期望成功人士來到倫敦之後要放棄地域性的英語方言。來自柴郡的瓊恩·貝克威爾（Joan Bakewell）和來自桑德蘭的凱特·艾蒂（Kate Adie）都練就一口純正的BBC英語，也都在BBC勝任愉快。

利物浦英語的崛起與興盛

全都來自利物浦的約翰·藍儂（John Lennon）、保羅·麥卡尼（Paul McCartney）、喬治·哈里森（George Harrison）和林格·斯塔（Ringo Starr）也受到一樣的期望，但他們並未這麼做。他們繼續像個利物浦人那樣說話。西元一九六四年，在《一夜狂歡》（Hard Day's Night）這部慶祝他們來到倫敦發展而大獲成功的電影中，利物浦腔的母音被發得響亮又清楚。保羅·麥卡尼找了威爾斯作家艾朗·歐文（Alun Owen）為這部電影寫劇本，因為他知道歐文能捕捉到他們說話的特色。以歐文而言，他倒是擔心他們充滿「斯考斯機智」（Scouse wit）的對話會在一遍遍的排演過程中變得麻木。（圖三十八）

利物浦的方言被稱之為「斯考斯英語」（Scouse）。如同考克尼英語、伯明罕英語（Brummie）、曼徹斯特英語（Mancunian）和喬迪英語（Geordie），它是一個一方面帶有濃厚情感、一方面又帶有輕蔑意味的方言名稱，被用來指稱英國各大城市特色鮮明的說話模式。在一

九五〇年代，標準英語的使用者最為反對的就屬這些方言了。相形之下，鄉下方言反倒不那麼惹他們反感，而且多半被視為更古老而更「純正」的英語源頭。

　　都會方言通常比鄉下方言更容易產生比較大的變化，斯考斯英語就是這種發展模式的絕佳例子。利物浦在十八世紀時是個村莊，到了十九世紀卻成為英格蘭最大的海港。它一開始吸引的是來自蘭開夏郡鄉間的人口。到了十九世紀中期，愛爾蘭移民隨之而來，絕大多數是來自都柏林。斯考斯英語是英語融合愛爾蘭方言的結果。從市中心延伸出去，方圓十英里內都是利物浦腔涵蓋的範圍。如同保羅‧麥卡尼所言，方圓十英里之外則是「深蘭的地盤」[71]。

　　披頭四是斯考斯英語的使用者，但他們只有口音是斯考斯英語，文法並不是。喬治、保羅和約翰都念過默西賽德文法學校（Merseyside Grammar School），也在那裡學了標準的英文文法（見25〈奇切斯特〉）。文法學校的教育消除了鮮明的地方特徵。披頭四不會像奧立佛‧梅勒斯那樣說「到時來，妳必許走了」，但自從披頭四大紅大紫以後，帶有某種都會腔的標準英語就蔚為流行。

　　披頭四擁有出色的語言才華，一九六七年《比伯軍曹寂寞芳心俱樂部》（*Sgt. Pepper's Lonely Hearts Club Band*）發行以後，約翰‧藍儂和保羅‧麥卡尼證明他們不只是一流的音樂家，也是一流的作詞家。

71「蘭」指蘭開夏郡。

81 大西洋城——性別歧視英語（西元一九六八年）

一九六〇年代的某個時候，sexism（性別主義）一字被造出來了。我們並不清楚確切是誰第一個使用它，但西元一九六八年九月在紐澤西州大西洋城舉辦的美國小姐選美大賽，是使用新字的一個絕佳場合、地點和日子。不滿自身性別被這種選美活動矮化的女性走上街頭（圖三十九）。在她們的談話和後續的媒體報導當中，sexism和sexist（性別主義者）這樣的字眼開始受到使用。

Sexism指的是在會議室、政府、媒體、廣告和社會上對女性存有的偏見。「語言」也一樣可能帶有性別歧視色彩。在某些語言當中，名詞不是陰性就是陽性，其他的語言特徵也清楚表明某個代名詞、想法、物品或概念是男性或女性。英語並非如此，儘管某些單字無疑和特定性別綁在一起。舉例而言，像船隻就是女性的[72]。

英文裡並沒有性別中立的第三人稱單數代名詞。傳統英語迫使英語使用者必須在she和he之間二選一，並且說出像是Everyone must collect his ticket from the front office（每個人都要到前面櫃台拿他的票）這樣的話，儘管everyone包括男人和女人，但代名詞所有格卻只得用男性的his。換言之，在無字可用時，就以男性的字眼權充使用。談到「人」和「人類」時，英文用的統稱是man和mankind。「人類」的林奈學名是Homo sapiens，而homo是拉丁文的「男人」。我們的語言似乎傾向於讓女性在語言上隱形。

更有甚者，某些主要職業本身就性別明確。於是對多數英語使用者來講，nurse一字指的就是女護士，所以如果某位護士是男性，就要特別在「護士」前面冠上「男」字，說成male nurse。相形之下，surgeon對多數英語使用者而言指的是男性外科醫生，所以如果某位

---

72 英文中，稱呼船隻時會用女性的代名詞she。

外科醫生是女性，她就會被稱為female surgeon。有一段時間流傳著以下這則都會寓言：

A young man and his father have a car accident. The father is tragically killed and the son is rushed to hospital. On seeing the child the surgeon immediately exclaims: 'I can't possibly operate. It's my son!'

（一個年輕人和他父親出了車禍。父親慘死，兒子被火速送到醫院。外科醫生一看到這孩子就驚呼：「我沒辦法動手術。這是我兒子啊！」）

問題來了：這怎麼可能呢？說來不可思議，很多人無法推斷出這位外科醫生顯然是孩子的母親（讀者大人，或許您也未能反應過來！）。

　　諺語和笑話往往充滿性別主義（儘管當今的女性漫畫家也確保了男性一樣會成為笑柄）。

細微但有感的轉變

　　自一九六〇年代晚期起，就有許多有意識地改變英語發展方向的嘗試。儘管在各地或有差異，但英文整體來講變得較不帶有性別歧視色彩。許多組織都有用字指導方針，而性別歧視也漸漸成為一件不可接受之事。

　　多數人都知道要用people而不要用men這個字。當一位女性不願表明婚姻狀況時，Ms已普遍成為除了Miss之外的另一個選擇。在飛機上，flight attendants（空服員）或crew（機組員）至少是和stewardesses（空中小姐）一樣常常受到使用。會議和組織往往是用chairs而不用chairmen這個字，但卻不會有人開些關於家具的愚蠢笑話[73]。Board是另一個和chair一樣適用的中性字眼，一如在Chair of the Board（董事會主席）當中。華盛頓特區既有congressmen（男性國會議員），也有congresswomen（女性國會議員）。

此外，如果是在不確定的情況下，或純粹只為公平起見，說話者普遍會用men and women（諸位先生女士），而不會只說men（諸位父老兄弟）。不過，像這樣的轉變需要時間。世上仍有許多性別主義者存在，語言只是反映出此一事實。然而，一如亞伯特‧包夫（Albert Baugh）所指出的：「儘管遇到了阻礙，消除英語中的性別主義之努力比多數英語改革行動都要來得成功。」

73　chair一字有「主席」的意思，也有「椅子」的意思。

九、科技革命

寧靜海（Sea of Tranquility）——西元一九六九年

洛杉磯（Los Angeles）——西元一九六九年

貝爾墨邦（Belmopan）——西元一九七〇年

聖潘克拉斯（St Pancras）——西元一九七三年

伊斯蘭瑪巴德（Islamabad）——西元一九七三年

布朗克斯（The Bronx）——西元一九七三年

聖荷西（San Jose）——西元一九七五年

新加坡（Singapore）——西元一九八七年

日內瓦（Geneva）——西元一九九一年

赫爾辛基（Helsinki）——西元一九九三年

斯沃斯莫爾（Swarthmore）——西元一九九四年

尼克森街（Nicholson Street）——西元一九九五年

溫德拉什廣場（Windrush Square）——西元一九九八年

舊金山（San Francisco）——西元二〇〇六年

比佛利山（Beverly Hills）——西元二〇〇八年

吉佳利（Kigali）——西元二〇〇八年

新堡（Newcastle）——西元二〇一一年

北京（Beijing）——西元二〇一二年

維也納（Vienna）——西元二〇一二年

82 寧靜海——英語上月球（西元一九六九年）

西元一九六九年七月二十一日，全世界屏息看著阿波羅十一號的登月艙降落在月球表面。這艘蜘蛛造型的太空梭看起來弱不禁風。一安全落地，阿姆斯壯（Neil Armstrong）就向卡納維爾角（Cape Kennedy）的塔台回報道：Houston, Tranquility Base here. The Eagle has landed finally.（休士頓，這裡是寧靜海基地。老鷹終於落地了。）幾小時後，阿姆斯壯打開艙門，爬下月球表面，在這裡，阿姆斯壯說：That's one small step for man, one giant leap for mankind.（我的一小步是人類的一大步。）這是人類在月球上說出口的第一句話，而這句話是用英文說的。全球語言現在上了宇宙。

有些人認為，阿姆斯壯說的是 for a man，而不是 for man。他們主張阿姆斯壯一時激動之下產生了口誤。以個人微小的一步和科技的大躍進所構成的對比而言，a man 顯然比較合理。由於從錄音也無法清楚分辨，阿姆斯壯確切的用字依舊是個耐人尋味的謎。

登陸月球之前，相關主題最受歡迎的一本書，是法國作家儒勒·凡爾納（Jules Verne）於西元一八六五年寫的科幻小說《從地球到月球》（*De la terre à la lune*）。故事中，兩位美國人彼此競爭，看誰能打造出一支太空大砲，把自己轟上月球。西元一九○一年，H·G·威爾斯（H. G. Wells）出版了科幻小說《登月先鋒》（*The First Men in the Moon*），故事中是兩位英國人旅行到月球。在精采絕倫的科學想像中，他們的旅途上甚至經歷了無重力狀態。到了月球之後，他們遇到奇特的生物，包括五呎高的瑟雷人（名稱取自希臘神話中的月神瑟雷娜）。瑟雷人居住在科技高度發展的地下城市。兩位登月先鋒被瑟雷人抓了起來，但其中故事的主述者貝德福先生成功脫逃，並回到地球，卡沃爾先生則留在月球。有趣的是，一部分基於劇情所需，他在那裡教兩位瑟雷人說英語。

有史以來，人類就看著滿月在夜空放光芒，想像著那是一個什麼樣的地方。透過強大的望遠鏡，我們勾勒出它的表面。我們逐漸發現它對地球上許多事物不可思議的影響力，潮汐的漲落尤其如此。我們的故事和童謠裡都有它的蹤影。有很長一段時間，我們渴望著能夠登陸月球。當阿姆斯壯一腳踏上月球表面，想像與事實不可思議地結合在一起。

登陸月球留給後世的遺產

在太空競賽的高峰，俄國和美國爭相搶先登陸月球的戰況越演越烈時，全球都燃起對太空旅行的興趣，這個現象在英語中也留下好些痕跡，相關的字詞包括：

blast-off（發射升空）

booster（推進器）

heatshield（隔熱屏）

it's not rocket science（這又不是火箭科學）

lift-off（發射升空）

mission control（地面指揮中心）

shuttle（太空梭）

soft landing（軟著陸）

space station（太空站）

unmanned（無人駕駛）

於是，孩子們可以安全地坐在車後座的booster seat（兒童安全座椅）上行駛。全世界（或某個行業）的經濟可能呈現lift-off（復甦），又或者趨緩而呈現soft landing（如果是在控制之下、計畫之中達成的話）。當我們想要暗示某件事並不複雜時，則可能會說it's not rocket science。

　　阿姆斯壯和所有讓登陸月球夢想成真的男男女女，在我們的用語中留下了一抹痕跡，也讓我們的想像躍進了一大步。

83 洛杉磯——電子郵件的語言（西元一九六九年）

西元一九六九年十月二十九日午夜之前一個半小時，洛杉磯的一台電腦傳了訊息到三百六十英里外的史丹佛給另一台電腦。原本的計畫是要傳login（登入）這個字過去，但結果因為系統當機，只成功傳了前面的兩個字母lo。

毫不意外地，新的通訊技術伴隨越來越強大的電腦而來，全世界的電腦科學家都在下苦功研發。一九六〇年代的電腦各個做得不一樣，各自用的是不同的語言和程式，大家需要一個互聯的網路和共通的軟體。美國國防部打造了這個網路，並稱之為ARPANET[74]。一九六六年，某個檔案從一台電腦傳到另一台電腦上。任何想要使用ARPANET的人都必須遵循一套規範，這套規範叫做檔案傳輸協定（File Transfer Protocol），或簡稱FTP。

很快地，FTP的操作者開始透過FTP檔案夾傳送個人訊息。美國國防部並不樂見系統受到這樣的濫用，於是著手規劃一套叫做SMTP的個人資料規範，SMTP全名Simple Mail Transfer Protocol，也就是「簡易郵件傳輸協定」。在每個電腦能夠連上ARPANET的人共襄盛舉之下，SMTP大大增加了ARPANET的流量。這是美國政府之所以在一九九〇年把ARPANET開放給公眾使用的原因之一，而它的遺產就是今日的網際網路。

打從一開始，傳輸協定就是國際化的，因為它是由美國和英國團隊共同設計。其中一個結果就是最終的電子郵件位址系統裡的dot（點）。就使用這個符號而言，兩邊都取得了共識，只不過美國人稱呼

74　全名Advanced Research Projects Agency Network，意謂「美國高等研究計劃署網路」。

這個符號為 period，英國人則稱它為 full stop[75]。以 dot 來稱呼它是一個橫跨大西洋兩岸的解決方案。同時，在電子郵件的位址當中，寄件人的名稱和位置之間需要找到一個符號來隔開。負責處理這個部分的雷・堂林森（Ray Tomlinson）說，他看了看他的鍵盤，發現他最少用到的按鍵是 @，而用代表 at 的符號 @ 來傳達「在某地的某人」似乎再恰當不過了。有了 @，電子郵件位址的形式大功告成，隨後它也逐漸傳遍全世界。

人類性好彼此交談。我們喜歡閒聊、漫談、瞎扯、喋喋不休、絮絮叨叨、滔滔不絕、談天說地、說長道短。只為了說而說。有時候，我們找個藉口假裝有要事要說，但多數時候，套一句英國電信公司的話，我們只是說高興的。而人們透過電子郵件所做的事，無非就是說、說、說。它是第一個促進了書寫溝通的電子系統。它是聊天室、簡訊和推特的前身。

這些都是介於電話和書信之間的新型溝通形式。透過傳送和儲存的系統，大家把訊息立刻傳遞出去，無限期地儲存起來。它們可以達到近似於電話的立即性，但也具有書信一般可讓人中途停頓和重新閱讀的功能。回信回得太迅速、太隨便或者「全部回覆」的使用者成了傳奇，有人就為此寫了整整一本《郵件寄出：如何改進不良電郵》（*Send: Why People Email So Badly and How To Do It Better*）。

電郵與英語

到了一九九六年，美國使用電子郵件的人已多過使用傳統書信的人。如同簡訊和推特（見 91〈赫爾辛基〉和 95〈舊金山〉），電子郵件歡迎不那麼嚴謹的生活化寫法，尤其是朝縮寫的形式去發展——FYI

---

75 美式英語的 period 和英式英語的 full stop 皆為「句號」之意；英文的句號以一個點來表示。

（For Your Information；供你參考）、IMO（In My Opinion；依我之見）、FWIW（For What It's Worth；不管有沒有用）、IIRC（If I Remember Correctly；如果我沒記錯）。

「吵鬧」的電郵使用者愛用大寫來傳達超級強烈的感受。此外有許多使用者愛用非英文字母的按鍵，例如⋯. / - \和*，由此也進一步發展出表情符號，:-)、:) 和 <:o) 傳達了傳統標點符號不能代表的情緒。電子郵件鼓勵寫信的人發展個人風格，運用只有他們自己和收信者才懂的表達方式。電子郵件鼓勵口語化、趣味化和沒禮貌。

針對電子郵件對英語造成的影響，語言學家不主張在這上頭多所著墨。但在大衛・克里斯托的想像中，學生一旦學到個人和商務書信的正確格式，他們就會受到鼓勵對探索電子郵件的修辭產生興趣。然而，由於SMTP或許有過它的全盛期，這些電子郵件說不定真能成為經典。簡訊、臉書和推特已經成為四十五歲以下的人偏好的電子訊息傳送儲存方式。

84 貝爾墨邦——英語在貝里斯（西元一九七〇年）

　　世界上最沒有受到英語滲透的地方是拉丁美洲。在這個洲，主要語言是西班牙語，儘管那裡最大的國家巴西說的是葡萄牙語。從墨西哥到智利，拉丁美洲的西語國家使用英語的程度大不相同。而且，在大城市之外，有許多地方完全不用英語。

　　西語和英語之間存在著某種競爭關係。西語就像英語般是一種世界語言；以西語為母語的人口數多過以英語為母語的人口數；西語擁護者預言它會取代英語在北美洲的地位。那種局面並非不可能，但成真的機會不大。

　　技術上而言，墨西哥是北美洲的一部分，它就深受北方強鄰的語言滲透。拉丁美洲也以西語的威力向北方還以顏色，美國說西語的人口多達兩千萬，而西語人口增長的速度比英語人口還快。

　　在美洲，英語和西語的競爭有一些短兵相接的交會點，中美洲國家貝里斯（Belize）的貝爾墨邦就是一個有趣的戰場。貝爾墨邦要到西元一九七〇年才成為貝里斯的新首都，因為舊首都貝里斯市（Belize City）於一九六一年被颶風摧毀。政府和許多居民決定搬遷，而未選擇重建舊首都。

　　貝里斯一度叫做英屬宏都拉斯（British Honduras），如今它是中美洲唯一一個以英語為官方語言的國家。在南美，蓋亞那（一度叫做英屬蓋亞那）也由於同樣的原因而顯得突出——英語是它的官方語言。一如它們的國名所顯示，貝里斯和蓋亞那曾經是英國的殖民地，也所以英語成了它們的官方語言。但在貝里斯，官方語言的指定每天都在被打破。

　　自從貝爾墨邦建城以來，以英語為母語的人口比例就一路下滑。貝里斯不是一個人口稠密的國家，千禧年之時全國人口還不到二十萬，相對於百分之三十三將西語視為第一語言的人口，只有百分之四

的人口以英語為第一語言。西語人口比例持續增加，隨之而來的是鼓吹取消英語官方語言地位的聲浪。倘若這件事真的發生了，那麼貝里斯的發展方向就和盧安達背道而馳，後者在二〇〇八年將英語定為官方語言（見97〈吉佳利〉）。倘若喪失官方語言地位意味著貝里斯的學校將不再教授英語，那麼就會造成很大的衝擊。

以英語為第一語言的現象自有它的意義，然而，貝里斯將英語擺在第二的趨勢又別具不同的意義。如果將以英語為第二語言的人口算進來，英語使用者就占了總人口數的百分之五十三。值得注意的是，官方並沒有以西語為第二語言的人口統計資料。這個人口稀少的迷你小國告訴我們一個關於西語和英語作為世界語言的重大事實。西語持續保有第一語言的位置，但英語則成為越來越多人的第二語言，這表示人們相信英語是值得投資所需的時間、心力和金錢去學習的。

然而，西語人口或許會辯稱，貝里斯至少不像乍看之下那麼支持以英語為第二語言的作法。事實是，以英語為第二語言的四成貝里斯人口使得克利奧語（Kriol）成為該國的第一語言。順帶一提，貝里斯的克利奧語是牙買加賴比許語、巴貝多班加語和千里達土語的近親（見28〈漢密爾頓〉）。

克利奧語是一種混合語，也就是孩童從兩種語言來源獲取資源而形成的自然語言。克利奧語、賴比許語、班加語和千里達土語是從英語和各種非洲語言當中獲取語音、字彙和文法。貝里斯的克利奧語顯示出它和英語的近似之處：

Weh yu nayhn? = what is your name?（你叫什麼名字？）

Gud maanin = good morning.（早安。）

Da how yu di du? = how are you?（你好嗎？）

Aarait = fine, thank you.（很好，謝謝你。）

Humoch dis kaas? = how much does this cost?（這個多少錢？）

Ah mi gat wahn gud gud taim = I've had a wonderful time.（我玩得

很開心。）

西語人士或許會指出，「從英語混合語到標準英語」和「學習外語」是截然不同的兩回事，但英語和西語在拉丁美洲的整個狀況不盡然是如此。Aarait。

85 聖潘克拉斯——大英圖書館（西元一九七三年）

　　西元一九七三年七月一日是大英圖書館正式成立的日子。它是一九七二年英國圖書館法案（British Library Act）帶來的成果。但早在那之前就有許多機構已經扮演了國家級圖書館的角色，最為人所知的是大英博物館印刷圖書部（British Museum's Department of Printed Books），該單位於西元一七五三年成立。坐擁一間壯觀的穹頂型閱覽室，大英博物館附屬圖書館已是世界最大的圖書館，它是可以合法收藏全英國每一份書籍、期刊和報紙的單位。

　　歷經設計和建造等等的延誤，成立許久之後，新的大英圖書館在西元一九九八年六月才正式開館。只要在英國擁有一個永久地址，任何人都可以申請借書證。大英圖書館是英語的記憶寶庫。西元二〇一〇年，大英圖書館辦了一次令人歎為觀止的展覽——「演進中的英語：一種語言，多種聲音」（Evolving English: One Language, Many Voices）。一本本宗教改革聖經（Reformation Bible）的曠世巨作攤開來排在一起（見26〈漢普頓宮〉）。不遠處就放著烏德雷金鎖片（見1〈烏德雷公地〉），那裡還有盎格魯－撒克遜編年史（見10〈彼得伯勒〉）。參觀者可以聆聽〈夏天就要來到〉（見11〈瑞丁〉）。威廉・卡克斯頓的《特洛伊歷史故事集》打開來，歡迎參觀者閱讀（見18〈布魯日〉）。語言學家可以在班・強生的《英文文法》（見29〈人魚酒館〉）、山謬・強森的《強森字典》（見36〈利奇菲爾德〉）、BBC的發音指導手冊（見74〈波特蘭名園街〉）和蕭伯納的《賣花女》（見72〈乾草市場街〉）之間遊走。豐富資產的吉光片羽就在世界級的大圖書館當中呈現於世人眼前。

世界上的英語寶庫

　　大英圖書館是整個英語世界當中收藏英語資料的一個典範。根據法國地理學家尚・古圖曼（Jean Gottmann），「世界級圖書館最密集的地方」是美國的東岸。都市發展沿著波士頓到華盛頓之間持續進行，有四十四座巨型圖書館坐落在這塊範圍內，每一座的藏書都超過百萬本。當中最大的要屬位於華盛頓的美國國會圖書館，館內擁有三千萬本藏書。排名第二的是紐約公共圖書館，擁有一千五百多萬本藏書。這塊區域也有所謂的中小型圖書館散布各處，但它們依舊擁有驚人的館藏，並且分類排序井井有條——哈佛大學的懷德納圖書館（Widener Library）、耶魯大學的斯特林圖書館（Sterling Library）、哥倫比亞大學的巴特勒圖書館（Butler Library）和普林斯頓大學的火石圖書館（Firestone Library）。

　　這些圖書館就如同大英圖書館，擁有各種語言的藏書，但它們主要是英語圖書館。儘管它們分散在這個尚・古圖曼所謂的「巨型都會區」各處，但它們整體的英語資料之豐富是無可比擬的。實體圖書館的成就在那裡達到了巔峰。

　　然而，二十一世紀將這些英語寶庫的分散內容整合起來的前景可期。這些藏書持續數位化，越來越多的讀者可以取得無限的資源。根據《圖書館學刊》（Library Journal），谷歌已將一千兩百萬本圖書數位化。這當中有許多並不開放閱讀，而且掃描（以每小時一千頁的速度完成）品質尚待加強。儘管如此，對於沒有財力飛到巨型都會區的窮學者來說，一座全球虛擬圖書館的美夢正在實現。

　　每一件事剛起步時都是一團混亂。隨便看看任何一本十六世紀印刷出來的書籍吧。技術日漸進步，標準也逐步提高。隨便看看任何一本二十世紀印刷出來的書籍吧。書籍數位化的一流技術已經唾手可得。大英圖書館豐富的館藏即將來到每一台家用電腦上。

86 伊斯蘭瑪巴德——英語在巴基斯坦（西元一九七三年）

西元一九四七年，巴基斯坦成為一個獨立的國家，最初以喀拉蚩為首都，英屬印度[76]成為過往雲煙。然而，英國並沒有帶著英語一起撤退。儘管日後組成巴基斯坦的各省要到十八世紀中期才歸於英國統治之下，但隨之而來的是英語也被強加在巴基斯坦人身上。英語不只成為政府和政治上的溝通媒介，也成為上流階層和教育文化的語言。在這個擁有超過七十種語言的領土上，英語也扮演著通用語的角色。

儘管如此，在這個新建立的國家，英語還是受到不少仇視，照理說它的官方地位應該會被推翻，但實際情況卻恰恰相反。巴基斯坦急於自我改造，尤其是想找到一個新的地點來當首都。一九六〇年代，首都從喀拉蚩遷至新建城的伊斯蘭瑪巴德。西元一九七三年，新的憲法通過，從此以後英語和烏爾都語（Urdu）並列為巴基斯坦伊斯蘭共和國（Islamic Republic of Pakistan）的官方語言。巴基斯坦也有其他的「公認語言」，但英語在這塊鮮少有人以它為母語的土地上被賦予了一個特殊的地位。憲法確實提到英語的這個地位只延續到西元一九八八年為止，但到了一九八八年，官方卻未針對此事做任何改變。

在剛立國的最初幾年，官方曾經面臨到讓烏爾都語成為單一國語的壓力。一九五〇年代，巴基斯坦官方語言委員會致力於讓烏爾都語成為一種跨國學習的語言。烏爾都語從英語吸收了成千上萬的字彙，正如同英語在十六和十七世紀從拉丁文吸收了成千上萬的字彙（見21〈卡爾頓〉）。烏爾都語擴充政策帶了了意想不到的結果。

巴基斯坦政府的語言政策是引發民怨的原因之一，最終還使得這個分裂國家說孟加拉語的東部地區宣布獨立。西元一九七一年，巴基

---

76 巴基斯坦原為印度的一部分，直到一九四七年，英屬印度解體，產生印度與巴基斯坦兩個國家，此一事件在歷史上稱之為「印巴分治」。

斯坦的孟加拉省成為孟加拉人民共和國（People's Republic of Bangladesh）。在這個國家，官方語言是孟加拉語，英語沒有任何地位。語言的政策可能引發激戰，而各洲的後殖民政策都和英語纏鬥不休。

巴式英語──一個特殊的品種？

巴基斯坦的一些語言學家主張巴式英語（Pakistani English）是一個獨特的語言形式，因為它是一種受到信德省（Sindh）、旁遮普邦（Punjab）、俾路支省（Baluchistan）、開伯爾－普什圖省（Khyber Pakhtunkhwa）和部落地區的多種語言影響的英語。這些語言不只影響巴式英語的語音，也為它提供了獨特的字彙，乃至於某種程度的文法。

在巴基斯坦高等教育委員會「巴基斯坦研究寶庫」（Pakistan Research Repository）的網站，穆比娜・塔拉特（Mubina Talaat）發表了一篇題為〈英語的形式與功能〉（The Form and Functions of English）的論文。塔拉特將巴式英語的特色呈現出來。她引用了一段來自女性週刊《瑪格》（Mag）的文字，展示這種英語實際應用的情形：

Just last month, Moin faced bitter reality during the Andherey Dareechey show at Bahriya Auditorium, when during the show quite few artists gave him crisp repartes to chew, frequently, as Moin tried desperately to hold on to a mixture of decency and wit. Unfortunately, the man has become such an alien to witty remarks after insisting on playing the host and compere, that he couldn't come up with any quick thinking or kerara remark.

（就在上個月，莫伊在巴哈里亞展演廳的安達哈瑞・達伊奇秀面

臨了苦澀的現實。演出過程中，好些藝術家頻頻丟犀利的機智問答給他接招，莫伊奮力保持體面與機智。不幸的是，這個人在堅持要當主持人之後，已經變得對機智的反應很陌生，他想不出任何靈巧的應答或漂亮的措辭。）

巴式英語有重複強調字義的傾向，塔拉特指出 crisp repartes（標準英語拼作 repartees）就是一例 [77]。此外，kerara remark 則是使用了烏爾都語字彙的例子，同時它也重複強調了字義，因為 quick thinking 和 kerara remark 要表達的意思是一樣的。她進一步說明道，巴式英語的這些特徵是同時以烏爾都語和英語思考的寫作者「混合符碼」和「轉換符碼」的實例，其結果是部分詞性改變了它們的屬性、定冠詞常常被省略以及創造出像是 Eve-teasing（以「調戲夏娃」來表示性騷擾之意）、monkey justice（猴子式的公平正義，典故來自兩隻貓搶奪麵包，最後麵包被猴子吃了，兩隻貓都沒麵包可吃的寓言）、pindrop silence（比喻安靜得連一根針掉在地上都聽得見）等用語。

　　塔拉特提出烏爾都語是影響巴式英語最深的語言。倘若真是如此，這個現象就反映出英語和烏爾都語在政治與社會上的有趣交集。巴基斯坦約有百分之十的人口說英語，說烏爾都語的人口則不到百分之八。然而，這個國家卻是說烏爾都語和英語的菁英分子在統治。

　　西元一九四七年印巴分治時期，據估說英語的人口不到百分之二，所以這個人數後來大大增加了。一九四七年時，英語是一種帝國語言；如今，它是一種全球語言。儘管有國族主義者的呼籲，巴基斯坦從來不曾真正放棄英語，而在二十一世紀，也不太可能這麼做了。

77　repartee 一字本身已含有犀利、機智的意思，前面再加上同樣意思的形容詞 crisp，重複強調字義。

87 布朗克斯——饒舌語言（西元一九七三年）

　　一九七〇年代的某個時候，饒舌（rap）和嘻哈（hip hop）開始被用來指稱某種音樂類型。大忙人史塔奇（Busy Bee Starski）、DJ好萊塢（DJ Hollywood）和非洲邦巴塔（Afrika Bambaataa）被認為是奠定嘻哈和饒舌樂的祖師爺，儘管也有其他藝人聲稱自己才享有這份殊榮。

　　然而，所有人都同意，一九七〇年代紐約市布朗克斯區的DJ們都開始播放一種涉及「取樣」（sampling）技巧的音樂類型。「取樣」是指擷取前一個年代的迪斯可（disco）和放克（funk）音樂錄製元素，然後以不同的方式播放。一位DJ往往有兩個唱盤，讓他們可以提供更多樣化的聲音效果，這叫做「刮碟」（scratching）。這種新的音樂類型有強烈的節奏、鮮明的感受，而且沒有人聲。市場上對DJ好手有強大的需求，他們因此被當成幕前的表演藝術家一般來對待，也越來越會被表演者介紹出來——這種表演者，英文以MC稱之，MC發展出一種嘟嘟囔囔、喋喋不休的押韻方式，並以這種方式來敘事。漸漸地，這種表演方式就被稱之為「饒舌」，而MC的角色就被稱之為mc-ing。

　　一開始，這種音樂類型被稱之為「嘻哈」，而獨特的押韻嘟囔唱腔被稱之為「饒舌」，但這兩個詞逐漸變成可以互換的同義詞。「嘻哈」則往往也被用來形容其他方面的言行舉止，例如某種穿著打扮的風格、塗鴉的創作和霹靂舞的舞步。

饒舌的影響

　　長久以來，饒舌的英文rap一字的原意是指敲擊或敲打，在非洲裔美國人英語（見69〈紐奧良〉）當中，則是說話說得很快或戲謔調

笑的意思。在順理成章的演變之下，它就被用來指說話速度很快、節奏很快的音樂。這種演變也顯示出英語是怎麼從舊有字彙創造出新意，又為什麼要這樣做。

線上饒舌字典（*Rap Dictionary*）列出將近三千個語彙。引人注目的是前面一百三十六個都是數字，從007開始到98.7為止。007指的是詹姆士·龐德。有趣的是，98.7要嘛是指WRKS KISS FM——紐約一家將嘻哈音樂帶到廣播節目中的電台，要嘛是指WILD 98.7——坦帕灣（Tampa Bay）一家宣稱讓多數音樂得以發光發熱的電台。在這個類型的語言（以及字典）當中會有很多嘻笑、造假的成分在。在好些嘻哈語彙中都有AK的身影，顯示出這些語彙背後對暴力的熱愛[78]。Beanpie意指和別人的女人發生不安全性行為，例如在 That devil got beanpie from ma ho（那個惡魔搞了同性戀）一句當中。複數的beanpies則指「一包包的快克古柯鹼」。槍械、性愛和毒品占據了饒舌歌手的語言和人生。饒舌的狂放用語和街頭俚語、監獄術語、搖擺樂迷的行話、毒品術語多所重疊，它們都互相吸收彼此的語彙。

饒舌的成功

一如饒舌語言有許多是來自美國貧民區豐富的街頭英語，饒舌樂也回饋了許多素材給美國青少年流行語（見96〈比佛利山〉），而且不只青少年會使用來自饒舌樂的語彙。饒舌樂的大獲成功將它的語言帶入主流英語之中。西元一九九九年二月五日，《時代》雜誌以〈嘻哈王國：歷經二十年，它如何改變美國〉（Hip Hop Nation: After 20 Years How It's Changed America）為題，作為它的封面故事。總統歐巴馬談到diss（羞辱）對手。英國皇室的一位成員用了wicked來指

---

78 AK為俄文 Автомат Калашникова 之縮寫，乃一系列步槍的名稱。

「大好消息」[79]。Bling則普遍被用來描述饒舌歌手愛戴的黃金首飾，而如今所有的時尚人士也愛戴這樣的首飾。

饒舌謳歌暴力、將女性勾勒為性玩物，並且鼓吹吸毒。但諷刺的轉折卻讓饒舌的解讀成為一個複雜的語言活動。崔希雅・蘿絲（Tricia Rose）在《黑色噪音》（*Black Noise*）一書中談到饒舌樂的「隱蔽語本」（hidden transcript）。她認為在暴力符碼的背後是政治壓迫、經濟需求和性慾。她將饒舌和嘉年華式的誇大和過量連結在一起——這是全球流行文化的表徵。

---

79 wicked本來的意思是「邪惡的」，在俚語中則用來表達「很屌」、「帥啊」之類的意思。

88 聖荷西——英語和文本的保存（西元一九七五年）

西元一九七五年，IBM[80]將查爾斯·高法柏（Charles Goldfarb）從它在麻薩諸塞州劍橋市的研究中心，調到在加利福尼亞州聖荷西的研究中心。高法柏有一個了不起的發明，而IBM要他把它從內部系統提升到國際等級。

高法柏和同事艾德·莫許（Ed Mosher）及雷·羅里（Ray Lorie）共同合作，設計出一種讓合法文件能在不同電腦系統上列印出來的方式。關鍵在於將每一份文件都當作是以兩種訊息組成——內容和格式。高法柏和他的團隊把文件的內容稱之為「資料」（data），文件的格式則稱之為「標記」（mark-up）。這些用語來自印刷產業處理文本方式——編輯會在紙稿上標出關於格式的指示，稱這些指示為「標記」。這些指示需要被標示為標記，以確保它們不會被納入印刷文本之中。

高法柏、莫許和羅里一開始將他們的文書處理軟體命名為「文本整合系統」（Integrated Text System），但關鍵的想法在於將所有文件的格式移除，改以一系列的標記標籤來取代。在從電腦到印表機的文件當中，甚至就連段落都被移除了。取而代之的是一個標籤，<p>表示段落開頭，</p>表示段落結尾，<i>表示開始斜體，</i>表示斜體結束。除了這些之外，再更進一步的事情可就複雜了。

這種標記標籤是這套處理系統的核心，高法柏因而將這套系統更名為「通用標記式語言」（Generalized Markup Language）。它是「通用」的，因為它在任何一種電腦平台上都可以操作。它是「標記式」的，因為格式都透過標籤來顯示。它是一種人類能夠閱讀的電腦語

80　全名International Business Machines Corporation，即「國際商業機器股份有限公司」，為全球知名電腦公司。

言。「通用標記式語言」取英文的首字母而被簡稱為GML，而GML恰好也是高法柏（Goldfarb）、莫許（Mosher）和羅里（Lorie）姓氏的首字母。

美國的企業、政府和國防單位很快就看到GML的好處，並迫切想要看到它成為全美文書處理的標準系統。西元一九八三年，「通用標記式語言」經過美國國家標準協會（American National Standard Institute）的認證，成了「標準化通用標記式語言」（Standard Generalized Markup Language），或簡稱SGML。一年後，它又通過國際標準化組織（International Organization for Standardization）的認證，成為全球電腦文書處理與輸出（到螢幕、印表機或印刷機）的標準。

SGML的優點

SGML是一種人類和電腦都能輕易閱讀的語言。它的開放式標籤系統讓使用者能以最聰明的方式組織文件，也讓文件本身變得很聰明。它是一種文書處理系統，這包括文字的處理在內，但對業餘人士來說，使用這套系統要費的工夫太繁重了。對多數人來說，微軟的Word就足夠應付需求，但Word並沒有SGML的力量、聰明與彈性。

SGML最大的力量，以及IBM一開始之所以要研發它的原因，在於它獨立於各種平台之外的特性。它在所有電腦系統上都可以操作。它可以和任何一台電腦溝通。更有甚者，它被設計成可以在尚未發明出來的電腦系統上運作。這正是它的聰明之處。對熱愛英語的人來說，這當中也有著大好前景。目前已有一種特殊的SGML應用程式被寫了出來，可用在文學作品的電子編碼上頭。這套程式叫做TEI。

TEI是文獻編碼促進會（Text Encoding Initiative）的簡稱，該促進會是「一個成立於西元一九八七年的國際組織，旨在發展人文科學與社會科學之機器可讀編碼文本指南」。在SGML通訊協定之下，TEI

研發出每一種文體的電子編碼都適用的文件定義和標記標籤，從軼聞到史詩，從小說到史書，無所不包。TEI可確保文獻重製的最高精確度，它的超級軟體也保證文件將能永久保存，絕對不會毀壞。全球各大專院校都用TEI來為英語文學豐富的資料編碼。維吉尼亞大學（University of Virginia）的學者實驗室（Scholars Lab）已經為四萬五千本經典著作完成編碼。阿爾伯塔大學（University of Alberta）的奧蘭多計畫（The Orlando Project）在為英國女性作家作品進行編碼。北卡羅來納大學（University of North Carolina）的美國南方檔案資料庫（Documenting the American South）則在為與「南方文學、歷史和文化」相關的文獻編碼。為世界書寫遺產編碼的重大工程已經起跑了。SGML-TEI將永久妥善保存文學經典。

　　SGML還有另外一個應用程式牽涉到我們每一個人，那就是SGML-HTML。HTML全名為「超文本標記語言」（HyperText Markup Language），它是提姆・柏納－李（Tim Berners-Lee）寫來架設出全球資訊網的SGML專用程式（見90〈日內瓦〉）。

89 新加坡——英語在新加坡（西元一九八七年）

西元一九八七年，新加坡政府下令從小學到大學，所有的教育都要以英語進行。其中一個結果，就是今日在新加坡幾乎人人說英語。這種現象在亞洲國家可謂獨一無二。

在新加坡，英語占有優勢地位，但新加坡政府的語言政策也規定英語不該是這座島國任何一位公民的母語。中文（Chinese）、馬來語（Malay）和坦米爾語（Tamil）才是母語。套一句語言學家安西婭·菲沙·古普塔（Anthea Fraser Gupta）的話，英語是「繼母語」（the step-tongue）。

新加坡的語言政策要追溯到新加坡共和國（Republic of Singapore）立國之初的首任總理李光耀。他將「馬來語、中文、坦米爾語和英語為新加坡的四種官方語言」寫進憲法。李光耀並非因為英語是全球語言而在新加坡推行，而是意圖讓它成為一個語言分歧的國家的統一元素。英語要扮演中立語言的角色，它不是任何人的母語，但人人都要透過它來溝通。

西元一九六五年立國時，新加坡還是個赤貧國家，如今它是世界上最繁榮的國家之一，有五百萬的人口生活在這個還不到懷特島兩倍大的島嶼上（懷特島擁有十五萬人口）。

語言的兩難

對新加坡政府而言，它的語言政策有一個不那麼成功的地方，而這個結果是中立語言推行得太過成功所造成的。新加坡有三百萬的華人人口，他們當中絕大多數都能操流利的中文和英語。事實上，有證據顯示，有些華人家庭在家裡鮮少使用中文。

第一個問題在於英語對母語造成威脅，它行將成為母語，而不再

只是「繼母語」。但相當令政府擔憂的是，有一種新的英語形式發展出來了，那就是被全世界稱之為「星式英語」（Singlish）的語言。新加坡的馬來人、華人和坦米爾人子女英語都很流利，他們一起上學，往往也共同居住在政府刻意將這三個族群融合起來的社區裡，其結果是這些孩子創造出了他們自己的語言。處在各種語言並存的環境中的孩子需要互相溝通、彼此理解，在他們之間就會發展出混合語（見84〈貝爾墨邦〉），星式英語便是這樣產生的一種英語混合語。

新加坡人愛玩部落格，網路世界是星式英語的豐富來源：

OK lah, bye bye. Don't like that lah. You are going there ah? No parking lots here, what. The price is too high for me lah. And then how many rooms ah? It is very troublesome ley. Don't be like that ley! I'm not at home lah. That's why ah.

（好啦，掰掰。不喜歡那個啦。你要去那裡啊？什麼，這裡沒有停車位。價格對我來說太高啦。那所以有多少房間啊？很麻煩欸。不要那樣嘛！我不在家啦。那就是為什麼啊。）

對於在其他地方學英語的人士來說，多出來的lah、ley和ah讓星式英語顯得有異國特色。星式英語的字彙顯示出塑造了它的多重語言：

habis＝結束的

makan＝吃

chope＝保存某物

cheem＝困難的

ang mo＝白人

rojak＝混合的

liao＝結尾

kiasu＝怕丟臉

語言學家熱愛星式英語，愛達·凱瑟琳·拉森（Ida Catherine Larsen）、蘭伯特·M·索洪（Lambert M. Surhone）和道格·凱斯（Doug Case）的書都用《星式英語》當書名。然而，新加坡政府和許多主管機關卻對星式英語相當頭痛。它被認為是一種有辱國格的崩壞形式，官方發起的「好英語運動」就是在對它宣戰。

　　要阻止新加坡年輕人隨心所欲地使用英語恐怕是不可能的，而星式英語和好英語之間的角力其實是一個在任何使用英語的地方都存在的問題，只不過在新加坡的狀況比較激烈而已。如同多數的混合語，星式英語本質上是一種口頭語言。新加坡確實是一個對部落格很狂熱的城市，每天都有成千上萬的年輕人用星式英語在寫部落格，但部落格的世界又自成一個語言國度（見92〈斯沃斯莫爾〉），這個國度樂於擁抱青少年流行語（見96〈比佛利山〉）。不過，語言使用者很擅長將使用不同語言的場合分開，他們知道在何時何地該用街頭、家裡或正式的交談方式。以語言學家的話來說，人類是「雙言制」[81]的動物，他們知道什麼時候要用「好英語」。

　　「好英語」是標準英語的另一種說法。安西亞·費瑟·古普塔（Anthea Fraser Gupta）在《星式書寫英語之標準？》（*A Standard for Written Singapore English?*）一書中對書寫者提出了具有挑戰性的議題。新加坡的狀況一如既往面臨著對語言統一的需求壓力，但還有一個有待解決的問題在於：新加坡應該以英式英語還是美式英語作為標準？或者像加拿大一樣有兩套標準（見69〈紐奧良〉）？還是追隨印度的腳步，朝自己的一套標準邁進（見50〈清奈〉）？

81　雙言制（diglossic），指在不同的社會情境中使用兩種截然不同的語言，例如在家用不正式的語言、在公司用正式的語言。

90 日內瓦——全球資訊網的語言（西元一九九一年）

西元一九九一年八月六日，提姆・柏納－李發布了這則訊息：

The WorldWideWeb (WWW) project aims to allow all links to be made to any information anywhere…The WWW project was started to allow high energy physicists to share data, news, and documentation. We are very interested in spreading the web to other areas, and having gateway servers for other data. Collaborators welcome!

（全球資訊網計畫目標在於讓所有的連結都能連到任何地方的任何資訊……本計畫已開始讓高能物理學家能分享數據、新聞和文獻。我們很有興趣將網路應用到其他領域，並為其他資料提供閘道伺服器。歡迎合作！）

柏納－李是一位在瑞士日內瓦「歐洲核子研究組織」（European Organization for Nuclear Research）工作的約聘人員。他和他的同事們花了超過十年思考網路的力量如何能有最佳的利用。

到了一九九一年，一開始用來讓物理學家透過網路分享資料的計畫開始吸引更廣大的注意。可以運用通訊協定來彼此交談的電腦形成一個巨大的網絡，這個網絡就叫做網際網路（internet）。柏納－李發明了一種叫做HTML的通訊協定，亦即「超文本標記語言」，它是SGML（見88〈聖荷西〉）一個很聰明的簡化形式。所謂的「超文本」，指的是讓閱讀者可以在網路上從一個文本（或網頁）跳到另一個文本的藍色連結。所謂的「標記」，指的是一套讓網頁能輕易被寫出來、貼出來的符碼。

西元一九九四年，一位名叫馬克・安德生（Marc Andreessen）的

年輕程式設計師把「網景」（Netscape）獻給全世界。網景是一種網頁瀏覽器，專門設計來讓對網頁瀏覽器一無所知的人使用。有了超文本標記語言、全球資訊網和網景瀏覽器，網路世界爆炸了。九〇年代以網路泡沫化畫下句點。野心太大的數位企業新公司紛紛倒閉，當中只有少數飛黃騰達，微軟、谷歌、亞馬遜、維基和eBay是成功的那幾家。開創一個新的巨型網路企業是每位網路創業家的夢想，在過了十年之後，臉書和推特讓我們看到這個夢想依然有可能實現。

二〇一〇年前五大網路語言		
語言	使用人數	百分比
英文	五億六千五百萬	二十七
中文	五億一千萬	二十四
西班牙文	一億六千五百萬	八
日文	一億	五
葡萄牙文	八千兩百萬	四

現在很難想像有網路之前的生活。網路徹底改變了貿易、戰爭、科學、技術，以及最重要的——溝通。西元二〇一〇年，英文是在網路上最廣為受到使用的語言，中文緊追在後。在語言的使用上，英文和中文有一個差異在於多數中文使用者在中國，而英文使用者遍布全世界。網路強化了全世界對英語的使用，也進一步為英語成為全球通用語推波助瀾（見100〈維也納〉和〈結語〉）。

全球資訊網對英語的影響

許多字眼因為網路而誕生或被賦予新義，當中包括：

attachment, bookmark, broadband, blog, browser, byte, chip, cookie, crash, cyber, debug, digital, domain, dotcom, download, e-commerce, e-book, e-mail, engine, file, folder, google, home, link, modem, mouse, multi-tasking, offline, online, password, plug-in, refresh, rickroll, search, thread, tweet, upload, wiki, www, zip.

（附件、我的最愛、寬頻、部落格、瀏覽器、位元組、晶片、小型文字檔案、當機、網際、除蟲、數位、網域、網路公司、下載、電子商務、電子書、電子郵件、引擎、檔案、資料夾、谷歌、首頁、連結、數據機、滑鼠、多工、離線、上線、密碼、外掛程式、更新頁面、網路惡作劇、搜尋、發文、推特、上傳、維基、全球資訊網、壓縮。）

但網路的影響規模更大。它改變我們溝通、研究、買賣、旅行、閱讀的方式。語言學家不確定網路對語言會有什麼整體影響，對英語又會有什麼個別影響。

　　多數語言學家認為現在要斷言網路對英語的影響還太早。舉例而言，聊天室或文字碼的溝通方式會不會改變書寫的方式？又會不會影響在其他語言脈絡中使用英語的方式——像是在正式的演講和寫作上？電子書和線上教學會改變教育、影響文法、讓所謂的標準英語改觀嗎？網路上將口語和書面語混用的獨特寫法會形成一種新的寫作風格嗎？虛擬世界又如何呢？我們能以新的方式將虛擬世界的一切應用在真實世界嗎？

91 赫爾辛基——英語和手機簡訊（西元一九九三年）

西元一九九三年，赫爾辛基諾基亞研發中心（Nokia Research Centre）的利庫・菲肯（Riku Pihkonen）可能是史上第一個發送SMS簡訊到手機上的人。也有其他人聲稱自己是發送手機簡訊的第一人，而第一個把簡訊發送到手機上的人似乎是奈爾・拍普沃斯（Neil Papworth）。西元一九九二年十二月三日，他透過沃達豐（Vodafone）的電信系統傳了一則簡訊給他的朋友理查・賈維斯（Richard Jarvis），內容是「聖誕快樂」。不過，這則賀節簡訊不是從手機發出，而是從電腦。

利庫・菲肯大有資格被稱為第一位真正的SMS使用者，因為SMS是一套允許簡訊在手機之間互傳的通訊協定。（SMS是「系統管理伺服器」〔Systems Management Server〕的簡稱，通訊協定則是數位訊息交換的操作指示。另一個常用的通訊協定是SMTP——簡易郵件傳輸協定，這套通訊協定處理的則是電子郵件〔見83〈洛杉磯〉〕。）

有一點很重要，那就是SMS在一開始只能處理非常簡短的訊息——至多一百六十個字，包含空格和標點符號在內。但更重要的是，它只用了非常有限的頻寬，所以非常、非常便宜。很快地，無以計數的人都在傳送SMS簡訊。英文中，傳送簡訊的作法漸漸被稱之為texting或txting，於是to text這個動詞也就誕生了。

它的迅速、便宜和簡短很快催生出它自己的語言，那是一種相當仰賴縮略語和替代語的英語形式，各種各樣的縮寫和替代形式也讓它充滿生命力。線上字典Lingo2Word的「簡訊流行用語」單元充斥著這樣的條目：

ans＝answer（回答）
asslp＝asleep（睡著了）
ata2ud＝attitude（態度）

attn＝attention（注意）

avg＝average（平均）

aw8＝await（等待）

awcigo＝and where can I get one?（那我從哪可以弄到一個？）

簡訊的樂趣

簡訊使用者為他們自己和他們的活動發明了新的詞彙。SMSer就是簡訊使用者，SMSing是傳送簡訊，SMSD是to SMS dump的縮寫形式，意思是用簡訊和某人分手。SMSex是手機簡訊性交。SMSL的意思是I shit myself laughing（我笑到噴屎）。西元二〇〇一年三月，《週日時報》[82]報導說有一名少女每個月傳一千則簡訊，而「文法和拼寫完全沒有關係」。接著，在二〇〇年三月三日的《每日電訊報》上，斗大的標題寫著〈女孩用手機簡訊速寫法寫英文作文〉，她的老師說：「我無法相信眼前所見，頁面上滿是匪夷所思的象形文字，有許多字我完全無法翻譯。」

不只英國很苦惱，全世界似乎都很頭痛。《電腦中介傳播學刊》（*Journal of Computer-Mediated Communication*）的一篇學術研究報告說這個故事被貼在全世界至少一千六百三十個網站上。主要的英文報紙重複並提高了此事令人驚恐的程度。相形之下，《電腦中介傳播學刊》卻認為這個十三歲女孩在她的簡訊暑假日記中展現出「創意、機智以及『新型態的識字能力』」。她的文章這樣開頭：

My smmr hols wr CWOT. B4, we used 2 go 2 NY 2C my bro, his GF & thr 3 :-@ kds FTF. ILNY, its gr8.

---

82 *Sunday Times*，一般譯作《週日泰晤士報》，基於本書第58單元針對Times之由來的說明，在此譯作《週日時報》。

倫敦的《衛報》把它翻譯成：

My summer holidays were a complete waste of time. Before, we used to go to New York to see my brother, his girlfriend and their three screaming kids face to face. I love New York, it's a great place.

（我的暑假完全是浪費時間。以前我們都會去紐約，面對面看看我哥、他女友和他們那三個鬼吼鬼叫的孩子。我喜歡紐約，那是一個很棒的地方。）

如同星式英語（見89〈新加坡〉）和青少年流行語（見96〈比佛利山〉），標準英語的支持者看不慣簡訊文。然而，也正如同星式英語和青少年流行語，簡訊文是一種用來結交朋友、打擊老師的特殊語言。我們或許可以說它現在已經漸漸銷聲匿跡了，二〇〇三年或許是它達到巔峰的時候。第一隻黑莓機在二〇〇二年問世，此後則有由iPhone帶頭的一票智慧型手機冒了出來。新型的手機提供完整的鍵盤，簡訊的長度也不再受到限制，經典簡訊內容當中的縮略語和替代語如今顯得落伍過時。

　　儘管一九九〇年代產生了新奇的簡訊語言，但它卻並沒有為語言帶來太多新的東西。在電信和電報的時代，價格和訊息的長度成正比，人們於是會採用省略、簡化的寫法。電信和電報文體留給我們OK和PDQ[83]，簡訊文或許也會對英語有類似的長期貢獻。LOL和OMG是這當中的兩個佼佼者，只不過LOL有一個問題是媽媽們以為它的意思是Lots of Love（很多的愛），但女兒們知道它的意思是Laugh Out Loud（哈哈大笑）。當簡訊熱潮過去之後，OMG或許會是它唯一留給我們的東西。OMG。

83　PDQ為pretty damned（or darn）quick（ly）之簡寫，用來表示很快的意思。

92 斯沃斯莫爾——部落格的語言（西元一九九四年）

斯沃斯莫爾學院（Swarthmore College）位於史考特植物園（Scott Arboretum）旁邊連綿起伏的土地上，費城西南部約十一英里的地方。西元一九九四年的某個時候，一位名叫賈斯汀·霍爾（Justin Hall）的學生開始在網路上寫日記——《賈斯汀的地下室連結》（*Justin's Links from the Underground*）。根據二〇〇四年的《紐約時代雜誌》（*New York Times Magazine*），霍爾是「個人部落格的始祖」。無疑也有其他人自稱享有這項殊榮，但霍爾穩居這個寶座。現在他的部落格就簡單叫做《賈斯汀連結》（*Justin's Links*）。從一九九四年起，這個部落格就浮出地面了。

部落格是網路上的日誌或日記，部落客則是寫部落格的人。解釋這些用語的定義似乎很奇怪，畢竟它們已是如此廣為人知。但賈斯汀的日誌或日記一開始必須被封為 weblog，直到 blog 這個新字誕生才有此一簡稱。Blog 是一個漂亮的字眼，而且帶有具感染力的概念。部落格紛紛成立，從 blog 一字又衍生出 blogging、blogger 和 to blog 等字。

一開始，部落客要有相當的技術能力才能貼文和設計部落格。但在西元一九九九年，LiveJournal 和 Blogger 等服務問世之後，部落格頓時大為普及。如今，部落格普及到瑞秋·布拉德（Rachel Blood）可以提醒我們「舊式的網路日誌可追溯到西元兩千年；古老的網路日誌則是在上一個千禧年就開始了」。

當然，日記和日誌不是什麼新玩意兒。在英國，它們從十六世紀末就開始出現。識字的普及和紙張、筆墨的降價助長了寫日記的習慣，但這麼做也需要一份看待自我的嶄新態度。為什麼要記錄你每天做的事？每日反省自身的宗教修行法和每日記錄收支的理財法，都是促成這種習慣的一股力量。到了十七世紀，這種習慣急遽成長。

塞繆爾·皮普斯是十七世紀最著名的日記作家（圖四十）。他的

日記內容從家務細節到公共政策無所不包。一天，他寫道：「感謝上帝，去年終我的健康狀況很好，除了感冒別無大礙。我和太太以及僕人珍妮住在砍柴院，一家就我們三口人。」另一天，他寫道：「可是，老天！看到街上空無一人多麼令人難過，交易所的人更少。嫉妒每一扇為免染上瘟疫而關起的門。三家店至少有兩家都關起門來。」

皮普斯的日記始於一六六〇年一月一日，終於一六六九年五月三十一日。視力衰退迫使他必須少用眼睛，將眼力留給他的公職。儘管皮普斯想要記下私生活的私密細節，但他也想保住祕密。他設計了一套密碼，以免有任何人看懂他寫了什麼，尤其是要防範皮普斯太太。這套密碼直到十九世紀才被破解。但他會是個出色的部落客，而且，事情有了轉機──經過解碼，開放給所有人閱讀，皮普斯的日記現在以部落格的形式出現在 www.pepysdiary.com。

部落格的影響

部落格和紙本日記有多麼不同？在心理上，這兩者完全不同。皮普斯私人、加密的日記和 www.pepysdiary.com 相反。日記是私密的，部落格是公開的。儘管如此，在一天結束時寫部落格（一如許多部落客的作法）正如同寫日記一般，許多部落格的內容也顯示出這一點。人們將自己的靈魂和祕密傾注到部落格裡。然而，部落客所害怕的與皮普斯恰恰相反。皮普斯深怕有人發現他的日記，部落客深怕沒人發現他們的部落格。

部落格的吸引力在於它與他人建立的聯繫，以及它讓平凡人充滿自信的能力。閱讀出色的部落格顯示出他們深以寫作這門技藝為豪。同時，部落格對時間做了奇妙的處理。它們的文章從今天開始倒回去。它們實際上是倒過來排列的日記。Blogger 的創辦人艾文‧威廉斯（Evan Williams）指出了部落格的一項關鍵特點，正是此一特點讓部落格的寫作顯得特色鮮明：「對我來說，部落格的概念關乎三件

事——頻繁、簡潔、個性。這隨著時間越來越清楚，但我才剛體會到，部落格重要的不是內容，而是格式。」

93 尼克森街——一個全球閱讀現象（西元一九九五年）

　　西元一九九五年，瓊・羅琳（Jo Rowling）完成了她的第一部小說——《哈利・波特(1)：神祕的魔法石》（*Harry Potter and the Philosopher's Stone*）。這本書有大半都是在愛丁堡城堡（Edinburgh Castle）遮蔭下的尼克森咖啡館（Nicholson's Café）二樓寫成。八家出版社拒絕了她的書稿，但有一家同意出版本書。倫敦的布魯斯伯里出版社（Bloomsbury）支付她一般價位的一千五百英鎊預付金，並希望她能取個比較中性的名字，以吸引男孩讀者。於是她沒有用「瓊」（Jo）這個名字，而憑空取了一個首字母中間名，最後以 J・K・羅琳的名號廣為人知。

　　羅琳或布魯斯伯里出版社都不必擔心。男孩和女孩都一樣喜歡《哈利・波特(1)：神祕的魔法石》。西元一九九七年出版後不久，它就得了聰明豆書獎（Smarties Children's Book prize），並且在孩子們之間口耳相傳，說它是當年度非讀不可的一本書。西元二〇〇七年，《哈利・波特(7)：死神的聖物》（*Harry Potter and the Deathly Hallows*）出版了。這是該系列的第七集，也是最後一集。上市第一天，它就賣出一千一百萬本。在二〇〇一年，前兩集的電影版權賣給了華納兄弟，如今每一集都已拍成極為成功的電影。電影又助長了大眾對書的興趣，而每位讀者一旦接觸了全系列的第一集，就會想要再讀下一集和下下集。

　　哈利・波特的故事是一個全球出版現象。全系列目前已售出超過四億本，並且已翻譯成六十五種語言，讓它成為全世界的暢銷系列。哈利・波特的故事充滿魔法事件與令人讚歎的妙點子——隱形斗篷、密室、渾拚柳、鷹馬、幻形怪、防作弊咒、喚鳥咒、魁地奇（七人一隊，騎在掃帚上打的空中曲棍球）。如同哈利・波特、妙麗・格蘭傑和榮恩・衛斯理這三個核心角色，其他角色也被塑造得很成功，例如

海格、鄧不利多、瘋眼穆敵和跩哥・馬份。但讓這個故事這麼引人入勝的是哈利・波特和朋友們的情誼，以及這份情誼和其他孩子以及成人世界之間的緊張關係。

每一集都集中在哈利・波特人生中的某一年時光。我們隨著他和他的朋友們一起成長，體驗青少年階段高低起伏的經歷。對年輕的小讀者來說，這是一次美妙的移情經驗。

故事發生的地點也是一個驚喜，霍格華茲魔法學校充滿各種出乎意料的魔法元素。前往霍格華茲的火車從倫敦國王十字車站九又四分之三月台開出，這提醒著我們虛構世界距離真實世界是既遙遠又貼近。

波特效應

全系列最後一集的一千一百萬本多半是被小朋友買走，或者大人買給小孩。他們就是一刻也不能等，許多人熬夜排隊買這本書，接著日以繼夜扎扎實實地一口氣讀完。還有什麼是英語故事的力量更強大的指標？

在一個電腦、電視、手機爭相瓜分我們的注意力的時代，羅琳證明了一個好看的故事可以凌駕它們之上。以英語的力量而言，哈利・波特系列是一個更大的現象的一部分，這個現象就是同時吸引男孩和女孩、大人和小孩的書籍。

在某些人眼裡，菲力普・普曼（Philip Pullman）是比羅琳更優秀的當代童書作家。他的《黑暗元素三部曲》（*Dark Materials* trilogy）銷售全球，並啟發了一部好萊塢電影。故事說的是萊拉・貝拉克和她的朋友威爾・帕里追尋北極光，而來到奇妙的平行宇宙。受到彌爾頓《失樂園》的啟發，普曼說了一個最純熟、靈巧、迷人的故事。

在二十一世紀，羅琳和普曼都提醒著我們，英語是說故事的強大媒介。

94 溫德拉什廣場——多元文化的倫敦英語（西元一九九八年）

西元一九九八年，為了慶祝一九四八年溫德拉什帝國號（Empire Windrush）抵達五十週年，布里克斯頓（Brixton）泰特圖書館（Tate Library）前方的區域被重新命名為「溫德拉什廣場」。溫德拉什帝國號是一艘將四百九十二名牙買加人載到倫敦港的客船。這批移民暫時被安置在南克拉珀姆，而他們發現最近的職業介紹所位於布里克斯頓。這四百九十二人是倫敦加勒比海黑人社群的奠定者（圖四十一）。

西元一九四八至一九六二年間（英聯邦移民法案〔Commonwealth Immigrants Bill〕成為法律條文之時），十二萬五千名的西印度人來到英國謀生。他們的母語是英語，而且從他們來自非洲的祖先開始，這些男男女女長久以來說的就是英語。他們絕大多數來自牙買加、千里達和巴貝多（見28〈漢密爾頓〉）。

移民人士通常凝聚在一起，西印度人在英國面臨的種族偏見又更加強了這種傾向。他們彼此通婚，而不論來自哪一個島國，移民們各種各樣的加勒比式英語方言和西印度英語相混，成為他們在英國出生的子女的語言。

西印度社群在各大主要城市出現，但最大的社群是在倫敦形成。首先是在布里克斯頓，接著是在諾丁丘（Notting Hill）。然而，他們並非一九四八至一九六二年間英國唯一的非白人移民。來自印度和巴基斯坦的大規模移民潮帶來了母語不是英語的人士。亞洲社群在各大都會中心出現，同樣地尤其是在倫敦為數眾多。

英國的亞洲之聲

倫敦的各種亞洲方言英語彼此間就各不相同，它們也深深影響著倫敦其他的英語，以innit[84]作為句尾即為一例。與此同時，倫敦英語

在年輕人之間迅速演化。河口英語、加勒比海黑人英語和倫敦的亞洲語言交融、相混，產生某種有些人稱之為「多元文化倫敦英語」（Multicultural London English）的東西。

我們幾乎可以確定，在接下來的五十年，多元文化倫敦英語將有驚人的發展，它說不定會成為我們的孫子和曾孫所說的語言。它很有可能取代考克尼英語，但從另一個角度來看，也可以說考克尼英語將透過和加勒比語及孟加拉語相混而留存下來。

84　innit 為 isn't it 之簡寫形式。

95 舊金山——推特英語（西元二〇〇六年）

　　西元二〇〇六年三月二十一日在舊金山，身兼發明家、創辦人和總裁等身分的傑克·多西（Jack Dorsey），在一個新的溝通系統上發了第一則訊息，內容是「只是測試一下我的twttr」。這則訊息可謂這一類訊息的完美代表——很即時、很個人，內容瑣碎而無關緊要。一種新的生活方式開始了，今日約有兩億人都在做和多西一樣的事情。而他和這兩億人在做的事情，現在被稱之為tweeting，也就是「玩推特」；那些訊息本身則被稱之為tweets，也就是「推文」。

　　手機簡訊（見91〈**赫爾辛基**〉）和推特之間有密切的關係，但當twttr演變成Twitter之時，這套新的溝通系統也宣告了它和簡訊的分裂。簡訊成為舊的溝通方式，推特是新的溝通方式——儘管一則推文長度不能超過一百四十字，比最初的手機簡訊還短少了二十字。

　　多西說他的發明意圖要做三件事：「把有關溝通的思考減到最少，呈現地方和全球的潮流，激發互動交流」。自從電腦在一九五〇年代晚期開始彼此溝通，人們就有一股「把有關溝通的思考減到最少」的渴望，這種渴望又演變成把書寫變得像說話一樣容易的渇望。這是一股想讓書寫變得自然而然的動力。在最初還很拙劣的訊息交換系統發明之後，電子郵件和手機簡訊隨之而來，現在則有推特。

　　推特特殊的地方在於你不用指名訊息的收件人。有遠見的多西在二〇〇六年就看到「隨手立即打出想法」是多麼吸引人。不用思考，不用講究，毫不延誤。但你不是像玩部落格那樣，憑空對莫須有的對象打出想法。不，你會創造出一群屬於你自己的關注者，而你相對地也會反過來成為其他人的關注者。人們熱愛推特。在二〇一一年，推特每天有兩億五千萬則推文。這當中有許多是由對話機器人自動發出，不過個人對關注者的每日發文也有成千上萬則。

　　藉由推特，關注者也能感覺像是領導者。成功的企業家和名人往

往擁有最多關注者。如果你透過訂閱成為他們的關注者，你從早到晚都會收到來自他們的訊息。你不只知道他們一天下來都在做些什麼，也會感覺像是他們個人在對你說話。

如今推特的知名度來到巔峰。在二〇一二年的聖灰星期三，教宗也加入推特的行列。四旬齋期間，關注者每天都能收到他的推文。保羅・提格蒙席（Monsignor Paul Tighe）說明道：「許多關鍵的福音概念都能輕易在一百四十字以內闡述完畢。」羅馬教廷選擇了推特，因為年輕人喜歡推特。

推特官網承諾給你「來自朋友、企業專家、偶像名人和全世界正在發生之事的立即更新」。推特的立即性和個人性顯然有它的魅力，而它的「瑣碎而無關緊要」也深刻地隱含著語言的一個真相——語言存在的一大目的是閒聊。

人類不只是會講話的猿猴，也是光滑無毛的猿猴。獸毛退化之後，我們喪失了集體為彼此理毛的機會。集體理毛是其他人科動物的日常活動。它不只讓大夥兒身上沒有蝨子，也凝聚了參與者的社會關係。「談話」填補了這個空缺，輕鬆愉快、言不及義、絮絮叨叨的交談讓每個人都能參與其中。

推特很成功，因為藉由推特輕易就能完成文字的溝通。而之所以能那麼輕易，很大一部分的原因在於推文必須保持簡短。事實證明，一百四十字的限制並未構成阻礙，反而還成了它的一大優點。為了閒聊而發明的工具成為企業和新聞的利器。數百萬則來自全世界的訊息告訴我們世界上每分每秒在發生什麼事情。美國有線電視新聞網（CNN）是其中一個擁有最多關注者的推特帳戶。美酒、佳肴和好書藉由顧客和讀者的推特來打廣告。政治、慈善等活動都在推特上推動。

傑克・多西選了twitter這個字，因為它的原意是指鳥兒歡樂的啁啾，但Twitter.com和猿猴的關係也像和鳥兒的關係一樣深刻。集體交談或許是最重要的一種談話模式，但它卻也是受到貶低的一種類型。

它被貶低為說閒話，但說閒話對我們有益，而傑克・多西在二○○六年的舊金山找到了一個讓說閒話成為全球活動的方式。

96 比佛利山——青少年流行語（西元二〇〇八年）

西元二〇〇八年九月二日是一部叫做《飛越比佛利》的青少年電視劇首播的日子。《飛越比佛利》的原文片名是 *90210*，這個數字是比佛利山的郵遞區號，比佛利山則是好萊塢明星居住的洛杉磯郊區。這齣電視劇的背景是一所虛構的學校，名叫西比佛利高中。《飛越比佛利》是東岸的《花邊教主》（*Gossip Girl*）在西岸的敵手。西岸青少年顯得比東岸青少年更潮、更有型，根據《號外報》（*Extra*）的說法：「西比佛利高中的女孩們不用擔心單調的學校制服。她們的形象從上流社會嬌嬌女娜歐蜜（Naomi）到怪怪美少女銀銀（Silver）不一而足。飾演人氣女王娜歐蜜的安娜·琳·麥考德說她知道誰至少贏了這場時尚競賽的一部分：『我可以告訴你，化妝這方面我們勝出很多。』」

兩部青少年電視劇都顯示出它們相當精通青少年的語言——在美國，這種英語形式被稱之為 Teen Speak。它最鮮明的特色在於變化之快。就這方面而言，它就像青少年時尚一樣。藉著最新潮的衣著、髮型、音樂和語言，青少年在對他們的同儕說：「我是你們一掛的；我是這個圈圈的一分子。」

Teen Speak 是一種充滿感嘆詞的語言。感嘆詞既被用來當標點符號，也被用來刺激情緒、強調效果。Deezam!、Oh Snap!、Ooowee!、Ooowee Man!、Shut up!、That Bites!、Yo!、Who's Your Daddy!、OMG!、Boo-Yah! 都是這樣的用語，其中 Shut up! 不是一種侮辱，而是一種肯定[85]。

---

85 Deezam 相當於「靠」、「該死」的意思。Oh Snap 相當於「喔，不」。Ooowee 與 Ooowee Man 意思相近，用於表示錯愕、讚嘆等情緒；Shut up 並非閉嘴之意，而是用來表達肯定對方所說的話；That Bites 意指「太糟了」、

有許多的感嘆是關於性愛，而性行為也不乏相關字眼可用，baggin、bangin、bonin、cuttin、ridin、smashin、spankin、tappin、hittin it、stickin it、pumpin it up、makin cookies、givin candi 全都是指性行為。各種不同的字眼被用來指同一件事情或活動，這是青少年流行語（乃至於其他俚語和行話）的特徵。如果可以有一百種說法，何必拘泥於只用一種呢？

古柯鹼、迷幻藥、海洛因和甲基安非他命也有各種名稱，像是clucka、rock、crack、E、X、smack、dose、meth、tina，但真正大宗的毒品是大麻，它的多種別名包括了 dope、chronic、hood scratch、code four-twenty、420、dank、dime、dirty brown、dube、fatty、good、green、hydro、La La、leaf、lye、Mary、Mary Jane、nug、piff、purps、purple urple、reggin weed、shwagg、spliff、tree、zone。

Teen Speak 恣意使用貧民區的語言。Bling、bling-bling、blang-blang 和 blingin 都等同於 da bomb——一個至今依舊意指「最好的」的過時用語。幫派的語言則提供了像是 da hood、dis、gangsta（乃至於G 和 O.G.）、turf、smoking、soldiers（唸作 sold-jas）等字眼[86]。對B、Brah、Bro、Boo、Homie、Homeboy[87] 等跟你最要好的朋友打招呼時，你會說 "Whasup G?"。在這種語言當中，女人被稱之為 ho、hoochie 和 bitch。

Teen Speak 會吸收其他非標準英語的字彙，所以它有許多字都和爵士用語等其他較為古老的俚語長相類似，例如 cool（酷）、two-cents（不值錢）、bi（雙性戀）、bird（用來指「人」）、bunk（沒有用的）、

「不妙啊」；Yo 通常做為打招呼或引起注意的用語；Who's Your Daddy 用來表示對方是手下敗將，類似於嗆對方「叫我老子」；OMG 即 Oh My God，「我的老天爺啊」之意；Boo-Yah 通常用於表達獲勝的興奮之情。

86　da hood 指幫派橫行的區域；dis 即 disrespec，意指「不尊敬」；gangsta 指幫派分子；turf 指地盤；smoking 指開槍射人；soldiers 指組織中最低階的分子。

87　以上皆為「麻吉」之意。

broad（女人）、cat（玩爵士樂的人）、clock（打）、cop（獲取）、fly（光滑）、gat（槍）、head（口交）、pad（「家裡」或「床上」）、pusher（毒販）、raggedy（搞砸）、mug（大麻）等等。這些字眼有些很接近標準英語，還有些就是標準英語，像是bamboozled（被耍了的）、clowning（裝傻）、gigolo（小白臉）、lame（遜）、poser（假掰人）、shabby（破爛寒酸）。來自標準英語的用字似乎違背了青少年流行語自成一格的特性，但這也顯示出某些青少年對標準英語有多陌生，而標準英語又是多麼輕易就能被吸收。

我們把Teen Speak當成一種不同的語言來討論，但它和英語的不同之處無非是在字彙上。某種程度而言，口音或有不同，但文法沒有什麼差異。而在字彙的範圍內，不同之處基本上僅限於開放性詞類，亦即名詞、動詞、形容詞、副詞和感嘆詞。青少年不會創造出新的代名詞、介系詞、連接詞或情態詞。

多數青少年會採用三種不同的英語形式——家裡的語言、學校的語言和小團體的語言。不只青少年如此，多數人都會在家裡、工作上、朋友間轉換著不同的語言。有些父母覺得很難理解情況，於是他們抱怨孩子一方面拒絕遵守家裡對於穿著打扮和言行舉止的標準，一方面卻又完全服從朋友們的標準。自一九六〇年代起，許多青少年到了十九歲的年紀也並未切換到成人模式，真正的青少年因而必須更努力地做出區別。這或許是青少年流行語變化腳步加快的一個因素，但網路和電視節目也是加速這種變化的助力。

97 吉佳利——以英語為官方語言（西元二〇〇八年）

西元二〇〇八年十月十四日，倫敦的《衛報》標題寫道：〈盧安達的學校棄法語改採英語〉。這是盧安達愛國陣線（Rwandan Patriotic Front）於一九九四年掌權以來推行反法語運動的一個里程碑。西元一九九六年，新政府在首都吉佳利成立，並規定英語為盧安達共和國（Republic of Rwanda）的官方語言。

突然推行英語是一個很不尋常的舉動，因為盧安達過去並非英國殖民地，而是比利時殖民地。在西元一九六二年立國之時，新的共和國指定了兩種官方語言——絕大多數國民說的盧安達語（Kinyarwanda）和統治階層及商人階層所說的法語。小學畢業後仍繼續接受教育的學生會學法語。一九九六年時，中學學生可以選擇要學法語或英語。如今法語已經從盧安達的課程中消失了。

加拿大的一份線上報紙特別點出盧安達教育部長文森特·卡拉格（Vincent Karega）對於摒棄法語所做的直率說明：「全世界只有法國、某部分的西非、某部分的加拿大和瑞士說法語。而英語不只在地方上，還有在全世界，都已經成為成長和發展的骨幹。」語言的分布情況和政治的關係比這位部長所坦言的要更複雜一些。

世界上說法語的國家至少有五十五個，此外值得注意的是，部長漏了提到比利時這個法語國家。盧安達對舊有殖民勢力的餘恨猶存，但由於法國在盧安達大屠殺中扮演的角色備受盧安達人責難，盧安達愛國陣線甚至對法國懷抱更大的敵意。盧安達愛國陣線之所以崛起，也是因為盧安達大屠殺。

在新的盧安達語言政策背後存在著相當實際的因素。被放逐的盧安達愛國陣線領袖在英語國家得到了庇護，進而熟悉了這種語言。一旦掌權，他們知道要推動經濟最好的辦法，就是和鄰近的英語國家建立關係。西元二〇〇七年，盧安達加入由烏干達、肯亞和坦尚尼亞所

創的東非共同體（East African Community）。經濟以及政治因素為英語創造出成為官方語言的大好機會。

就法語的全球分布情形而言，文森特‧卡拉格說的或許不對，但他說的沒錯——英語是一種受到全世界使用的語言。全球超過一百個國家有主要的英語社群，當中包括安地卡及巴布達（Antigua and Barbuda）、澳大利亞、巴哈馬（Bahamas）、巴貝多、貝里斯、波札那、汶萊、喀麥隆、加拿大、多米尼克、衣索比亞、斐濟、甘比亞、迦納、格瑞那達、蓋亞那、印度、愛爾蘭、以色列、牙買加、肯亞、吉里巴斯、賴索托、賴比瑞亞、馬拉威、馬爾他、馬紹爾群島、模里西斯、密克羅西尼亞、那米比亞、諾魯、紐西蘭、奈及利亞、巴基斯坦、帛琉、巴布亞紐幾內亞、菲律賓、盧安達、聖克里斯多福及尼維斯、聖露西亞、聖文森及格瑞那丁、薩摩亞、塞席爾、獅子山共和國、新加坡、索羅門群島、南非、史瓦濟蘭、坦尚尼亞、東加、千里達及托巴哥、吐瓦魯、烏干達、英國、美國、萬那杜、尚比亞和辛巴威。以上國家的英語故事有些在本書中已討論過，但其他每一個的英語故事都各不相同。要是有足夠的空間和時間，它們的每一個故事都值得訴說。

盧安達是世界上七十多個以英語為官方語言的國家之一。有趣的是，英國和美國都並未指定英語為官方語言。原因無疑和這兩個國家不願統一規範這種事情有關，看看十八世紀時英美兩國是如何拒絕成立一個監督國語的單位就知道了。

儘管如此，美國還是有將英語定為官方語言的推行運動，而「美國英語」（U.S. English）和「英語優先」（English First）這兩個運動也取得了一點成績。有三十一個州將英語定為官方語言，其中絕大多數都在過去三十年間聯署參與官方英語運動。奧克拉荷馬州於二〇一〇年加入。越來越多的西語移民人口造成的焦慮構成了推行英語的一股動力。所謂的官方英語是一個很複雜的概念，從盧安達到美國，它不只是一個語言的課題，也是一個政治的議題。

98 新堡——英語和當代地方口音（西元二○一一年）

西元二○一一年六月，《經濟學人》報導說新堡的地方口音依舊保存得好好的；報導中說：Geordie's still alreet.[88]（圖四十二）。不列顛群島上曾有數不清的各種口音，但當中有許多恐怕都失傳了。對於熱愛這些口音的人來說，《經濟學人》的報導是一個好消息。至於那些口音失傳的原因，廣播、電影和電視的影響是其一，人口的變化和遷移是其二。

英國口音瀕臨危機了嗎？有些專家說是，有些說不是。之所以會有這樣不同的見解，一個主要的原因在於他們如何看待語言的變化。拉丁文絕跡了嗎？還是它以義大利文的形式保存下來了？歐洲方言學家大衛·布列頓（David Britain）說，如果我們拿十九世紀末所做的方言調查來和二十一世紀初的比較，「在多數案例中和多數地方上，比起一百年前，今日英格蘭各地的方言差異在根本上似乎沒那麼顯著而分歧，也沒有那麼地地方導向。」

儘管如此，大衛·布列頓也主張不列顛群島並未變得更為均質化。並不是所有人都在學習BBC上流英語（見74〈波特蘭名園街〉）或河口英語（見80〈利物浦〉）。相反的，國內各地的人口遷移使得英國方言高度融合。主要的變因包括兩次世界大戰從軍和服兵役的人口混雜、來自加勒比地區和亞洲的移民，以及主要集中於南方的經濟移民。大衛·布列頓說，我們現在有的是「妥協」的方言，而各種方言彼此間的接觸將導致「英格蘭方言之死」。

另一方面，《獨立報》卻報導道，大英圖書館口音與方言資料部

---

88 此句意為「喬迪英語還是好好的」。「喬迪英語」指的是英格蘭泰恩賽德地區的方言，此區涵蓋泰恩河下游的新堡至河口一帶。本句中的alreet為喬迪英語，喬迪英語的alreet即標準英語中的alright。

主任強納森·羅賓森（Jonathan Robinson）說：「一般普遍誤以為獨特的地方之聲正在消失。」羅賓森主張英語從一千六百年前傳入不列顛群島以來就持續在改變，所以英國的五百種口音和方言始終處於流動的狀態，新舊字彙與形式不斷更迭，創新的同時也在喪失。羅賓森認為讓方言喪失多樣性最大的原因在於郊區的發展。另一方面，在英格蘭西南部、蘇格蘭北部和愛爾蘭北部，口音和方言相對沒有改變。

　　《經濟學人》對於方言的探討是以蘭開斯特大學所主持的一項大型研究計畫為根據。該研究得出的結論是主要的區域性口音擴張了它們的版圖，而代價是犧牲掉了地方上的本土方言，但它們並未喪失區域性的特色。被這項研究稱之為「東北部方言」的語言從它的基地擴張到國土西岸，而這個「東北部方言」也就是一般所熟知的「喬迪英語」——新堡地區的方言。如今在英格蘭西北部沿海的坎布里亞（Cumbria）也聽得到喬迪英語。這個在一九七〇年時僅限於英格蘭西南部地區的古老方言，如今往東推進，並可望重掌罕布夏郡——它在很久很久以前的起源地。

　　有趣的是，美國的方言研究也顯示出類似的模式，亦即本地方言喪失，區域性方言擴張、強化。在《美國之聲》（American Voices）一書中，華特·伍凡（Walt Wolfram）舉南卡羅來納州查爾斯頓（Charleston）久負盛名、備受讚賞的特有方言為例。此一方言如今已消失殆盡，但南部方言已將它吸收進去，並且絲毫沒有喪失它的特色。主要的方言差異越見分歧，所以在美國從北到南、從東到西的方言仍有廣泛的差異。

　　蘭開斯特大學的研究提供了一個解釋，這個解釋可能既適用於美國，也適用於英國。兒童的語言行為才是方言擴大或縮小的關鍵，他們不是從父母、師長、電視或廣播中學習，而是從其他孩子們身上學習。我們能從英語學到的最重要的一課，莫過於此了。

99 北京——英語和中文（西元二〇一二年）

　　中國的人口超過十一億，據說二十一世紀是中國人的世紀，而二十一世紀的語言是中文。時間會告訴我們。中文無疑是一種超級語言，以使用人數來說，唯有中文可與英文相提並論。

　　儘管在英格蘭的英語人口不過區區五千萬，但英語也是一種超級語言，關鍵在於世界上還有其他數不清的人口也說英語。西元二〇〇一年，《紐約時報年鑑》（*The New York Times Almanac*）估計全球約有將近二十億的英語人口。西元二〇〇三年，大衛·克里斯托估計約有十五億。真實數據並未減少，這純粹只是要精確計算如此龐大的數據是不可能的，但它的規模之大很清楚。

　　英語是目前的全球語言，而且英語人口比中文人口多出很多。到了西元二〇五〇年時還會是這樣嗎？

　　中國人稱呼他們的語言為漢語、中文、中國話、華語或普通話，在西方則稱其為Mandarin。中文的多種稱呼反映了這種語言的複雜性。雖然現在談到英文時普遍會以複數型態的Englishes來表示，中文卻並未普遍以複數型態的Chineses來呈現，儘管這麼做可能更恰當。

　　不管全世界有多少種口音和方言，所有的英語使用者彼此之間是能夠相互理解的。一個來自新德里的生意人到了紐約，可能會在和布魯克林計程車司機溝通時遇到障礙，但他們會讓彼此明白自己的意思，旅人會成功抵達旅館，不出幾天，他就能和當地每一個人流暢交談了。

　　中文的情況則有一點不同。基於歷史和政治因素，中國人堅稱中文是單一一種語言，但就口語而言，事實並非如此。中文共有八種不同的形式，這些形式之不同使得有些語言學家既不願稱它們為「方言」，也不願稱它們為「語言」，而是稱它們為「地方話」（regionalect）。八種的區分是有爭議的，這數字還能更大。每一種地

方話的使用人口數都相當驚人。在江蘇省和浙江省所說的江浙話有八千五百萬的使用人口，這個數目已足以讓它躍居世界主要語言的地位。江浙話也是在上海所說的「中文」。

八種中文形式中，普通話是那個可與英文匹敵的超級語言，但這裡再度需要做一點釐清。首先，普通話是北京人所說的語言。同時，普通話也就是西方人所謂的 Mandarin。普通話可謂正式的中國官話。據說中國說普通話的人口有七億一千五百萬，此外在台灣、香港和新加坡還有好幾百萬。

普通話／Mandarin 有一個獨特之處使得它的使用人口數又再多出幾百萬。這個獨特之處就是它的書寫系統。原始的圖像發展成象形文字，象形文字又演變成中國人稱之為「漢字」的現代字體。中國的孩童學識字時學的是這套漢字系統，而這套系統適用於任何一種地方話。這意味著即使來自上海的旅人不明白北京的計程車司機說什麼，他們可以用寫的來溝通。

中文成為全球語言？

儘管漢字這麼厲害，它卻可能阻礙中文成為真正的全球語言。值得注意的是，英語在許多母語並非英語的國家受到使用，但中文基本上僅局限於中國。新加坡這個不在傳統中土範圍內的國家也說中文，但它有超過三百萬的人口來自中國（見89〈新加坡〉）。

同時，中國政府熱中於讓它的國民學英文。西元二〇〇三年，位於北京的教育部報告說有「超過兩億三千九百萬的學生」在學英文。這麼龐大的學生數目相對需要龐大的教師數目，但他們的教學品質令人存疑。然而，北京目前的英文熱是毋庸置疑的。如果北京堅持得夠久，它將為全世界再增加五千萬使用英語的人口。

但這場超級語言大賽還沒結束。一個叫做「初級中文」（Primary Mandarin）的兒童中文教學網站報導說，有一位新加坡商人相信中文

將取代英文，他說：「英語或將隨著美元的式微而衰落。」誰曉得二
〇五〇年的全球語言會是什麼狀況呢？時間會告訴我們。

100 維也納──以英語為全球通用語（西元二〇一二年）

　　西班牙的飛行員要和瑞典的塔台人員交談時，他會用英語。俄國的科學家要和葡萄牙的植物學家交換心得時，他們很可能會說英語。波蘭醫師想向阿根廷的同行請益時，有可能會借助於英語。在英語不是母語的國家當中，也有以英語授課的各級學校。無論是在貿易往來、研究報告、傳統書信或電子郵件當中，英文都無所不在。

　　來自不同母語背景的人士用英文當溝通媒介的現象叫作English-as-a-lingua franca，亦即「以英語作為通用語」，簡稱ELF。不只是像牛津這樣的大學，目前有許多地方都在研究這種現象。維也納大學（University of Vienna）在這個領域就像牛津一樣活躍。事實上，維也納已和牛津共同合作探索ELF的世界。

　　VOICE──維也納暨牛津英語跨國語料庫（Vienna-Oxford International Corpus of English）──是世界上第一個可用電腦搜尋、有系統地蒐集ELF語言資料的資料庫。目前它有超過一百萬個口語ELF單字，在不同的職業、教育和休閒背景中錄製。它的資料被轉檔成一種叫做「語料庫」（corpus）的可搜尋式資料庫。VOICE是全世界語言學者都可使用的資源。ELF讓我們必須以新的眼光看待英語。

　　西元一九八五年，在美國教書的印度語言學家布拉杰・B・卡奇魯，產生了一個將ELF置於全球脈絡來看待的想法。卡奇魯提出一個看待英語分布的圖解方式。他說：「它可以被視為三個同心圓，這三個同心圓代表英語跨文化、跨語言使用的分布類型、習得模式和作用範圍。」卡奇魯界定出內圍圈、外圍圈和外擴圈。內圍圈是以英語為母語的國家，例如英國和美國。外圍圈是以英語為重要第二語言的國家，例如印度和新加坡。外擴圈則是以英語為外語而普遍推廣英語教學的國家，例如中國和瑞士。

　　在此後關於英語全球發展的思考上，卡奇魯的三圈分類法扮演著

重要的角色。他將英語區分為第二語言（ESL，即 English as a second language）和外語（EFL，即 English as a foreign language）的觀點是一大關鍵，此一觀點將英語習得方式的差異做出區別——前者是在一個已有許多英語使用者的國家習得英語，後者則是在教室裡才會接觸到英語。卡奇魯的三圈分類法也指出歷史和地理雙雙影響著英語分布情形的事實。

維也納是本書裡的第一百個地方，第一個地方是烏德雷公地。從第五世紀的烏德雷到二十一世紀的維也納，時間範圍甚廣。從英格蘭的烏德雷公地到紐西蘭的懷唐伊，空間範圍甚巨。關於英語的故事，規模之大令人屏息。

十、後記

　　《世界第1語言的100個祕密起源》企圖記錄英語從一座小島散布到全世界的過程。從澳洲到美國、從新加坡到蒂斯河畔的斯托克頓、從清奈到古普伯雷、從北京到巴爾的摩，英語的故事顯示出一種語言不同凡響的多樣性，一如惠特曼（Walt Whitman）所言：「英語是每一種方言、種族和時間範圍的增生與成長，是所有人的自由發揮與共同創作。」

　　《世界第1語言的100個祕密起源》的一個起點，是英語專案派給威靈頓學院實習生伊斯‧米列特（Issy Millett）一份作業。我們請她列出一百個在英國的語言事件發生地點，她的清單和本書內容頗為不同，但別忘了本書前言所說的：

> 讀者會有自己的百大地點口袋名單，而我們很樂於知道可能有哪些遺珠。如果有哪個你認為應該囊括進來的地方和主題，歡迎透過www.englishproject.org. 提交給英語專案。

關於英語專案

　　英語專案的使命是探索並解釋英語這種語言，以利教育並娛樂全世界的英語人士。

　　如果你愛讀像這樣的英語相關書籍，那麼你或許會想要參觀一座

專為訴說英語的故事而設的中心。你可以到那裡去探索英語的多種面向，尤其是口語的部分。借助互動科技的力量，你可以叫出來自過去和世界各地的聲音。你可以親耳聽一聽英語是如何隨著時代改變的。你可以親眼看一看這本書裡提到的一些文獻。

目前，這座中心還不存在。

但英語專案的目標是在未來十年成立一座，就在英國罕布夏郡的溫徹斯特。這裡是英格蘭古時候的首都，並且和阿佛烈大帝有著最深切的關係。如今您已讀完本書，必然能夠意識到我們想像中的這座中心也可以設立在其他九十九個地方。

但我們住在溫徹斯特，並且決心要從這裡開始。

我們已將每年的十月十三日定為英語日，特別利用這一天來慶祝英語的多樣性（你可以回頭翻閱有關西敏的篇章，複習一下我們何以選定這一天）。

本書只是初嘗英語專案的成果。我們很希望你能到www.englishproject.org，告訴我們你認為還有什麼地方對英語的塑造深具影響。

引用書目

A

奧德門—中古英語的發展

Geoffrey Chaucer, *The Canterbury Tales*, p. 419;

Derek Brewer, *The World of Chaucer*, p. 58;

Harold Bloom, *Geoffrey Chaucer*, p. 407;

Christopher Cannon, 'The Lives of Geoffrey Chaucer', p. 35;

Edmund Spenser, *The Faerie Queen*, book 4, canto 2, stanza 32.

阿爾漢格爾斯克—貿易英語

Alistair Simon Maeer, *The Cartography Of Commerce*, pp. 38–9;

Mansel G. Blackford, *The Rise of Modern Business*, p. 19;

Henryk Zins, *England and the Baltic in the Elizabethan Era*, pp. 35–7;

John Micklethwait, *The Company*, p. 27;

H.W. Hammond, *Style-Book of Business English*, p. 19;

Andrea B. Geffner, *Business English*, p. 168.

大西洋城—性別歧視英語

Neil A. Hamilton, *American Social Leaders and Activists* p. 269;

Lynn S. Chancer, *Reconcilable Differences*, pp. 157–8

Albert Baugh, *A History of the English Language*, p. 238.

巴爾的摩—英語和電報

Michael B. Schiffer, *Power Struggles*, pp. 144, 222, 235;

Mardy Grothe, *Viva La Repartee*, p. 124;

Margot Peters, *The House of Barrymore*, p. 461;

Piers Brendon, *The Dark Valley*, p. 99.

B

北京—英語和中文

George X. Zhang, *Chinese in Steps*, p. 7;

John Wright, *The New York Times Almanac*, p. 492;

David Crystal, *English as a Global Language*, p. 6;

John DeFrancis, *The Chinese Language*, pp. 58–62, 240;

George Braine, *Teaching English to the World*, p. xviii;

Primary Mandarin, 'English or Mandarin', primarymandarin.com.

貝爾墨邦—英語在貝里斯

Spanish SEO, 'Worldwide Spanish Speaking Population', www.spanishseo.org.

European Union, *South America, Central America*, p. 98;

Geneviève Escure, *Creole and Dialect Continua*, pp. 26–8;

Silvana Woods, 'Say it like d' Belizean', www. belizeanjourneys.com.

別爾基切夫—非母語人士的英語

Charles Arnold-Baker, *The Companion to British History*, p. 352; Harold Bloom, *Joseph Conrad*, pp. 1–2;

'Conrad in East Anglia', *Journal of the Joseph Conrad Society*, 4.3:11–13;

Joseph Conrad, *Almayer's Folly*, passim;

New York Times, 'Joseph Conrad Dies' (4 August 1924), p. 1;

Joseph Conrad, *A Personal Record*, p. 119.

比佛利山—青少年流行語

TV.Com, '90210', www.tv.com/shows/90210;

Extra, 'Fashion Face-Off', extratv.warnerbros.com;

Fred Lynch, 'The Dictionary', www.thesource4ym.com/teenlingo;

Pimpdaddy.com, www.pimpdaddy.com;

Urban Dictionary, www.urbandictionary.com.

布萊切利園—英語密碼

John Graham-Cumming, *The Geek Atlas*, p. 148;

David Musgrove, *100 Places That Made Britain*, pp. 381–4;

Martin Gardner, *Codes, Ciphers and Secret Writing*, pp. 35–6;

Simon Singh, *The Code Book*, pp. 162, 243–4;

John Howland Campbell, *Creative Evolution*, p. 80.

波士頓—新英格蘭英語的發展

The Boston News-Letter (24 April 1704), p. 1;

Abel Bowen, *The Boston News-Letter and City Record*, 1:66–7;

Anthony R. Fellow, *American Media History*, pp. 21–3;

Walt Wolfram, *American English: Dialects and Variation*, pp. 123–4;

John Hurt Fisher, 'British and American', pp. 122–4;

Thomas Chandler Haliburton, *The Clockmaker*, pp. 144–5.

布魯日—英語和印刷機

Norman Francis Blake, *William Caxton*, pp. 2–3;

George Duncan Painter, *William Caxton*, p. 173;

Stephen Inwood, *A History of London*, p. 223.

伊頓—英國上流階層的英語
Nancy Mitford (ed.) *Noblesse Oblige*, pp. 35–55;
Alan Ross, 'U and Non-U: An Essay in Sociological Linguistics', p. 2;
Damian Whitworth, 'Voice Coaching', women. timesonline.co.uk.

艾希特名園—英語和電話
Robert V. Bruce, *Bell*, p. 180;
Catherine Mackenzie, *Alexander Graham Bell*, pp. 113–15;
World Bank, *Atlas of Global Development*, p. 45;
Harvey James Gonden, *Public Service Management*, p. 114;
Andrew Holmes, *Commoditization*, p. 27.

F

弗利特街—小報英語
Tony Harcup, *Newspaper Journalism*, p. 68;
Kevin Williams, *Read All About It!*, p. 84;
Kevin Glynn, *Tabloid Culture*, p. 115;
Guardian, 'Times Switches to Tabloid-Only', www. guardian.co.uk.

G

日內瓦—全球資訊網的語言
Tim Berners-Lee, *Weaving the Web*, pp. 23, 89–90;
Mark Ward, 'How the Web Went World Wide', news.bbc. co.uk;
Internet World Stats, 'Usage', www.internetworldstats.com.

吉斯伯恩—英文俚語
Eric Partridge, *A Dictionary of Slang and Unconventional English*, passim;
Eric Partridge, *Slang Today and Yesterday*, passim;
Eric Partridge, *Eric Partridge in His Own Words*, pp. 109–10;
Bill Lucas and Edward Fennell, *Kitchen Table Lingo*, passim;
Urban Dictionary, www.urbandictionary.com;
John Ayto, *The Oxford Dictionary of Slang*.

根西島—現代英語用法
Henry Fowler, *The King's English*, passim;
Henry Fowler, *A Dictionary of Modern English Usage*, passim;
David Crystal, *The Stories of English*, pp. 474–5;
William F. Buckley, 'A Fowler's of Politics', www.nysun. com.

H

漢密爾頓—英語在西印度群島
David Watts, *The West Indies*, p. 173;
Michael J. Jarvis, *In the Eye of all Trade: Bermuda*, pp. 13, 457;
William Shakespeare, *The Tempest*, Act 1, Scene 2;
Renee Blake, 'Bajan Phonology', pp. 501–3;
Valerie Youssef, 'The Creoles of Trinidad and Tobago', p. 508;
Hubert Devonish, 'Jamaican Creole and Jamaican English', p. 450;

Louise Bennett, *Jamaica Labrish*, p. 69.

漢莫威治—麥西亞英語，現代標準英語的老祖宗
Paul Belford, *Archaeological Practice and Heritage*, p. 87;
Barbara Yorke, *Kings and Kingdoms of Early Anglo-Saxon England*, p. 100;
Daniel Donoghue, 'Early Old English', p. 161;
Robin Fleming, *Britain after Rome*, pp. 221–2;
Walter W. Skeat, *English Dialects from the Eighth Century*, pp. 79–81;
James Winny (ed.) *Sir Gawain and the Green Knight*, pp. 2–3.

漢普頓宮—英語和欽定版聖經
T.B. Howell, *A Complete Collection of State Trials* 4:407;
David Crystal, *The Stories of English*, pp. 271, 277–9, 317.

漢尼堡—英文喜劇寫作
Mark Twain, *The Works of Mark Twain*, 1:61;
Mark Twain, *The Adventures of Huckleberry Finn*, passim;
William Hazlitt, *Lectures on the English Comic Writers*, p. 1;
Petroleum V. Nasby, *Divers Views, Opinions, and Prophecies*, p. 36;
Artemis Ward, *Artemus Ward, His Book*, p. 64.

哈特福—美式標準英語的建立
Noah Webster, *A Compendious Dictionary of the English Language*, passim;
Noah Webster, *An American Dictionary of the English Language*, passim;
Noah Webster, *The American Spelling Book*, p. iii;
Appleton's Railway Guide, p. 358;
David Crystal, *The Stories of English*, p. 508;
Hermione Lee, *Edith Wharton*, p. 419.

哈斯汀—法語對英語的影響
David Crystal, *The Stories of English*, p. 78;
Susan Irvine, 'The Benedictine Reform', pp. 49–50;
Christiane Dalton-Puffer, *The French Influence on Middle English*, p. 9;
Elly Van Gelderen, *A History of the English Language*, p. 101.

乾草市場街—英文粗話
George Bernard Shaw, *Pygmalion*, p. 72;
Jack W. Lynch, *The Lexicographer's Dilemma*, pp. 234, 242;
Oxford English Dictionary, www.oed.com;
Lawrence Sterne, *Tristram Shandy*, p. 357;
Laughing Policeman, 'The History of Swearing', www. laughingpoliceman.

赫爾辛基—英語和手機簡訊
Lon Safko, *The Social Media Bible*, pp. 399, 259;
Lingo2Word, 'Popular Texting TxT Lingo', www. lingo2word.com;
Urban Dictionary, www.urbandictionary.com.
Asa Briggs, *Social History of the Media*, p. 263;
Auslan Cramb, 'Girl writes English essay', www. telegraph.co.uk;
Crispin Thurlow, 'From Statistical Panic to Moral Panic', jcmc.indiana.edu;

Lynda Mugglestone,'English in the Nineteenth Century', p. 276.

霍爾本─英語成為科學語言

Thomas Sprat, *The History of the Royal Society of London*, pp. 111–15;

Henry Lyons, *The Royal Society*, p. 20;

Charles Ferguson,'Language Planning and Language Change', p. 59;

John Giba, *Preparing and Delivering Scientific Presentations*, p. 143;

Michael Faraday, *The Chemical History of a Candle*, p. 22.

海德公園─工業化及其對英語的衝擊

Melvyn Bragg, *The Adventure of English*, pp. 238–9;

David Crystal, *The Stories of English*, p. 317;

Royal Commission, *Official Catalogue of the Great Exhibition, passim*.

I

伊斯蘭瑪巴德─英語在巴基斯坦

Christophe Jaffrelot, *A History of Pakistan*, pp. 9, 18–20, 44–5;

Tariq Rahman,'The Role of English in Pakistan', p. 220;

Ahmar Mahboob,'Pakistani English', pp. 1003–1004;

Mubina Talaat,'The Form and Functions of English in Pakistan', eprints.hec.gov.pk.

伊斯靈頓─簡明英語

George Orwell,'Politics and the English Language', pp. 223–26;

Ernest Gowers, *The Complete Plain Words, passim*;

Plain English Campaign, www.plainenglish.co.uk;

Plain Language, www.plainlanguage.gov.

J

詹姆斯鎮─英語在美國

Walt Wolfram, *American English: Dialects and Variation*, pp. 105–7;

Robert McCrum, *The Story of English*, p. 119;

David Hackett Fischer, *Albion's Seed*, pp. 226–8, 241–3.

K

裘園─植物英語

Kew,'Francis Masson', www.kew.org;

Andrea Wulf, *The Brother Gardeners*, p. 235;

David C. Stuart, *The Plants That Shaped Our Gardens*, p. 74;

Liberty Hyde Bailey, *How Plants Get Their Names*, p. 4;

Gurcharan Singh, *Plant Systematics*, p. 16;

The Linnean Society, linnean.org;

John Ray, *Methodus Plantarum Nova, passim*;

Carl Linneus, *A System of Vegetables, passim*;

William Shakespeare, *Hamlet* Act 4, Scene 1.

吉佳利─以英語為官方語言

Guardian,'Rwanda to Switch from French', www.guardian.co.uk;

Gwynne Dyer,'Rwanda Abandons French Language', www.straight.com;

Samuel Gyasi Obeng, *Political Independence*, p. 89;

David Crystal, *English as a Global Language*, pp. 4–5;

Matt Rosenberg,'English Speaking Countries', geography.about.com;

Karen L. Adams, *Perspectives on Official English*, p. 18;

U.S. English,'U.S. States with Official English Laws', www.usenglish.org.

基爾肯尼─愛爾蘭的英語

Josef L. Althoz, *Selected Documents in Irish History*, pp. 19–21;

Thomas Bartlett, *Ireland: A History*, p. 101;

Jeffrey L. Kallen,'English in Ireland', pp. 151–2, 180;

Markku Filppula, *The Grammar of Irish English*, p. 211.

加爾各答─語言學的誕生及英語的源頭

William Jones,'The Third Anniversary Discourse', p. 26;

Benjamin W. Fortson, *Indo-European Language and Culture*, p. 46;

Orrin W. Robinson, *Old English and Its Closest Relatives*, p. 248;

Kalevi Wiik,'The Uralic and Finno-Ugric Phonetic', pp. 262–3.

L

利奇菲爾德─為英語訂下標準

James Boswell, *Life of Johnson*, 1:19–20, 286;

David Crystal, *The Stories of English*, pp. 365, 379–81;

Samuel Johnson, *A Dictionary of the English Language, passim*.

利物浦─英國都會英語

Philip Larkin,'Annus Mirabilis', *Collected Poems*, p. 167;

D.H. Lawrence, *Lady Chatterley's Lover*, p. 177;

Stephen Glynn, *A Hard Day's Night*, p. 22;

L. Milroy,'Urban Dialects in the British Isles', p. 200;

Peter Trudgill, *The Dialects of England*, p. 72;

The Beatles, *The Beatles Anthology*, pp. 17, 14.

蘭韋爾普爾古因吉爾─英語地名

Mike Storry, *British Cultural Identities*, p. 222;

Bill Bryson, *The Lost Continent*, p. 263;

John Ayto, *Brewer's Britain & Ireland*, pp. 680–81, 11, 1209–10.

洛杉磯─電子郵件的語言

Katie Hafner, *Where Wizards Stay Up Late*, pp. 11, 187–92;

Bernadette Hlubik Schell, *The Internet and Society*, p. 186;

David Shipley, *Send, passim*;

David Crystal, *Language and the Internet*, p. 133.

M

曼徹斯特─英文字彙與同義詞辭典

Peter Mark Roget, *A Thesaurus of English Words, passim*;

Oxford Dictionary of National Biography,'Roget', www.oxforddnb.com.

馬里波恩─體育的語言

Lord's, *The Code of Laws*, www.lords.org.

David Underdown, *Start of Play*, p. 233;

Baseball Farming,'Baseball Lingo', www.baseballfarming.com;

Online Etymological Dictionary, 'Sport', www. etymonline.com;

Rice Cricket Club, 'Playing Cricket at Rice', www.ruf.rice. edu.

蒙克威爾茅斯─為英語命名

James Campbell, 'Secular and Political Contexts', p. 28;

Lawrence T. Martin, 'Bede and Preaching', p. 156;

Robin Fleming, *Britain after Rome*, pp. 39–40, 61.

門羅維亞─英語在西非

Tope Omoniyi, 'West African Englishes', pp. 174–75;

John Victor Singler, 'Optimality Theory', pp. 336–37, 348;

Allan E. Yarema, *American Colonization Society*, pp. 43–6;

Peter Bakker, 'Pidgins versus Creoles and Pidgincreoles', p. 139;

Godfrey Mwakikagile, *Ethnic Diversity and Integration*, p. 85;

P.M.K. Thomas, 'Krio', pp. 617–19.

蒙特婁─英語在加拿大

John Alexander Dickinson, *A Short History of Quebec*, pp. 53–4, 69;

Thomas Bender, 'Exit the King's Men', p. 16;

Charles Boberg, *The English Language in Canada*, pp. 111–14.

N

新堡─英語和當代地方口音

The Economist, 'England's Regional Accents', www. economist.com;

David Britain, 'The Dying Dialects of England', pp. 35–46;

Terry Kirby, 'The Big Question', www.independent. co.uk;

Walt Wolfram, *American Voices*, pp. 1, 33.

新門─英語和監獄術語

Peter Ackroyd, *London: A Biography*, pp. 247–50;

Vernon Tupper, *Anthology of Prison Slang in Australia*, csusap.csu.edu.au;

Oxford English Dictionary, www.oed.com;

Patrick Ellis, *The Prison-House and Language*, homes. chass.utoronto.ca;

Randy Kearse, *Street Talk*, p. iv;

Winchester Prison Patter, collected on an English Project visit.

紐奧良─非洲裔美國人英語

Giles Oakley, *The Devil's Music*, pp. 33, 102;

Richard Wormser, 'Morton', p. 364;

Daniel Hardie, *The Ancestry of Jazz*, pp. 141–2;

David Hackett Fischer, *Albion's Seed*, pp. 263–4.

Walt Wolfram, *The Development of African American English*, pp. 12–14.

紐約─填字遊戲的語言

New York World, 'Word-Cross Puzzle', 21 December 1913;

New York Times, 'Topics of the Times', 17 November 1924;

Nikki Katz, *Zen and The Art Of Crossword Puzzles*, p. 2;

Word Ways, www.wordways.com;

Dmitri Borgmann, *Language on Vacation*, p. 180.

尼克森街─一個全球閱讀現象

J.K. Rowling, *Harry Potter and the Philosopher's Stone*, *passim*;

Alan Murphy, *Edinburgh Handbook*, p. 247;

J.K. Rowling, *Harry Potter and the Deathly Hallows*, *passim*;

David Mehegan, 'In end, Potter magic extends only so far', www.boston.com;

Philip Pullman, *Dark Materials*, *passim*.

尼姆─以地名造新字

Lynn Downey, *A Short History of Denim*, www. levistrauss.com;

John Bemelmans Marciano, *Toponymity*, pp. 72–3.

諾索特─英文字的拼法與母音大推移

John Hart, *The Opening*, *passim*;

Bror Danielsson, *John Hart's Works*, p. 115;

Pamela Gradon, Review of Bror Danielsson's *John Hart's Works*, p. 187;

Dennis Freeborn, *From Old English to Standard English*, pp. 293–7;

Marta Zapała-Kraj, *The Development of Early Modern English*, pp. 36–7;

Patricia M. Wolfe, *Linguistic Change and the Great Vowel Shift*, pp. 33–4;

Noah Webster, *American Dictionary of the English Language*, *passim*;

Jack W. Lynch, *The Lexicographer's Dilemma*, pp. 178–89.

O

牛津─《牛津英文字典》

Oxford English Dictionary, 12 vols, 1928;

Oxford English Dictionary, 20 vols, 1989;

Oxford English Dictionary at www.oed.com, 2000;

Richard Mulcaster, *Elementarie*, *passim*;

Robert Cawdrey, *A Table Alphabeticall*, *passim*;

Henry Cockeram, *An English Dictionarie*, *passim*;

Thomas Blount, *Glossographia*, *passim*;

Samuel Johnson, *A Dictionary of the English Language*, *passim*.

P

巴黎─英語標點符號之始

Urban Holmes, *A History of the French Language*, pp. 72–3;

Walter Martin Hill, *Early Printed Books*, p. 95;

William Shakespeare, *Love's Labours Lost* Act 4, Scene 2;

Malcolm B. Parkes, *Pause and Effects*, pp. 55–6;

David Crystal, *The Stories of English*, pp. 155–6;

Jennifer DeVere Brody, *Punctuation*, p. 8.

潘布魯克─威爾斯的英語

Marion Loffler, 'English in Wales', pp. 353–4;

Thomas Phillips, *Wales*, p. 14;

Martin John Ball, *The Celtic Languages*, p. 547;

John P.D. Cooper, *Propaganda and the Tudor State*, pp. 108–9;

Stanley Bertram Chrimes, *Henry VII*, p. 3;

Anthony Bradley, *Constitutional and Administrative Law*, pp. 36–7;

Braj B. Kachru, *The Handbook of World Englishes*, p. 36.

彼得伯勒─盎格魯─撒克遜編年史及古英語之末

The Anglo-Saxon Chronicle, pp. 5–6, 235;

John Blair, 'The Anglo-Saxon Period', pp. 112–13;

Elaine M. Treharne, *Old and Middle English*, pp. 20, 254.

費城─中部美式英語的發展

Barbara A. Somervill, *William Penn: Founder of Pennsylvania*, pp. 69–71;

David Hackett Fischer, *Albion's Seed*, pp. 470–75;

Albert C. Baugh, *A History of the English Language*, pp. 380–81;

Michael Montgomery, 'British and Irish Antecedents', pp. 111–15.

波苣─英語和無線電

Degna Marconi, *My Father, Marconi*, p. 122;

Aaron A. Toscano, Marconi's *Wireless*, p. 60;

Burton Paulu, *Television and Radio*, p. 6;

Naomi S. Baron, *Alphabet to Email*, p. 113;

Rick Thompson, *Writing for Broadcast Journalists*, p. 12;

C. Sterling, 'BBC World Service', pp. 357–60;

Tom Lewis, *Empire of the Air*, p. 231.

波特蘭名園街─BBC英語

Leonard W. Conolly, *Bernard Shaw and the BBC*, pp. 17–18;

John Reith, *Broadcast over Britain*, p. 161;

Arthur Lloyd James, *The Broadcast Word*, p. 39;

Daniel Jones, *Outline of English Phonetics*, p. 139;

Jürg Schwyter, 'The BBC Advisory Committee', p. 181.

R

瑞丁─流行歌曲的英語

Reginald Thorne Davies, *Medieval English Lyrics*, p. 52;

Frank Llewellyn Harrison, *Music in Medieval Britain*, p. 135;

Sigrid King, 'Sumer is icumen in', p. 447;

Joseph Ritson, *A Select Collection of English Songs*, 2:1–5;

Geoffrey Crossick, *The Petite Bourgeoisie in Europe*, pp. 207–8;

William C. Banfield, *Cultural Codes*, p. 149;

Ebony, 'Black Music History', pp. 140–43.

S

索爾福德─識字程度與免費的圖書館

Henry R. Tedder, *Transactions and Proceedings*, p. 117;

Patrick Brantlinger, *The Reading Lesson*, pp. 2–3;

Thomas Greenwood, *Public Libraries*, p. 35.

索爾斯伯里─英語和法律語言

Samuel Pepys, *Diary*, 7:99;

David Crystal, *The Stories of English*, pp. 154–5;

Sue Carter, 'Oyez, Oyez', p. 38;

Legal Latin Phrases, latin-phrases.co.uk;

Her Majesty's Court Services, www.hmcourts-service.gov.uk.

舊金山─推特英語

Douglas W. Hubbard, *Pulse*, p. 107;

Jack Dorsey, Foreword, p. xiv;

Twitter, twitter.com;

Alexia Tsotsis, 'Twitter Is at 250 Million', www.techcrunch.com;

Social Barrel, 'Pope to Use Twitter', www.socialbarrel.com;

Laura Fitton, *Twitter for Dummies*, pp. 266–8.

聖荷西─英語和文本的保存

Hilary Poole, *The Internet*, pp. 127–8;

Charles F. Goldfarb, *The SGML Handbook*, pp. xiv–xvi;

TEI, *Text Encoding Initiative*, www.tei-c.org.

寧靜海─英語上月球

David Michael Harland, *First Men on the Moon*, p. 319;

Jules Verne, *De la Terre à la Lune*, passim;

H.G. Wells, *The First Men in the Moon*, passim.

聖馬丁大街─英語和統一便士郵政

Bernhard Siegert, *Relays*, pp. 100–101;

Horace Walpole, *Correspondence*, passim;

Ted Hughes, *Letters*, passim.

聖瑪莉里波教堂─考克尼英語

Samuel Pegge, *Anecdotes of the English Language*, passim;

Stephen Inwood, *A History of London*, p. 223;

Julian Franklyn, *A Dictionary of Rhyming Slang*, pp. 3–4.

聖潘克拉斯─大英圖書館

British Library, *Evolving English*, www.bl.uk/evolvingenglish;

Jean Gottmann, *Megalopolis*, pp. 64–5;

Library Journal, 'Google Book Search', www.libraryjournal.com;

Google Books, google.com;

Open Book Alliance, 'How Many More Books', www.openbookalliance.org.

聖保羅大教堂庭院區─英語和圖書販賣業

Ralph A. Griffiths, 'The Later Middle Ages', p. 246;

Lister M. Matheson, *Death and Dissent*, p. 10.

新加坡─英語在新加坡

Anthea Fraser Gupta, *The Step-Tongue*, p. 146;

Andy Kirkpatrick, *English as a Lingua Franca*, pp. 29–30;

David Deterding, *Singapore English*, pp. 4, 10;

Anthea Fraser Gupta, 'A Standard for Written Singapore English?', pp. 28–32.

罩衫巷─英語說話術

Thomas Sheridan, *A Course of Lectures on Elocution*, p. 19;

Thomas Sheridan, *British Education*, p. i;

James Boswell, *The Life of Samuel Johnson*, 2:161.

蒂斯河畔斯托克頓─英語和蒸汽引擎

Anthony J. Bianculli, *Trains and Technology*, 1:33–4;

Fanny Kemble, *Journal*, 1:169–70;

Gideon M. Davison, *Traveller's Guide*, pp. 85, 93–95;

Appletons' Illustrated Railway and Steam Navigation Guide, passim;

H. Roger Grant, *Erie Lackawanna*, pp. 4–6;

Edward Gibbon, *The Decline and Fall*, 6:389;
Oxford English Dictionary, www.oed.com.

史特拉福—近代英語的發展

Marilyn Corrie, 'Middle English: Dialects and Diversity',
pp. 86, 91–3;

Appleton Morgan, *A Study in the Warwickshire Dialect*,
pp. 15–18;

Walter W. Skeat, *English Dialects*, pp. 65, 79–81;

Paula Blank, 'The Babel of Renaissance English', p. 225.

斯沃斯莫爾—部落格的語言

Justin Hall, *Justin's Links*, www.links.net;

Jeffrey Rosen, 'Your Blog or Mine?', www.nytimes.com;

Rebecca Blood, 'Weblogs: a history', www.rebeccablood.
net;

Samuel Pepys, *The Diary*, www.pepysdiary.com;

Giles Turnbull, 'Interview with Evan Williams',
writetheweb.com.

雪梨—英語在澳洲

Stuart Macintyre, *A Concise History of Australia*, pp.
16–17;

Samuel Pegge, *Anecdotes of the English Language*, pp.
22, 79–114;

Desley Deacon, *Talking and Listening*, p. 101;

Stephen Nicholas, *Convict Workers*, pp. 29–30;

Göran Hammarström, *Australian English*, p. 4;

Silke-Katrin Kunze, *A Survey*, pp. 4–6;

Peter Collins, 'Prologue', p. 1;

Keith Allan, 'Swearing', p. 361.

T

聖殿區—關於英語語言研究院的發想

Jonathan Swift, *A Proposal*, p. 31;

Oxford Dictionary of National Biography, 'Swift', www.
oxforddnb.com;

Robin Adamson, *The Defence of French*, pp. 121, 135;

Germán Bleiberg, *Dictionary of the Literature of the
Iberian Peninsula*, 1:8;

James Crawford, *Language Loyalties*, p. 27.

布朗克斯—饒舌語言

Renford Reese, 'From the Fringe', www.csupomona.edu;

Robert Hilburn, 'Year in Review', p. 6;

Time, 'Hip Hop Nation', www.time.com;

Rap Dictionary, 'Dictionary', www.rapdict.org;

Tricia Rose, *Black Noise*, pp. 18, 124.

人魚酒館—英文標點符號的講究

Ben Jonson, *The English Grammar, made by Ben Jonson*,
passim;

Sara van den Berg, 'Marking his Place', pp. 3–6;

Malcolm B. Parkes, *Pause and Effect*, pp. 53, 302;

Martin Davies, *Aldus Manutius*, passim.

河岸街—以英語為諷刺作品的語言

Richard Price, *A History of Punch*, p. 354;

Edmund Clarence Stedman, *A Victorian Anthology*,
passim;

George du Maurier, 'True Humility', *Punch Magazine*, 9
November 1895.

時代廣場—紐約時報

Kevin Williams, *Read All About It!*, pp. 10, 84;

Denis Thomas, *The Story of Newspapers*, p. 40;

Allan M. Siegal, *The New York Times Manual of Style*,
blurb.

三一學院—英語俗諺

John Ray, *A Collection of English Proverbs*, passim.

V

維也納—以英語為全球通用語

David Crystal, *The Cambridge Encyclopedia*, pp. 106–7;

Barbara Seidlhofer, 'Closing A Conceptual Gap', p. 133;

VOICE, 'Vienna-Oxford International Corpus', www.
univie.ac;

Annia Mauranen, *English as a Lingua Franca*, passim;

Braj B. Kachru, 'Standards, Codification', p. 242;

Walt Whitman, 'Slang in America', p. 445.

U

烏德雷公地—最早的書寫英語

R.I. Page, *An Introduction to English Runes*, pp. 183–4,
227;

J.R.R. Tolkien, *The Lord of the Rings*, p. 1117;

Ralph W.V. Elliott, *Runes: An Introduction*, p. 3.

W

懷唐伊—英語在紐西蘭

Robert J. Miller, *Discovering Indigenous Lands*, p. 209;

Jennifer Hay, *New Zealand English*, pp. 6, 84, 87, 92;

Paul Warren, 'Intonation and Prosody in New Zealand
English', p. 154;

Harry Orsman, *Oxford Dictionary of New Zealand
English*, passim;

Pam Peters, *Australian and New Zealand English*,
passim;

Harry Orsman, *The Beaut Little Book of New Zealand
Slang*, passim.

西敏—英語的復興

Stephen Inwood, *A History of London*, p. 223;

Peter Strevens, 'English as an International Language', p.
29;

David Crystal, *The Stories of English*, p. 153.

溫徹斯特—西撒克遜英語及國王阿佛烈

David Crystal, *The Stories of English*, pp. 52–6;

James Campbell, 'Secular and Political Contexts', p. 28.

溫德拉什廣場—多元文化的倫敦英語

Lambeth Council, 'A Short History of Brixton', www.
lambeth.gov.uk;

Janet Holmes, *An introduction to Sociolinguistics*, pp.
190–91;

Chamberlain M. Staff, *Caribbean Migration*, pp. 213–14.

Y

約克—丹麥語對英語的影響

Barbara A. Fennell, *A History of English*, pp. 91–2;

James Graham-Campbell, *The Viking World*, p. 29;

Edward C. Mackenzie Walcott, *The East Coast of
England*, p. 124.

參考書目

A

Adams, Douglas, *The Hitchhiker's Guide to the Galaxy*, London: Pan Macmillan, 1979.

Adams, Karen L., and Daniel T. Brink, *Perspectives on Official English: The Campaign for English as the Official Language of the USA*, Berlin: Walter de Gruyter, 1990.

Adamson, Robin, *The Defence of French: A Language in Crisis?* Clevedon: Multilingual Matters, 2007.

Aelfric, *Aelfric's Colloquy*. Translated from the Latin by Ann E. Watkins.

Allan, Keith, and Kate Burridge, 'Swearing', *Comparative Studies in Australian and New Zealand English: Grammar and Beyond*. Ed. Pam Peters, Peter Collins, and Adam Smith, Amsterdam: John Benjamins Publishing Company, 2009, pp. 361–86.

Althoz, Josef L., *Selected Documents in Irish History*. Armonk: Sharpe, 2000.

Amritavalli, R., and K.A. Jayaseelan, 'India', *Language and National Identity in Asia*. Ed. Andrew Simpson, Oxford: Oxford University Press, 2007, pp. 55–83.

Anglo-Saxon Chronicle: According to the Several Original Authorities. 2 vols. Ed. and trans. Benjamin Thorpe, London: Longman, Green, Longman, and Roberts, 1861.

Appleton & Co., *Appletons' Illustrated Railway and Steam Navigation Guide: Contains the Time Tables, Stations, Distances, and Connections upon all the Railways throughout the United States and the Canadas*, New York: D. Appleton & Co., 1859.

Artemus Ward, *Artemus Ward: His Book*, London: J. C. Hotten, 1865.

Ayto, John, and Ian Crofton, *Brewer's Britain & Ireland: The History, Culture, Folklore and Etymology of 7500 Places in these Islands*, London: Weidenfeld & Nicolson, 2005.

Ayto, John, ed., *The Oxford Dictionary of Slang*, Oxford: Oxford University Press, 2003.

B

Bailey, Liberty Hyde, *How Plants Get Their Names*, New York: Dover, 1963.

Bakker, Peter. 'Pidgins versus Creoles and Pidgincreoles', *The Handbook of Pidgin and Creole Studies*. Ed. Silvia Kouwenberg, Oxford: John Wiley & Sons, 2008, pp. 130–57.

Baldridge, Jason, 'Linguistic and Social Characteristics of Indian English', *Language in India*. Ed. M.S. Thirumalai. www.languageinindia.com, 2002.

Ball, Martin John, and James Fife, *The Celtic Languages*, London: Routledge, 1993.

Banfield, William C., *Cultural Codes: Makings of a Black Music Philosophy: An Interpretive History from Spirituals to Hip Hop*, Lanham: Scarecrow Press, 2010.

Baron, Naomi S., *Alphabet to Email: How Written English Evolved and Where It's Heading*, London: Routledge, 2001.

Barrow, G.W.S., *Kingship and Unity: Scotland 1000–1306*. Edinburgh: Edinburgh University Press, 1989.

Bartlett, Thomas, *Ireland: A History*, Cambridge: Cambridge University Press, 2010.

Baseball Farming, 'Baseball Lingo.' www.baseballfarming.com/BaseballLingopage5.html.

Bately, Janet, 'The Nature of Old English Prose', *The Cambridge Companion to Old English*, Cambridge: Cambridge University Press, 1986, pp. 71–87.

Baugh, Albert C., and Thomas Cable, *A History of the English Language*, London: Routledge, 1993.

Beatles, *The Beatles Anthology*, London: Cassell, 2000.

Belford, Paul, John Schofield, and John Carman, *Archaeological Practice and Heritage in Great Britain*, London: Springer, 2011.

Bender, Thomas, 'Exit the King's Men', *New York Times Sunday Book Review* (1 May 2011), p. 16.

Bennett, Louise, *Jamaica Labrish*, Kingston: Sangster's Book Stores, 1966.

Berg, Sara van den, 'Marking his Place: Ben Jonson's Punctuation', *Early Modern Literary Studies* 2 (1995), pp. 1–25.

Berners-Lee, Tim, *Weaving the Web: The Past, Present and Future of the World Wide Web by Its Inventor*. With Mark Fischetti. London: Orion, 1999.

Bianculli, Anthony J., *Trains and Technology: The American Railroad in the Nineteenth Century*, 4 vols, Cranbury: Associated University Presses, 2001.

Blackford, Mansel G., *The Rise of Modern Business: Great Britain, the United States, Germany, Japan and China*, Chapel Hill: University of North Carolina Press, 2008.

Blair, John, 'The Anglo-Saxon Period, c.440–1066', *The Oxford History of Britain*, Oxford: Oxford University Press, 2010, pp. 60–119.

Blake, Norman Francis, *William Caxton and English Literary Culture*, London: Hambledon Press, 1991.

Blake, Renee, 'Bajan Phonology', *A Handbook of Varieties of English: A Multimedia Reference Tool*. Ed. Bernd Kortmann and Edgar W. Schneider, Berlin: Mouton de Gruyter, 2004, pp. 501–7.

Blank, Paula, 'The Babel of Renaissance English', *The Oxford History of English*, Ed. Lynda Mugglestone, Oxford: Oxford University Press, 2006, pp. 212–39.

Bleiberg, Germán, *Dictionary of the Literature of the Iberian Peninsula*, Westport: Greenwood Publishing Group, 1993.

Blood, Rebecca, 'Weblogs: A History and Perspective', *Rebecca's Pocket* (7 September 2000), www.rebeccablood.net.

Bloom, Harold, ed., *Joseph Conrad*, New York: Infobase, 2010.

Bloom, Harold, *Geoffrey Chaucer*, New York: Infobase Publishing, 2007.

Boberg, Charles, *The English Language in Canada: Status, History and Comparative Analysis*, Cambridge: Cambridge University Press, 2010.

Borgmann, Dmitri, *Language on Vacation*, New York: Scribner, 1965.

Boswell, James, *Boswell's Life of Johnson*, 2 vols, Boston: Carter, Hendee and Co., 1832.

Bowen, Abel, *The Boston News-Letter and City Record*, Boston: Abel Bowen, 1826.

Bradley, Anthony Wilfred, and Keith D. Ewing, *Constitutional and Administrative Law*, Harlow: Pearson Education, 2007.

Bragg, Melvyn, *The Adventure of English: The Biography of a Language*. London: Hodder & Stoughton, 2003.

Braine, George, *Teaching English to the World: History, Curriculum, and Practice*, Mahwah: Routledge, 2005.

Branson, Jan, and Don Miller, *Damned for Their Difference: The Cultural Construction of Deaf People as 'Disabled': A Sociological History*, Washington: Gallaudet University Press, 2002.

Brantlinger, Patrick, *The Reading Lesson: The Threat of Mass Literacy in Nineteenth-Century British fiction*, Bloomington: Indiana University Press, 1998.

Brendon, Piers, *The Dark Valley: A Panorama of the 1930s*, New York: A.A. Knopf, 2000.

Brewer, Derek, *The World of Chaucer*, Woodbridge: Boydell & Brewer, 2000.

Briggs, Asa, and Peter Burke, *Social History of the Media: From Gutenberg to the Internet*, Cambridge: Polity Press, 2009.

Britain, David, 'The Dying Dialects of England?' *Historical Linguistic Studies of Spoken English*. Ed. Antonio Bertacca, Pisa: Edizioni Plus, 2005, pp. 35–46.

British Library, *Evolving English*, www.bl.uk/evolving english.

Brody, Jennifer DeVere, *Punctuation: Art, Politics, and Play*, Durham: Duke University Press, 2008.

Bruce, Robert V., *Bell: Alexander Graham Bell and the Conquest of Solitude*, Ithaca: Cornell University Press, 1990.

Bryson, Bill, *Mother Tongue: The English Language*, London: Penguin Books, 1990.

Bryson, Bill, *The Lost Continent: Travels in SmallTown America*. 1989, New York: HarperCollins, 2001.

Buckley, William F., 'A Fowler's of Politics', *New York Sun* (4 February 2008), www.nysun.com/opinion/fowlers-of-politics.

Bullokar, William, *William Bullokarz pamphlet for grammar: Or rather too be saied hiz abbreuiation of hiz grammar for English, extracted out-of hiz grammar at-larg*, London: Edmund Bollifant, 1586.

Burns, Paul. *Favourite Patron Saints*. London: Continuum International Publishing Group, 2005.

C

Campbell, James, 'Secular and Political Contexts', *The Cambridge Companion to Bede*. Ed. Scott DeGregorio, Cambridge: Cambridge University Press, 2010, pp. 25–39.

Campbell, John Howland, and J. William Schopf, *Creative Evolution*, Boston: Jones & Bartlett Learning, 1994.

Cannon, Christopher, 'The Lives of Geoffrey Chaucer', *The Yale Companion to Chaucer*. Ed. Seth Lerer, New Haven: Yale University Press, 2006, pp. 31–86.

Cannon, Garland Hampton, *The Life and Mind of Oriental Jones: Sir William Jones, the Father of Modern Linguistics*, Cambridge: Cambridge University Press, 1990.

Carter, Sue, '"Oyez, Oyez": American Legal Language and the Influence of the French", *Michigan Bar Journal* (October 2004), pp. 38–41.

Cerutti, Steven M., *Cicero's Accretive Style: Rhetorical Strategies in the Exordia of the Judicial Speeches*. Boston: University Press of America, 1996.

Chancer, Lynn S., *Reconcilable Differences: Confronting Beauty, Pornography, and the Future of Feminism*, Berkeley: University of California Press, 1998.

Chaucer, Geoffrey, *The Complete Works of Geoffrey Chaucer*. Ed. Walter W. Skeat, Oxford: Oxford University Press, 1951.

Chesterton, G. K., *The Defendant*, London: J. M. Dent, 1901.

Chomsky, Noam, *Syntactic Structures*, Berlin: Walter de Gruyter, 2002.

Chrimes, Stanley Bertram, *Henry VII*, Berkeley: University of California Press, 1972.

Clemens, Samuel, 'A Gallant Fireman', *Hannibal Western Union* (16 January 1851), p. 3.

Cobbett, William, *A Grammar of the English Language, in a Series of Letters. Intended for the Use of Schools and of Young Persons in General; But, More Especially for the*

Use of Soldiers, Sailors, Apprentices, and Plough-Boys, London: Thomas Dolby, 1819.

Collins, Peter, 'Prologue', *Comparative Studies in Australian and New Zealand English: Grammar and Beyond*. Ed. Pam Peters, Peter Collins, and Adam Smith, Amsterdam: John Benjamins Publishing Company, 2009, pp. 1–9.

Conolly, Leonard W., *Bernard Shaw and the BBC*, Toronto: University of Toronto Press, 2009.

Conrad, Joseph, *Almayer's Folly: A Story of an Eastern River*, Cambridge: Cambridge University Press, 1994.

Cooper, John P.D., *Propaganda and the Tudor State: Political Culture in the Westcountry*, Oxford: Oxford University Press, 2003.

Corrie, Marilyn, 'Middle English: Dialects and Diversity', *The Oxford History of English*. Ed. Lynda Mugglestone, Oxford: Oxford University Press, 2006, pp. 86–119.

Cramb, Auslan, 'Girl Writes English Essay in Phone Text Shorthand', *The Telegraph* (3 March 2003), www.telegraph.co.uk/news/uknews.

Crawford, James, *Language Loyalties: A Source Book on the Official English Controversy*, Chicago: University of Chicago Press, 1992.

Crossick, Geoffrey, and Heinz-Gerhard Haupt, *The Petite Bourgeoisie in Europe 1780–1914: Enterprise, Family and Independence*, London: Routledge, 1997.

Crystal, David, 'How Many Millions?', *English Today*, 1, 1985, pp. 7–9.

Crystal, David, 'The Scope of Internet Linguistics', *Paper presented at the American Association for the Advancement of Science Meeting*, 2005.

Crystal, David, 'The Subcontinent Raises Its Voice', *The Guardian* (19 November 2004), http://education.guardian.co.uk.

Crystal, David, *English as a Global Language*, Cambridge: Cambridge University Press, 2003.

Crystal, David, *Evolving English, One Language, Many Voices*, London, British Library, 2010.

Crystal, David, *Internet Linguistics: A Student Guide*, New York: Routledge, 2011.

Crystal, David, *Language and the Internet*. Cambridge: Cambridge University Press, 2001.

Crystal, David, *The Cambridge Encyclopedia of the English Language*, Cambridge: Cambridge University Press, 1995.

Crystal, David, *The Stories of English*, London, Penguin Books, 2005.

Crystal, David, *The Story of English in 100 Words*, London: Profile Books, 2011.

D

Dalton-Puffer, Christiane, *The French Influence on Middle English Morphology: A Corpus-Based Study of Derivation*, New York: Mouton de Gruyter, 1996.

Daniell, David, *The Bible in English: Its History and Influence*, New Haven: Yale University Press, 2003.

Danielsson, Bror, *John Hart's Works on English Orthography and Pronunciation*, 2 vols, Stockholm: Almqvist & Wikseli, 1955.

Davies, Martin, *Aldus Manutius: Printer and Publisher of Renaissance Venice*, London: British Library, 1995.

Davison, Gideon M., *The Traveller's Guide through the Middle and Northern States, and the Provinces of Canada*, Saratoga Springs: G. M. Davison, 1833.

De Hamel, Christopher, *The Book: A History of the Bible*. London: Phaidon, 2001.

Deacon, Desley, *Talking and Listening in the Age of Modernity: Essays on the History of Sound*, Canberra: Australian National University Press, 2007.

DeFrancis, John, *The Chinese Language: Fact and Fantasy*, Honolulu: University of Hawaii Press, 1984.

DeGregorio, Scott, ed., *The Cambridge Companion to Bede*, Cambridge: Cambridge University Press, 2010.

Deterding, David, *Singapore English*, Edinburgh: Edinburgh University Press, 2007.

Devonish, Hubert, and Otelemate G. Harry, 'Jamaican Creole and Jamaican English', *A Handbook of Varieties of English: A Multimedia Reference Tool*. Ed. Bernd Kortmann and Edgar W. Schneider, Berlin: Mouton de Gruyter, 2004, pp. 450–80.

Dewar, Peter Beauclerk, *Burke's Landed Gentry of Great Britain*, Wilmington: Burke's Peerage, 2001.

Dickinson, John Alexander, and Brian J.Young, *A Short History of Quebec*. Kingston: McGillQueen's University Press, 2003.

Donoghue, Daniel, 'Early Old English', *A Companion to the History of the English Language*. Ed. Haruko Momma and Michael Matto, Oxford: WileyBlackwell, 2008, pp. 156–64.

Dorsey, Jack, Foreword, *Twitter For Dummies*. Ed Laura Fitton, Michael Gruen, and Leslie Poston, Hoboken: John Wiley, 2010.

Downey, Lynn, *A Short History of Denim*, www.levistrauss.com.

Dyer, Gwynne, 'Rwanda Abandons French Language', *Straight.com*. www.straight.com.

E

Ebony, 'The 25 Most Important Events in Black Music History', *Ebony* (June 2000), pp. 140–6.

Economist, 'England's Regional Accents: Geordie's Still Alreet', *The Economist* (2 June 2011): www.economist.com.

Elliott, Ralph W.V., *Runes: An Introduction*, Manchester: Manchester University Press, 1980.

Ellis, Patrick, *The Prison-House and Language*, http://homes.chass.utoronto.ca.

Ellman, Richard, *James Joyce*, New York: Oxford University Press, 1959.

Elyot, Thomas, *The Boke Named the Governour*, London: Thomas Berthelet, 1531.

Encyclopedia Britannica, Chicago: Encyclopedia Britannica, 1964.

Escure, Geneviève, *Creole and Dialect Continua: Standard Acquisition Processes in Belize and China*, Philadelphia: John Benjamins Publishing, 1997.

European Union, Publications, *South America, Central America and the Caribbean 1991*, Luxembourg: Europa Publications, 1990.

Everett, Daniel, *Don't Sleep, There are Snakes: Life and Language in the Amazonian Jungle*, London: Profile Books, 2008.

Extra. 'Fashion Face-Off.' http://extratv.warnerbros.com/2008/09/fashion_fa ceoff_gossip_girl_v.php.

F

Faraday, Michael, *The Chemical History of a Candle*. 1860-61, Mineola: Dover, 2002.

Fellow, Anthony R., *American Media History*, Boston: Cengage Learning, 2009.

Fennell, Barbara A., *A History of English: A Sociolinguistic Approach*, Oxford: Wiley-Blackwell, 2001.

Ferguson, Charles, 'Language Planning and Language Change', *Progress in Language Planning: International Perspectives*. Ed. Juan Cobarrubias and Joshua A. Fishman, Tubingen: Walter de Gruyter, 1983, pp. 29–86.

Filppula, Markku, *The Grammar of Irish English*, London: Routledge, 1999.

Fischer, David Hackett, *Albion's Seed: Four British Folkways in America*, New York: Oxford University Press, 1989.

Fisher, John Hurt, 'British and American, Continuity and Divergence', *The Cambridge History of the English Language: Volume VI. English in North America*. Ed. John Algeo, Cambridge: Cambridge University Press, 2001, pp. 59–85.

Fitton, Laura, Michael Gruen, and Leslie Poston, eds, *Twitter for Dummies*. Hoboken: John Wiley, 2010.

Fleming, Robin, *Britain after Rome: The Fall and Rise 400 to 1070*, London: Penguin Books, 2011.

Fortson, Benjamin W., *Indo-European Language and Culture: An Introduction*. John Wiley & Sons, 2009.

Fowler, Henry, *A Dictionary of Modern English* Usage, Oxford: Clarendon Press, 1926.

Fowler, Henry, *A Dictionary of Modern English Usage: The Classic First Edition*, with introduction by David Crystal, Oxford: Oxford University Press, 2008.

Fowler, Henry, and F.G. Fowler, *The King's English*, Oxford: Clarendon Press, 1906.

Franklyn, Julian, *A Dictionary of Rhyming Slang*, London: Routledge, 1992.

Freeborn, Dennis, *From Old English to Standard English*, London: Palgrave, 2006.

Fudge, John D., *Commerce and Print in the Early Reformation*, Leiden: BRILL, 2007.

G

Gallaudet University, *Mission and Goals*, www.gallaudet.edu.

Geffner, Andrea B., *Business English: A Complete Guide to Developing an Effective Business Writing Style*, Hauppauge: Barron's Educational Series, 2004.

Gelderen, Elly van, *A History of the English Language*, Philadelphia: John Benjamins Publishing Company, 2006.

Giba, John, and Ramón Ribes, *Preparing and Delivering Scientific Presentations*, Heidelberg: Springer, 2011.

Gibbon, Edward, *The History of the Decline and Fall of the Roman Empire*. Ed. J.B. Bury, 7 vols, London: Methuen, 1912.

Glynn, Kevin, *Tabloid Culture: Trash Taste, Popular Power, and the Transformation of American Television*, Durham: Duke University Press, 2000.

Glynn, Stephen, *A Hard Day's Night*, London: Tauris, 2005.

Goldfarb, Charles. F., *The SGML Handbook*, Oxford: Clarendon Press, 1992.

Gonden, Harvey James, Arthur W. Park, and James Blythe Wootan, *Public Service Management*, Chicago: Utilities Publication Company, 1921.

Google Books, http://books.google.com/googlebooks.

Gottmann, Jean, *Megalopolis: The Urbanized Northeastern Seaboard of the United States*. 1961, Cambridge: MIT Press, 1973.

Gowers, Ernest, *The Complete Plain Words*, London: Her Majesty's Stationery Office, 1954.

Gradol, David, and others, eds, *Changing English*, Abingdon: Routledge, 2007.

Gradon, Pamela, Review. *John Hart's Works on English Orthography and Pronunciation*, Stockholm: Almqvist & Wikseli, 1955, p. 338.

Graham-Campbell, James, *The Viking World*, London: Frances Lincoln, 2001.

Graham-Cumming, John, *The Geek Atlas: 128 Places Where Science and Technology Come Alive*, Sebastopol: O'Reilly Media, 2009.

Grant, H. Roger, *Erie Lackawanna: The Death of a Railroad*, Palo Alto: Stanford University Press, 1994.

Greenwood, Thomas, *Public Libraries: A History of the Movement and a Manual for the Organization and Management of Rate-Supported Libraries*, London: 1894.

Griffiths, Ralph A., 'The Later Middle Ages', *The Oxford History of Britain*. Ed. Kenneth O. Morgan, Oxford: Oxford University Press, 2010, pp. 192–256.

Grothe, Mardy, *Viva La Repartee: Clever Comebacks and Witty Retorts from History's Great Wits and Wordsmiths*, New York: HarperCollins, 2005.

Guardian, 'Rwanda to Switch from French to English in Schools', *Guardian* (14 October 2008), www.guardian.co.uk.

Guardian, 'Times Switches to Tabloid-Only Saturday', *Guardian* (29 October 2004), www.guardian.co.uk/media.

Gupta, Anthea Fraser, 'A Standard for Written Singapore English?', *New Englishes: The Case of Singapore*. Ed. Joseph Foley, Singapore: Singapore University Press, 1988, pp. 27–50.

Gupta, Anthea Fraser, 'English and Empire: Teaching English in Nineteenth-Century India', *Learning English: Development and Diversity*. Ed. Neil Mercer and others, London: Routledge, 1996, pp. 188–94.

Gupta, Anthea Fraser, *The Step-Tongue: Children's English in Singapore*, Adelaide: Multilingual Matters, 1994.

H

Hale, Constance, and Jessie Scanlon, *Wired Style: Principles of English Usage in the Digital Age*, New York: Broadway Books, 1999.

Haliburton, Thomas Chandler, *The Clockmaker, or, The Sayings of Samuel Slick*, London: Richard Bentley, 1840.

Hall, Justin, *Justin's Links*, www.links.net.

Hamilton, Neil A., *American Social Leaders and Activists*, New York: Facts on File, 2002.

Hammarström, Göran, *Australian English: Its Origin and Status*, Hamburg: Buske Verlag, 1980.

Hammond, H.W., *Style-Book Of Business English, Designed for Use in Business Courses*, New York: Isaac Pitman & Sons, 1911.

Harcup, Tony, and Peter Cole, *Newspaper Journalism*, London: SAGE Publications, 2009.

Hardie, Daniel, *The Ancestry of Jazz: A Musical Family History*, Lincoln: iUniverse, 2004.

Harrison, Frank Llewellyn, *Music in Medieval Britain*, London: Routledge & Kegan Paul, 1963.

Hart, John, *The Opening of the Unreasonable Writing of Our Inglish Toung*. See Bror Danielsson's *John Hart's Works on English Orthography and Pronunciation*. Part 1. Stockholm: Almqvist & Wikseli, 1955, pp. 115–17.

Harvie, Christopher, *Scotland: A Short History*, Oxford: Oxford University Press, 2002.

Hay, Jennifer, Margaret Maclagan, and Elizabeth Gordon, *New Zealand English*, Edinburgh: Edinburgh University Press, 2008.

Hazlitt, William, *Lectures on the English Comic Writers*, London: Taylor and Hessey, 1819.

Henry, Freeman G., *Language, Culture, and Hegemony in Modern France: 1539 to the Millennium*, Vestavia: Summa Publications, Inc., 2008.

Her Majesty's Courts Services, www.hmcourtsservice.gov.uk.

Hilburn, Robert, 'Year in Review/Pop Music; In the Shadow of Hip-Hop; Rap is Where the Action is, and its Popularity Still Hasn't Peaked. Could Rock 'n' Roll Be Finally Dead?', *The Los Angeles Times* (27 December 1998), p. 6.

Hill, Walter Martin, *Early Printed Books*, Chicago: W.M. Hill, 1921.

Hollis, Stephanie, *Anglo-Saxon Women and the Church: Sharing a Common Fate*, Woodbridge: Boydell & Brewer, 1992.

Holmes, Andrew, *Commoditization and the Strategic Response*, Aldershot: Gower Publishing, 2008.

Holmes, Janet, *An Introduction to Sociolinguistics*, Harlow: Pearson Education, 2008.

Holmes, Urban, and Alexander H. Schutz, *A History of the French Language*, New York: Farrar & Rinehart, 1938.

Hopwood, David, *South African English Pronunciation*, Cape Town: Juta & Company, 1929.

Howell, T.B., *A Complete Collection of State Trials and Proceedings*, London: Longman, Hurst, Rees, Orme and Brown, 1816. http://faculty.virginia.edu/OldEnglish/Beowulf

Hubbard, Douglas W., *Pulse: The New Science of Harnessing Internet Buzz to Track Threats and Opportunities*, Hoboken: John Wiley & Sons, 2011.

Hughes, Ted, *Letters of Ted Hughes*. Ed. Christopher Reid, London: Faber & Faber, 2009.

I

Internet World Stats, 'Usage', ww.internetworldstats.com.

Inwood, Stephen, *A History of London*, London: Macmillan, 1998.

Irvine, Susan, 'The Benedictine Reform and the Regularizing of Old English', *The Oxford History of English*. Ed. Lynda Mugglestone, Oxford: Oxford University Press, 2006, pp. 32–60.

J

Jaffrelot, Christophe, ed., *A History of Pakistan and its Origins*, London: Anthem Press, 2004.

James, Arthur Lloyd, *The Broadcast Word*, London: K. Paul, Trench, Trubner, 1935.

Jarvis, Michael J., *In the Eye of all Trade: Bermuda, Bermudians, and the Maritime Atlantic*, Chapel Hill: University of North Carolina Press, 2010.

Johnson, Samuel, *Dictionary of the English language: in which the words are deduced from their originals, and illustrated in their different significations by examples from the best writers To which are prefixed, a history of the language, and an English grammar*, 2 vols, London: J. and P. Knapton, 1755.

Jones, Daniel, *An Outline of English Phonetics*, London: E.P. Dutton, 1940.

Jones, William, 'The Third Anniversary Discourse', *The Works*, 6 vols, London: G.G. and J. Robinson, 1799, 1, pp. 19–34.

Jonson, Ben, *The English Grammar, Made by Ben Jonson, for the Benefit of All Strangers, Out of the Observation of the English Language, Now Spoken and in Use*. Ed. Strickland Gibson, London: Lanston Monotype Corp., 1928.

Joseph Conrad, *A Personal Record*, New York: Doubleday, 1912.

Journal of the Joseph Conrad Society. 'Conrad in East Anglia', *Journal of the Joseph Conrad Society*, 4.3 (February 1979), pp. 11–13.

Joyce, James, *A Portrait of the Artist as a Young Man*, London: Wordsworth Editions, 1992.

Joyce, James, *Finnegans Wake*, London: Faber & Faber, 1939.

Joyce, James, *Ulysses*, London: Echo Library, 2009.

K

Kachru, Braj B., 'Models for Non-Native Englishes', in *The Other Tongue: English Across Cultures*. Ed. Braj B Kachru, Urbana: University of Illinois Press, 1992, pp. 48–74.

Kachru, Braj B., 'Standards, Codification and Sociolinguistic Realism: The English Language in the Outer Circle', *World Englishes*. Ed. Kingsley Bolton and

Braj B. Kachru, Abingdon: Routledge, 2006, pp. 241–69.

Kachru, Braj B., Yamuna Kachru, and Cecil L. Nelson, *The Handbook of World Englishes*, Oxford: Wiley-Blackwell, 2006.

Kallen, Jeffrey L., 'English in Ireland', *The Cambridge History of the English Language: English in Britain and overseas*. Ed. R.W. Burchfield and Roger Lass, Cambridge: Cambridge University Press, 1994, pp. 148–96.

Kaplan, Harriet, Scott J. Bally, and Carol Garretson, eds, *Speechreading: A Way to Improve Understanding*, Washington: Gallaudet University Press, 1995.

Katz, Nikki, *Zen and the Art of Crossword Puzzles: A Journey Down and Across*, Avon: Adams Media, 2006.

Kearse, Randy, *Street Talk: Da Official Guide to HipHop & Urban Slanguage*, Fort Lee: Barricade Books, 2006.

Kemble, Fanny, *Journal*, 2 vols, London: John Murray, 1835.

Kenyon, Frederic G., 'English Versions', *Dictionary of the Bible*, Ed. James Hastings, New York: Charles Scribner's Sons, 1909.

Kew History and Heritage, 'Francis Masson', www.kew.org.

King, Sigrid, 'Sumer is icumen in', *Encyclopedia of Medieval Literature*. Ed. Robert T. Lambdin and Laura C. Lambdin, Westport: Greenwood Publishing Group, 2000, p. 447.

Kirby, Terry, 'The Big Question: Are Regional Dialects Dying Out, And Should We Care If They Are?', *The Independent* (28 March 2007), www.independent.co.uk.

Kirkpatrick, Andy, *English as a Lingua Franca in ASEAN: A Multilingual Model*, Hong Kong: Hong Kong University Press, 2010.

Kleist, Aaron J., 'The Aelfric of Eynsham Project: An Introduction', *The Heroic Age: A Journal of Early Medieval Northwestern Europe*, 11, May 2008.

Koestler, Frances A., *The Unseen Minority: A Social History of Blindness in the United States*, New York: American Foundation for the Blind, 2004.

Kunze, Silke-Katrin, *A Survey of the Pronunciation of Australian English*, Munich: GRIN Verlag, 1998.

L

Lambeth Council, 'A Short History of Brixton', *Local History*, www.lambeth.gov.uk.

Larkin, Philip, *Collected Poems*. Ed. Anthony Thwaite, London: Faber & Faber, 1988.

Laughing Policeman, 'The History of Swearing', www.laughingpoliceman.com/swear.htm.

Lawrence, D.H., *Lady Chatterley's Lover*. Ed. Michael Squires, Cambridge: Cambridge University Press, 2002.

Lear, Edward, *A Book of Nonsense: Twenty-Seventh Edition*.

Learn-English-Today, 'New Words', www.learnenglish-today.com

Leech, Geoffrey, *English in Advertising: A Linguistic Study of Advertising in Great Britain*, London: Longman, 1966.

Legal Latin Phrases, http://latinphrases.co.uk/quotes/legal.

Lewis Carroll, *Alice's Adventures in Wonderland*, London: Macmillan, 1865.

Lewis Carroll, *Through the Looking Glass and What Alice Found There*, London: Macmillan, 1871.

Lewis, Tom, *Empire of the Air: The Men Who Made Radio*, New York: HarperPerennial, 1993.

Library Journal, 'Google Book Search by the Numbers', *Library Journal* (4 May 2012), www.libraryjournal.com.

Lily, William, *Institutio compendiaria totius grammaticae*, London: Thomas Berthelet, 1540.

Lingo2Word, 'Popular Texting TxT Lingo', www.lingo2word.com/lists/txtmsg_listA.html.

Linnean Society of London, *A Forum for Natural History*, http://linnean.org.

Linneus, Carl, *A System of Vegetables, According to their Classes, Orders, Genera, Species: With their Characters and Differences*, Lichfield: Leigh and Sotheby, 1783.

Loffler, Marion, 'English in Wales', *A Companion to the History of the English Language*. Ed. Haruko Momma and Michael Matto, Oxford: WileyBlackwell, 2008, pp. 350–57.

Lord's, The Code of Laws, www.lords.org/laws-andspirit/laws-of-cricket.

Lucas, Bill, and Fennell, Edward, *Kitchen Table Lingo*, London: Virgin Books, 2008.

Lynch, Fred, ed., 'The Dictionary', *The Source for Youth Ministry*, www.thesource4ym.com/teenlingo/index.asp.

Lynch, Jack W., and John T. Lynch, *The Lexicographer's Dilemma: The Evolution Of 'Proper' English, from Shakespeare to South Park*, New York: Bloomsbury Publishing, 2009.

Lyons, Henry, *The Royal Society*, London: The Royal Society, 1944.

M

Macintyre, Stuart, *A Concise History of Australia*, Cambridge: Cambridge University Press, 2009.

Mackenzie, Catherine, *Alexander Graham Bell*, Boston: Houghton Mifflin Company, 1928.

Mackenzie, Edward C. Walcott, *The East Coast of England, from the Thames to the Tweed*, Edward Stanford, 1861.

Maeer, Alistair Simon, *The Cartography Of Commerce: The Thames School of Nautical Cartography and England's Seventeenth Century Overseas Expansion*, Ann Arbor: ProQuest, 2006.

Mahboob, Ahmar, and Nadra Huma Ahmar, 'Pakistani English: Phonology', *A Handbook of Varieties of English*. Ed. Bernd Kortmann and Edgar W. Schneider, Tubingen: Walter de Gruyter, 2004.

Malcolm, Noel, *The Origins of English Nonsense*, HarperCollins, 1997.

Marciano, John Bemelmans, *Toponymity: An Atlas of Words*, London: Bloomsbury, 2010.

Marconi, Degna, *My Father, Marconi*, Toronto: Guernica, 2001.

Mark Twain, *Early Tales and Sketches, 1851–1864, The Works of Mark Twain*. Volume 1. Ed. Edgar Marquess Branch and Robert H. Hirst, Berkeley: University of California Press, 1973.

Mark Twain, *The Adventures of Huckleberry Finn*, New York: Charles L. Webster & Co., 1885.

Martin, Lawrence T., 'Bede and Preaching', *The Cambridge Companion to Bede*. Ed. Scott DeGregorio, Cambridge: Cambridge University Press, 2010, pp. 156–69.

Matheson, Lister M., *Death and Dissent: Two Fifteenth-Century Chronicles*, Woodbridge: Boydell & Brewer, 1999.

Matz, Robert, *Defending Literature in Early Modern England: Renaissance Literary Theory in Social Context*, Cambridge: Cambridge University Press, 2000.

Mauranen, Anna and Elina Ranta, eds, *English as a Lingua Franca: Studies and Findings*, Cambridge: Cambridge Scholars Publishing, 2009.

McCrum, Robert, William Cran, and Robert McNeil, *The Story of English*, London: Faber& Faber, 1992.

McWhorter, John H., ed., *Language Change and Language Contact in Pidgins and Creoles*, Philadelphia: John Benjamins Publishing Company, 2000.

Mehegan, David, 'In End, Potter Magic Extends Only So Far', *The Boston Globe* (9 July 2007), www.boston.com.

Micklethwait, John, and Adrian Wooldridge, *The Company: A Short History of a Revolutionary Idea*, London: Phoenix, 2005.

Miller, Robert J., Larissa Behrendt, and Tracey Lindberg, *Discovering Indigenous Lands: The Doctrine of Discovery in the English Colonies*, Oxford: Oxford University Press, 2010.

Mills, Sara, *Language and Sexism*, Cambridge: Cambridge University Press, 2008.

Milroy, L., 'Urban Dialects in the British Isles', *Language in the British Isles*. Ed. Peter Trudgill, Cambridge: Cambridge University Press, 1984, pp. 199–218.

Mitford, Nancy, ed., *Noblesse Oblige*, London: Penguin Books, 1956.

Monaghan, Leila Frances, 'A World's Eye View: Deaf Cultures in Global Perspective', *Many Ways To Be Deaf: International Variation in Deaf Communities*. Ed. Leila Frances Monaghan, Washington: Gallaudet University Press, 2003, pp. 1–24.

Montgomery, Michael, 'British and Irish Antecedents', *The Cambridge History of the English Language: Volume VI. English in North America*. Ed. John Algeo, Cambridge: Cambridge University Press, 2001, pp. 86–153.

Morgan, Appleton, *A Study in the Warwickshire Dialect*, London: Kegan Paul, Trench, Trubner, 1899.

Mortensen, Torill, and Jill Walker, 'Blogging Thoughts: Personal Publication as an Online Research Tool', *Researching ICTs in Context*. Ed. Andrew Morrison, Oslo: Intermedia, 2002, p. 25.

Mugglestone, Lynda, 'English in the Nineteenth Century', *The Oxford History of English*, Oxford: Oxford University Press, 2008, pp. 274–304.

Mugglestone, Lynda, ed., *The Oxford History of English*, Oxford: Oxford University Press, 2006.

Murray, Lindley, *The English Grammar Adapted to the Different Classes of Learners. With an Appendix, Containing Rules and Observations, for Assisting the More Advanced Students to Write with Perspicuity and Accuracy*, York: Wilson, Spence, and Mawman, 1795.

Musgrove, David, *100 Places that made Britain*, London: BBC Books, 2011.

Mwakikagile, Godfrey, *Ethnic Diversity and Integration in the Gambia*, Dar es Salaam: Continental Press, 2010.

N

Nasby, Petroleum V., *Divers Views, Opinions, and Prophecies: Of Yoors Trooly*. Cincinnati: R.W. Carroll, 1866.

New York Times, 'Joseph Conrad Dies, Writer of the Sea', *New York Times* (4 August, 1924), p. 1.

New York Times, 'Topics of the Times' (17 November 1924), p. 18.

Nicholas, Stephen, *Convict Workers: Reinterpreting Australia's Past*, Cambridge: Cambridge University Press, 1988.

Norton, David, *A History of the English Bible as Literature*, Cambridge: Cambridge University Press, 2000.

O

Oakley, Giles, *The Devil's Music: A History of the Blues*, London: BBC, 1983.

Obeng, Samuel Gyasi, and Beverly Hartford, *Political Independence With Linguistic Servitude*, Hauppauge: Nova Publishers, 2002.

Omoniyi, Tope, 'West African Englishes', *The Handbook of World Englishes*. Ed. Braj B. Kachru, Yamuna Kachru, and Cecil L. Nelson, Oxford: Wiley-Blackwell, 2006, pp. 172–87.

Online Etymological Dictionary, 'Sport', www.etymonline.com.

Open Book Alliance, 'How Many More Books-Has Google Scanned Today', www.openbookalliance.org/2010/02.

Orsman, Harry, and Des Hurley, *The Beaut Little Book of New Zealand Slang*, Auckland: Reed Publishing, 1994.

Orsman, Harry, *Oxford Dictionary of New Zealand English: A Dictionary of New Zealandisms on Historical Principles*, Auckland: Oxford University Press, 1997.

Orwell, George, 'Politics and the English Language', *The English Language Volume 2*. Ed. W.F. Bolton and David Crystal, Cambridge: Cambridge University Press, 1969, pp. 217–28.

Oxford Dictionary of National Biography, www.oxforddnb.com.

Oxford English Dictionary, www.oed.com.

Oxford South African Concise Dictionary, www.oxford.co.za/page/about-us.

P

Page, R.I., *An Introduction to English Runes*, Woodbridge: Boydell Press, 2006.

Painter, George Duncan, *William Caxton: A Biography*, London: Putnam, 1977.

Parkes, Malcolm B., *Pause and Effects: An Introduction to the History of Punctuation in the West*, Berkeley: University of California, 1993.

Partridge, Eric, *Eric Partridge in His Own Words*. Ed.David Crystal, London: A. Deutsch, 1980.

Partridge, Eric, *Slang Today and Yesterday*, London, Routledge & Kegan Paul, 1933.

Partridge, Eric, *A Dictionary of Slang and Unconventional English*. 1st edition: London, Routledge & Kegan Paul, 1937.

Paulu, Burton, *Television and Radio in the United Kingdom*, Minneapolis: University of Minnesota Press, 1981.

Pearson's Magazine (February 1922).

Pegge, Samuel, *Anecdotes of the English Language: Chiefly Regarding the Local Dialect of London and its Environs*, London: F. and C. Rivington, T. Payne, and J. White, 1803.

Pepys, Samuel, *The Diary of Samuel Pepys*. 7 vols. Ed. Henry B. Wheatley, New York: C.T. Brainard, 1985.

Pepys, Samuel, *The Diary of Samuel Pepys*, www.pepysdiary.com

Peters, Margot, *The House of Barrymore*, New York: A.A. Knopf, 1990.

Peters, Pam, and Peter Collins, Adam Smith, eds, *Comparative Studies in Australian and New Zealand English: Grammar and Beyond*, Philadelphia: John Benjamins, 2009.

Phillips, Thomas, *Wales: The Language, Social Condition, Moral Character, and Religious*, London: J. W. Parker, 1849.

Pimpdaddy.com, www.pimpdaddy.com.

Pittin the Mither Tongue on the Wab, www.scotsonline.org.

Plain English Campaign, www.plainenglish.co.uk.

Plain Language.gov., www.plainlanguage.gov.

Poole, Hilary, ed., *The Internet: A Historical Encyclopedia*, New York: MTM Publishing, 2005.

Prakesh, Om, 'The English East India Company and India', *The Worlds of the East India Company*. Ed. H.V. Bowen, Margarette Lincoln, Nigel Rigby, London: Woodbridge: Boydell Press, pp. 1–18.

Pratt, Fletcher. *Secret and Urgent: the Story of Codes and Ciphers*. Garden City: Blue Ribbon Books, 1939.

Price, Richard, *A History of Punch*, London: Collins, 1957.

Primary Mandarin, 'Is English or Mandarin the language of the future?', 22 February 2012, primarymandarin.com.

Pullum, Geoffrey K., and Barbara C. Scholz, 'More than Words', *Nature*, 413 (27 September 2001), p. 367.

R

Rahman, Tariq, 'The Role of English in Pakistan with Special Reference to Tolerance and Militancy', *Language Policy, Culture, and Identity in Asian Contexts*. Ed. Amy Tsui and James W. Tollefson, Mahwah: Routledge, 2007, pp. 219–40.

Rap Dictionary, 'Dictionary', www.rapdict.org.

Ray, John, *A Collection of English Proverbs: With a Collection of English Words not Generally Used*, London: W. Otridge, 1768.

Ray, John, *Methodus Plantarum Nova*, London: S. Smith & B. Walford, 1703.

Reese, Renford, 'From the Fringe: The Hip Hop Culture and Ethnic Relations', *Popular Culture Review*, 9.2 (Summer 2000), www.csupomona.edu.

Reginald Thorne Davies, *Medieval English Lyrics: A Critical Anthology*, Ayer Publishing, 1972.

Reith, John, *Broadcast over Britain*, London: Hodder & Stoughton, 1924.

Rice Cricket Club, 'Playing Cricket at Rice', www.ruf.rice.edu/~rcc/fun/fun.html.

Ritson, Joseph, *A Select Collection of English Songs, With Their Original Airs: And a Historical Essay on the Origin and Progress of National Song, by the Late Joseph Ritson, Esq.* Additions and Notes by Thomas Park, 3 vols, London: Rivington, 1813.

Robinson, Ian, *The Establishment of Modern English Prose in the Reformation and the Enlightenment*, Cambridge: Cambridge University Press, 1998.

Robinson, Orrin W., *Old English and Its Closest Relatives: A Survey of the Earliest Germanic Languages*, Palo Alto: Stanford University Press, 1993.

Roget, Peter Mark, *A Thesaurus of English Words and Phrases Classified and Arranged so as to Facilitate the Expression of Ideas and Assist in Literary Composition*, London: Longman, Brown, Green, and Longmans, 1852.

Rose, Tricia, *Black Noise: Rap Music and Black Culture in Contemporary America*, Middletown: Wesleyan University Press, 1994.

Rosen, Jeffrey, 'Your Blog or Mine?', *New York Times Magazine* (14 December 2004), www.nytimes.com.

Rosenberg, Matt, 'English Speaking Countries', *About. comGeography*, geography.about.com.

Ross, Alan S.C., 'U and Non-U: An Essay in Sociological Linguistics' 1954, *Noblesse Oblige*. Ed. Nancy Mitford, London: Penguin Books, 1965, pp. 9–32.

Rowling, J.K., *Harry Potter and the Deathly Hallows*, London: Bloomsbury, 2007.

Rowling, J.K., *Harry Potter and the Philosopher's Stone*, London: Bloomsbury, 1997.

Royal Commission, *Official Catalogue of the Great Exhibition of the Works of Industry of All Nations, 1851*, London: Spicer Brothers, 1851.

Rushdie, Salman, *Imaginary Homelands*, London: Granta Books, 1992.

S

Safko, Lon, *The Social Media Bible: Tactics, Tools, and Strategies for Business Success*, Hoboken: John Wiley, 2010.

Salomon, David, *A Guide to Data Compression Methods*, New York: Springer, 2002.

Schiffer, Michael B., *Power Struggles: Scientific Authority and the Creation of* Practical, Cambridge: MIT Press, 2008.

Schnell, Hildegard, *English in South Africa: Focusing on Linguistic Features of Black South African English*, Munich: Grin Press, 2010.

Schreiner, Olive, *The Story of an African Farm*, London: Chapman and Hall, 1883.

Schwyter, Jürg,'The BBC Advisory Committee on Spoken English or How (not) to construct a "standard"pronunciation", *Standards and Norms in the English Language*, edited by Miriam A. Locher, Jürg Strässler, Berlin: Walter de Gruyter, 2008, pp. 175–94.

Seidlhofer, Barbara,'Closing a Conceptual Gap: The Case for a Description of English as a Lingua Franca', *International Journal of Applied Linguistics* 11 (2001), pp. 133–58.

Sellar, W. and Yeatman, R., *1066 and All That: A Memorable History of England, comprising all the parts you can remember, including 103 Good Things, 5 Bad Kings and 2 Genuine Dates*, London: Methuen and Co Ltd, 1930.

Sennett, Richard, *The Fall of Public Man*, New York: Knoppf, 1977.

Shakespeare, William, *The Tragedy of Hamlet: Prince of Denmark*, New Haven: Yale University Press, 1963.

Sharma, Sourabh Jyoti,'Debate', *Pratiyogita Darpan* (October 2009), pp. 732–4.

Shaw, George Bernard, *Pygmalion*, Charleston: Forgotten Books, 2008.

Sheridan, Thomas, *A Course of Lectures on Elocution: Together with two Dissertations on Language; and Some Other Tracts Relative to those Subjects*, London: W. Strahan, 1762.

Sheridan, Thomas, *British Education*, Dublin: George Faulkner, 1756.

Siegal, Allan M., and William G. Connolly, eds, *The New York Times Manual of Style and Usage*, New York: Times Books, 1999.

Siegert, Bernhard, *Relays: Literature as an Epoch of the Postal System*, Stanford: Stanford University Press, 1999.

Silva, Penny, ed., *Oxford Dictionary of the English of South Africa on Historical Principles*, New York: Oxford University Press, 1996.

Singh, Gurcharan, *Plant Systematics: An Integrated Approach*, Enfield: Science Publishers, 2004.

Singh, Simon, *The Code Book: The Science of Secrecy from Ancient Egypt to Quantum Cryptography*, New York: Anchor Books, 2000.

Singler, John Victor,'Optimality Theory, the Minimal-Word Constraint, and the Historical Sequencing of Substrate Influence in Pidgin/Creole Genesis', *Language Change and Language Contact in Pidgins and Creoles*. Ed. John H. McWhorter, Philadelphia: John Benjamins, 2000, pp. 336–51.

Skeat, Walter W., *English Dialects from the Eighth Century to the Present Day*, Cambridge: Cambridge University Press, 1911.

Social Barrel,'Pope to Use Twitter to Stoke Interest in Lent', socialbarrel.com.

Somervill, Barbara A., *William Penn: Founder of Pennsylvania*, Deerfield: Deerfield Compass Point Books, 2006.

Spanish SEO,'Worldwide Spanish Speaking Population', www.spanishseo.org.

Spenser, Edmund, *The Works*: 5 vols. London: Bell and Daldy, 1866.

Sprat, Thomas, *The History of the Royal Society of London, for the Improving of Natural Knowledge*, London: J. Martyn, 1667.

Staff, Chamberlain M., *Caribbean Migration: Globalized Identities*, London: Routledge, 2002.

Stedman, Edmund Clarence, ed., *A Victorian Anthology, 1837–1895*.

Sterling, C.,'BBC World Service', *Encyclopedia of Radio*, New York: Fitzroy Dearborn, 2003, pp. 357–65.

Sterne, Laurence, *The Life and Opinions of Tristram Shandy, Gentleman*. Ware: Wordsworth Editions, 1996.

Storry, Mike, *British Cultural Identities*, London: Routledge, 2007.

Strevens, Peter,'English as an International Language', *The Other Tongue: English Across Cultures*. Ed. Braj B. Kachru, Urbana: University of Illinois Press, 1992, pp. 27–47.

Stuart, David C., *The Plants that Shaped Our Gardens*, London: Frances Lincoln, 2008.

Sutton-Spence, Rachel,'British Manual Alphabets in the Education of Deaf People since the 17th Century', *Many Ways to Be Deaf: International Variation in Deaf Communities*. Ed. Leila Frances Monaghan, Washington: Gallaudet University Press, 2003, pp. 25–48.

Swift, Jonathan, *A Proposal for Correcting, Improving and Ascertaining the English Tongue: In a Letter to the Most Honourable Robert, Earl of Oxford and Mortimer, Lord High Treasurer of Great Britain*, London: Benjamin Tooke, 1712.

T

Talaat, Mubina,'The Form and Functions of English in Pakistan', *Pakistan Research Repository*, Higher Education Commission Pakistan, http://eprints.hec.gov. pk/1631/1/1191.HTM.

Tedder, Henry R., and Ernest C. Thomas, *Transactions and Proceedings of the Second Annual Meeting of the Library Association of the United Kingdom*, London: Chiswick Press, 1880.

TEI, *Text Encoding Initiative*, ww.tei-c.org/About/faq. xml#body.1_div.1_div.1.

Thomas, Denis, *The Story of Newspapers*, London: Methuen, 1965.

Thompson, Rick, *Writing for Broadcast Journalists*, Abingdon: Routledge, 2010.

Thurlow, Crispin,'From Statistical Panic to Moral Panic: The Metadiscursive Construction and Popular Exaggeration of New Media Language in the Print Media', *Journal of Computer-Mediated Communication*, 11.3 (2006), http://jcmc.indiana.edu/vol11/issue3/ thurlow.html.

Time,'Hip Hop Nation: After 20 Years How It's Changed America' (5 February 1999), www.time.com.

Timmermans, Nina, *The Status of Sign Languages in Europe*, Strasbourg: Council of Europe, 2005.

Tolkien, J.R.R., *The Lord of the Rings*, New York: Houghton

Mifflin, 2004.

Toscano, Aaron A., *Marconi's Wireless and the Rhetoric of a New Technology*, New York: Springer, 2012.

Treharne, Elaine M., *Old and Middle English c.890–c.1400: An Anthology*, Oxford: Wiley-Blackwell, 2004.

Trevelyan, George Otto, *The Life and Letters of Lord Macaulay*, 2 vols, London: Routledge, 1959.

Trimble, John F., *5,000 Adult Sex Words & Phrases*, North Hollywood: Brandon House, 1966.

Trips, Carola, *Lexical Semantics and Diachronic Morphology*, Tubingen: Walter de Gruyter, 2009.

Trudgill, Peter, *The Dialects of England*, Oxford: Wiley-Blackwell, 1999.

Tsotsis, Alexia, 'Twitter Is At 250 Million Per Day', *TechCrunch*, techcrunch.com.

Turnbull, Giles, 'The State of the Blog', *Writing the Web*, 28 February 2001, http://kwalla200.blogspot.co.uk/2012/01/week-2blogging.html.

TV.Com, '90210', www.tv.com/shows/90210.

Twitter, twitter.com.

U

U.S. English, 'U.S. States with Official English Laws', www.us-english.org.

Underdown, David, *Start of Play: Cricket and Culture in Eighteenth-Century England*, London: Allen Lane, 2000.

University of Virginia, *Readings from Beowulf*, http://faculty.virginia.edu/OldEnglish/Beowulf.Re adings/Beowulf.Readings.html.

Urban Dictionary, www.urbandictionary.com.

V

Verne, Jules, *De la Terre à la Lune*, 1865.

VOICE, 'Vienna-Oxford International Corpus', www.univie.ac.at/voice.

W

Walpole, Horace, *The Yale Edition of Horace Walpole's Correspondence*. Ed. W. S. Lewis, 34 vols, New Haven: Yale University Press, 1937–71.

Ward, Mark, 'How the Web Went World Wide', BBC News, 2010, www.bbc.co.uk.

Warren, Paul, 'Intonation and Prosody in New Zealand English', *New Zealand English*. Ed. Allan Bell, Wellington: Victoria University Press, 2000, pp. 146–72.

Watson, Foster, *The English Grammar School in 1660*, London: Routledge, 1968.

Watts, David, *The West Indies: Patterns of Development, Culture, and Environmental Change since 1492*, Cambridge: Cambridge University Press, 1990.

Webster, Noah, *American Dictionary of the English Language*, 2 vols, New York: S. Converse, 1828.

Wells, H.G., *The First Men in the Moon*, London: George Newnes, 1901.

Welty, Eudora, *One Writer's Beginnings*, Cambridge: Harvard University Press, 1995.

White, Peter, *See It My Way*, London: Little, Brown, 1999.

Whitman, Walt, 'Slang in America', *Complete Prose Works*,

Whitefish: Kessinger Publishing, 2004, pp. 445–8.

Whitworth, Damian, 'Voice Coaching: A Cure for Irritable Vowel Syndrome', *The Times* (18 November 2008), http://women.timesonline.co.uk, 2008.

Wiik, Kalevi, 'The Uralic and Finno-Ugric Phonetic Substratum in Proto-Germanic', *Linguistica Uralica*, 33.4 (1997), pp. 258–80.

Williams, Kevin, *Read All About It!: A History of the British Newspaper*, Abingdon: Routledge, 2010.

Wilson, Neil, *Edinburgh*, Oakland: Lonely Planet, 2004.

Winny, James, ed., *Sir Gawain and the Green Knight: Middle English Text with Facing Translation*, Peterborough: Broadview Press, 1992.

Wolfe, Patricia M., *Linguistic Change and the Great Vowel Shift*, Berkeley: University of California Press, 1972.

Wolfram, Walt, *American Voices: How Dialects Differ from Coast to Coast*, Oxford: Wiley-Blackwell, 2006.

Wolfram, Walt, and Erik R. Thomas, *The Development of African American English*, Oxford: Wiley-Blackwell, 2002.

Wolfram, Walt, and Natalie Schilling-Estes, *American English: Dialects and Variation*, Oxford: Wiley-Blackwell, 2006.

Woods, Silvana, 'Say it like d' Belizean', *Belizean Journeys*, www.belizeanjourneys.com/features/kriol.

Word Ways: The Journal of Recreational Linguistics, www.wordways.com.

World Bank, *Atlas of Global Development*, Washington: World Bank Publications, 2009.

Wormser, Richard, 'Morton', *Harlem Renaissance Lives from the African American National Biography*. Ed. Henry Louis Gates and Evelyn Brooks Higginbotham, New York: Oxford University Press, 2009, pp. 362–4.

Wright, John. *The New York Times Almanac 2002*. New York: Penguin Books, 2001.

Wulf, Andrea, *The Brother Gardeners: Botany, Empire and the Birth of an Obsession*, London: Windmill Books, 2009.

Y

Yarema, Allan E., *American Colonization Society*, Lanham: University Press of America, 2006.

Yorke, Barbara, *Kings and Kingdoms of Early AngloSaxon England*, London: Seaby, 1990.

Youssef, Valerie, and Winford James, 'The Creoles of Trinidad and Tobago', *A Handbook of Varieties of English: A Multimedia Reference Tool*. Ed. Bernd Kortmann and Edgar W. Schneider, Berlin: Mouton de Gruyter, 2004, pp. 508–24.

Z

Zapała-Kraj, Marta, *The Development of Early Modern English*, Munich: GRIN Press, 2010.

Zhang, George X., Linda M. Li, and Lik Suen, *Chinese in Steps*, London: Cypress Book Company, 2006.

Zins, Henryk, *England and the Baltic in the Elizabethan Era*, Manchester: Manchester University Press, 1972.

世界第1語言的100個祕密起源：英語，全球製造，20億人共同擁有
A History of the English Language in 100 Places

作　　　者　比爾‧路卡斯（Bill Lucas）、克里斯多福‧莫威（Christopher Mulvey）
譯　　　者　祁怡瑋
封 面 設 計　許晉維
協 力 編 輯　溫妍妏
責 任 編 輯　巫維珍

國 際 版 權　吳玲緯
行　　　銷　艾青荷　蘇莞婷
業　　　務　李再星　陳玫潾　陳美燕　杻幸君
副 總 編 輯　巫維珍
副 總 經 理　陳瀅如
編 輯 總 監　劉麗真
總 經 理　陳逸瑛
發 行 人　涂玉雲
出　　　版　麥田出版
　　　　　　地址：10483台北市中山區民生東路二段141號5樓
　　　　　　電話：(02)2500-7696　傳真：(02)2500-1967
發　　　行　英屬蓋曼群島商家庭傳媒股份有限公司城邦分公司
　　　　　　地址：10483台北市中山區民生東路二段141號11樓
　　　　　　網址：http://www.cite.com.tw
　　　　　　客服專線：(02)2500-7718｜2500-7719
　　　　　　24小時傳真專線：(02)2500-1990｜2500-1991
　　　　　　服務時間：週一至週五09:30-12:00｜13:30-17:00
　　　　　　劃撥帳號：19863813　　戶名：書虫股份有限公司
　　　　　　讀者服務信箱：service@readingclub.com.tw
香港發行所　城邦（香港）出版集團有限公司
　　　　　　地址：香港灣仔駱克道193號東超商業中心1樓
　　　　　　電話：+852-2508-6231　傳真：+852-2578-9337
　　　　　　電郵：hkcite@biznetvigator.com
馬新發行所　城邦（馬新）出版集團【Cite(M) Sdn. Bhd. (458372U)】
　　　　　　地址：41, Jalan Radin Anum, Bandar Baru Sri Petaling, 57000 Kuala Lumpur, Malaysia.
　　　　　　電話：+603-9057-8822　傳真：+603-9057-6622
　　　　　　電郵：cite@cite.com.my
麥田部落格　http://ryefield.pixnet.net
印　　　刷　前進彩藝有限公司
初　　　版　2016年3月
售　　　價　380元
Ｉ Ｓ Ｂ Ｎ　978-986-344-310-0

A History of the English Language in 100 Places
Copyright © Bill Lucas and Christopher Mulvey
First published by Robert Hale Ltd, London
Complex Chinese rights arranged through CA-LINK International LLC.
Complex Chinese translation edition © 2016 by Rye Field Publications,
a division of Cite Publishing Ltd.
All rights reserved.

國家圖書館出版品預行編目資料

世界第1語言的100個祕密起源：英語，全球製造，20億
人共同擁有／比爾‧路卡斯（Bill Lucas）、克里斯多福‧
莫威（Christopher Mulvey）著；祁怡瑋譯. -- 初版. --
臺北市：麥田出版：家庭傳媒城邦分公司發行, 2016.03
　面；　公分
譯自：A history of the English language in 100 places
ISBN 978-986-344-310-0（平裝）

1.英語　2.全球化

805.1　　　　　　　　　　　　　　　　104029165